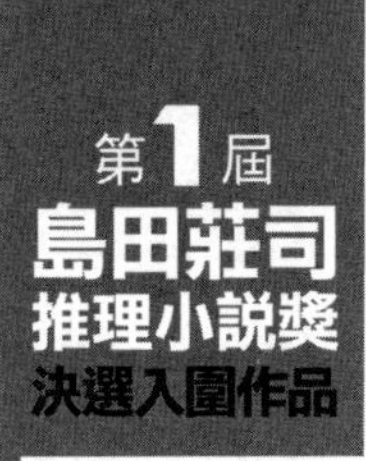

THE FIRST SOJI SHIMADA
MYSTERY FICTION AWARD

虛擬街頭漂流記

ヴァーチャルストリート漂流記

寵物先生 著

關於第一屆「島田莊司推理小說獎」

華文世界近年來掀起了一股推理小說的閱讀風潮，大量日本、歐美的推理作品被譯介出版，也深受讀者的喜愛，但以華文創作的推理小說卻仍然偏少。皇冠為了鼓勵華文推理創作、發掘年輕一代深具潛力的推理作家，特別徵得有「日本推理小說之神」美譽的本格派推理大師島田莊司先生的同意與支持，與日本、大陸、泰國的出版社聯手舉辦第一屆「島田莊司推理小說獎」，獲得首獎的作品並將首開先例，在四地一起出版，堪稱劃時代的空前創舉！

參賽作品必須符合島田大師對「本格推理小說」的定義，即「在故事的前半段展現具有魅力的謎題，並在故事進行到尾聲的過程中，利用理論的方式加以剖析、解說謎題的這種形式的小說。」

島田大師並期待：「向來以日本人才為中心的推理小說文學領域，勢必將交棒給華文的才能之士。我可以感覺到這個時代已經來臨。」而為了配合第一屆「島田莊司推理小說獎」，皇冠並同步舉辦了「密室裡的大師——島田莊司的推理世界」特展，也希望藉由這些活動，能夠加深一般大眾對於推理文學的討論與重視。

推薦序——二十一世紀本格推理的指標作品

日本知名推理評論家／玉田誠

作為第一屆島田莊司推理小說獎的三本入圍作品，《虛擬街頭漂流記》的出現，除了台灣以外，更在包括日本在內的亞洲推理界中，成為一個歷史性的事件。日本的新本格推理——比起故事性本身，更注重編織各式各樣陷阱的技巧突飛猛進，日漸成熟的本格推理——誕生至今二十多年，在島田莊司認為已經蛻變成為「二十一世紀本格」這個新本格推理的面貌後，已邁入一個新的階段。

《虛擬街頭漂流記》以電腦中的假想世界已經變成理所當然的近未來作為故事的背景。在科幻和恐怖的領域，「假想世界」這個設定本身並不算特別新奇，在這些領域的作品中，經常出現「假想世界」比「現實世界」更具有優勢，「現實」漸漸被「假想」吞噬——的故事情節，「假想世界」和「現實世界」之間的境界線逐漸模糊，導致「現實世界」的動搖和書中人物的意識混亂。

本作品的驚人之處，在於完全顛覆了這些俗套，反向操作，建立了一個本格推理的牢固大伽藍。本作品編織出多樣化的主題，和女主人翁的來歷有密切關係的「母性」，以及用對照的方式所描寫的「父性」，是隱藏在事件背後的一個很大的主題，也讓讀者瞭解構成本作品故事的要素具有對稱性。

「假想」世界和「現實」世界，西門町的「過去」和「現在」，「人類」和「人工智慧」，以及「兇手」和「偵探」——作品中所配置的對稱性在彼此產生共鳴的同時，戲劇化地描寫出成為「謎——推理」的終點，也就是揭開真相那一幕的悲哀構圖。

陳舜臣曾經說，「機械的時代已經結束了，已經進入了一個提倡人性恢復的時代」，「推理小說是科學進步的產物」，必須「從機械體質變成生物體質」（「不斷變化的推理小說」）。

二〇〇九年，《虛擬街頭漂流記》的出現，使本格推理進化成兼具「機械體質」和「生物體質」的混合文學。本作品融入假想世界和人工智慧這些接近科幻的科學要素，再結合本格推理的各種欺騙技巧，成為二十一世紀美麗的「混合維納斯」。這部作品的出現，正面挑戰了自新本格推理以來，日本評論家總是帶著冷笑說的「無法刻劃人性」這種制式老套的批評，藉由「人性到底是什麼？」，「描寫人性」是怎麼一回事這些真摯的問題加以回應。

讀完運用本格推理最先進的手法描寫「人性」的本作品後，必須由各位讀者來回答作者提出的問題。本作品是二十一世紀本格推理的指標作品，也讓華文推理獲得了可以和日本匹敵的地位。如今，日本推理界已經無法高枕無憂，以為華文推理還在日本的背後追趕而已。在和讀者分享本得獎作品的同時，我也期待華文推理在亞洲，不，在全世界引領本格推理的未來。

目次

科技始終來自於人性。

——某手機廣告詞

科技如何改造人性？

——愛德華・田納（Edward Tenner）

序章——臍帶

「我是妳媽媽。」

眼前的女人斂起笑容，思考片刻，突然冒出這麼一句話。

那一瞬間，我想到的竟是電影的片段。

在對電影的所有回憶裡，我對一部看過的片子「返家十萬里」（Fly Away Home）印象特別深刻——被遺棄的雁鳥蛋，撿回、孵化牠們的小女孩，藝術家兼發明痴的父親，討厭的野生保育官，引領雁群南下過冬、小女孩駕駛的輕型飛機——雖然劇情在記憶裡已成破片，雖然那時看完電影的感想是「我好想在天上飛」，而不是給爸爸一個溫暖的鼓勵，這部電影卻在當下，整個打入我的腦海裡。

瞬間閃過的，是雁鳥破殼而出的場景。

在那一幕中，目不轉睛的小女孩，眼神充滿了驚喜、讚歎與愛憐。

我後來才知道，幼鳥會對破殼而出後，第一眼見到的生物認作是母親，進而去學習其特徵的行為，叫做銘印（Imprinting），那部電影的主題就是在說這件事。不過，那是幼鳥自然產生的心理，並不是小女孩對幼鳥發出「我是你媽媽」的訊息後成立的。

而且我也不是鳥類。

更重要的一點，小女孩不僅是養育那些雁鳥，為了讓牠們學會應有的飛行習性，還特地學習駕駛飛機，完成母鳥應盡的任務。而現在在我眼前的，只是一個非親非故的女人，我無法期待那股高尚的情操。

女人唐突的話語、瞬間閃過不搭嘎的電影片段，兩者瞬間讓我有種錯亂的荒謬感。

所以我笑了。

「哈哈哈哈哈哈！」

女人皺起眉頭。「幹嘛笑？很失禮耶！」

「不好意思。」我掩住嘴。「可是妳怎麼看都像個大姐。」

「看起來像姐妹的母女，世上多得是。」

「所以妳的意思是，妳跟那些像姐姐的媽媽一樣，已經三十歲後半，快四十了？」

「我剛好三十歲啦！」

她的眼睛睜得像貢丸一樣大，似乎快要生氣了，我得收回這不莊重的玩笑。

「啊，所以妳是想收養我？」

「是這麼打算。」女人神情漸趨緩和。「可是這好像不太合法律和社會觀點……妳知道，年齡差距太小，和一些有的沒的。」

她豎起一根根的手指，告訴我正式的「收養」會有哪些限制，以及這種行為背後的社會期待，兜了一大圈後，才嘆口氣，下了最後的結論：「所以正確來說，我是希望妳和我一起生活。」

我挑起睫毛望著她，沉默了許久，而她似乎認為這代表「猶豫不決」。

「妳不必馬上給我回覆，雖然這很突然，但絕對不是隨便說說。我下定決心，也有了被妳拒絕的覺悟，總之請妳好好考慮……」

我想我應該打斷她，然而脫口而出的，卻是天外飛來的一個想法。

「省略了一大段呢！」

「啊？」

「嗯……生產、養育之類的程序。」

「生產，沒有也沒關係，養育，現在才要開始。」

有種說法是，人在剛接觸一個小生命時，並不會產生真正的親情，至少要經過懷胎十月的痛苦，或是將小孩含辛茹苦養大的過程，否則在這之前，都只是「幼吾幼以及人之幼」的大愛罷了。生產、養育，二者擇一，形成了親子之間那條線。

我對這說法並沒有任何信仰，純粹只是方才在腦海中閃現。

一定是因為和孵蛋的小女孩聯想在一起了。

我指指她的腹部，再劃過一條線指向自己的腹部。

「我們之間，有這個嗎？」

「臍帶？」

「不是。」我對自己的詞窮感到困窘。「是媽媽和孩子之間，一定會有的東西。」

「妳指的是『羈絆』嗎？」

女人按住額頭，望著天花板，好像那上面寫有問題的解答似的。

「我想有的……不，是確信，但我說不上來為什麼。明明就和妳非親非故，認識的時間也不長，卻打算以後像母親一樣地對待妳，這其中的理由我無法用言語表達。但請相信我，說出『我是妳媽媽』這種話，絕不是一時興起……」

「可是，這條『羈絆』說不定只是妳單方面的認定。」

「親子關係原本就是單方面結成的。以人類社會來看，只有父母選擇是否生下兒女，兒女卻不能選擇自己被何人所生。」

「說得也是呢！」

雖然聽起來很像是對方擅自決定「我就是要當妳媽媽」，但我卻覺得很愉快，語尾有些上揚。

正因為態度是如此無賴，讓我覺得她很像電影裡，那個擅自帶回雁鳥蛋孵化的小女孩。或許日後，她真能帶領我飛翔，飛出這片天地。

我花了一秒鐘閉上眼睛。

睜開雙眼後，我低下頭行禮，對眼前的女人說：「以後請多指教，媽媽。」

走出店門口時，女人轉過頭來看我，臉上雖然洋溢著欣喜，神態卻顯得有些忸怩。

「欸，雖然是我先提的，但是，以後可不可以只在私下相處時叫我媽媽……」

原來是這件事。

「可是，我覺得應該增加叫媽媽的頻率，來說服自己『妳是媽媽』的事實。」

「妳如果在其他人面前這麼叫，他們會用奇怪的眼光看我們哦！」

「妳認為他們是以『未成年懷孕』的角度看妳？還是以『駐顏有術的媽媽』的角度看妳？」

「啊，如果是後者，那還頗值得高興的。」

她輕哼了一聲口哨。

儘管有點弄錯因果關係，只要她不介意就好。

就這樣，在我十八歲的時候，多了一位僅大我十二歲的媽媽。

雖然是誤用的詞彙，但是當我頭抬起時，看到她有些吃驚、又有些喜出望外的表情，真的覺得當下有一條肉紅色的繩狀物貫穿我們，在空中擺盪著。

彷彿自己是電影裡其中一隻破殼而出的雁鳥，瞬間開啟「銘印」的錯覺。

第一部

Whodunit

Whodunit

第一章──而立之年‧鄉愁

對一個昨晚沒睡好的人來說，從昏暗的走廊開門進入採訪室，那光線實在太過刺眼。

「唷！」

室內中央有一對面對面擺置的沙發，其中一張坐著一位男性，當我一進入採訪室，他立刻舉起手向我打招呼。

「我就知道是妳。」他看起來很得意。

「我也覺得應該是你。也好，省略了遞名片、自我介紹的程序。」

「妳看起來好像不是很高興。」

「不是你的緣故，因為原本不是我要來的。」

我從冰箱取出泡好的冰咖啡，給眼前的男人和自己倒至半個玻璃杯的位置。將玻璃杯放在桌上時，我又想起大山那充滿歉意的臉龐，雖然他因為系統問題臨時抽不開身，雖然是我自願代他接受採訪，但長期作息失調的我，在接到燙手山芋的情況下，會生悶氣也是沒辦法的事。

更何況採訪者是小皮，讓我壓力頓時上升不少。

「《風潮》週刊的陳先生光臨敝公司，應該是為了VirtuaStreet的事情而來吧！」

「Luva，妳講話何時變那麼官腔了。」他輕啜了一口咖啡說道。

「我以為這是很適當的用詞。」

我盯著眼前的大學同學兼前男友。陳飈宇，外號小皮，打從我們剛認識時，他講話就是一派輕鬆的樣子，這對記憶裡空著一塊，得和別人時時小心應對的我，是緩和，卻也讓我嫉妒。尤其是自己對人際關係感到莫大壓力，男友卻天真地說「這有什麼難的」，更是令人生氣。

不過現在的他對我而言，只是一個當記者的朋友，我不能隨便遷怒對方。

「如果你覺得不自在的話，我可以叫你小皮，但可不可以不要叫我Luva？我有中文名字，而且你也說過Luva是Lover的俚語，我們已經不是那種關係了。」

他搔搔後腦，一副很困擾的模樣。「可是之前叫習慣了……」

「我名字是顏露華，你可以叫我露華，但發音請清楚點。」

「好吧！」

他苦笑著，從上衣內袋拿出記事本和錄音筆。

「妳說對了，我們週刊打算針對市政府『虛擬實境（Virtual Reality）商圈重建計畫』做一系列的報導。第一步當然就是訪問那些主事官員，不過其實他們都只是推手，民眾也知道計畫的首要目的，其實就是為逐漸沒落的商圈打造虛擬模型，並將商業行為移到模型裡進行，這些我們在過去就有零星的專文了。」

他咳了一下，拿起進入採訪室前，櫃台人員遞給他的資料，指著上面的文案說道：

「所以這次的企劃，重點擺在已近完成，進入測試階段的西門町模型『VirtuaStreet』。從『虛擬實境』這項科技，到團隊的背景與開發過程，以及與政府合作的動機，這些都將成為我們的報導內容。」

小皮開啟錄音筆，在我面前滔滔不絕解釋著，似乎是想完整錄下採訪過程，因此自己先做開場。但我在他提到「逐漸沒落的商圈」時，就已經開始出神，後面的話再也聽不清楚。

逐漸沒落……

我雙眼雖然面對著他，但其實是在看窗外的景色。

現在是星期六下午兩點，雖然是假日的大白天，外面的人群卻像是一般的街道，每秒最多只會經過一個人。雖不至於荒涼，卻感覺沒什麼人氣，在四周加高的大樓投影加持下，更顯得死氣沉沉。

這就是二〇二〇年的西門町，那個曾經繁華的鬧區。

二〇一四年的桃園縣龜山大地震後，北部各地開始重建，距離震央最接近的萬華區，自然成為台北市內災害最嚴重之處。

滿目瘡痍的徒步區，以及不得不暫時停業的數家商店、百貨、電影院，雖然市內到處可見類似的情形，但是回歸的人群就好比鬧區的血小板，人潮一多，結痂的傷口就會慢慢復原。然而自二十世紀末開始，血小板濃度開始由西向東擴散，最後東區的人潮漸漸壓過西區，因此在大地震後造成的傷口，相對於東區的快速癒合，西區只能持續流血不止。

最後，當西門町逐漸醒來時，發現自己已不屬於「鬧區」的一分子，只是個能勉強維持人潮的商圈罷了。相對於八〇年代的一度沉寂，如今的西門町並不如當時那般幸運，還有徒步區、電影院與青少年文化等「攙扶」的助力，最後就連政府也放棄了這位踽踽獨行的老者，將其重劃為住商混合區。

現在，政府又要以虛擬模型的方式將它重建。不去打造過往的繁華實景，竟想只靠虛擬的「幻境」重現，說來其實是很諷刺的一件事。

「Will-o'-the-wisp。」我用了一個奇怪的單字。

「鬼火？」

「虛幻的目標——也就是空中樓閣啦，原本我認為那計畫是不可能實現的。」

「為什麼？」

「因為人們對於『現實性』是很敏感的吧？無論多麼沉浸其中，當意識到自己是身處在電子訊號創造的世界，多少會有的『理性』就會開始運作，終究不可能完全投入。」

我喝了一口咖啡，大量的咖啡因稍微緩和我的情緒。

「舉例來說，電子寵物和心愛的拉不拉多死亡，哪一個令人傷心？沒有人會選前者。」

「也是有那樣子的人吧！」

「那是極少數，況且那種人，通常缺乏自己存在虛擬世界的『意識』，錯把虛擬當真實。當他們一回神，發現那些是可以大量複製，高速傳送的電子訊號後，就會恢復理智了。」

「不過Luva……呃，露華妳剛用了『原本』兩個字。」

小皮敲打記事本的手停了下來，抬眼看我。

「對，我三個月前之所以自願加入團隊，其實是想知道那個大山在想什麼，等著看好戲。應該沒人會支持吧？結果發現這是自己的一廂情願。啊！」

我意識到擺在桌上的錄音筆，連忙用手遮住。

小皮擺出一副「敗給妳了」的表情。

「剛才那段我不會寫出來啦！」

「絕對不可以。」我用睡眠不足的雙眼瞪了一下，心想這樣能有多少效果。

「放心。嗯，妳剛說一廂情願……」

「我原本待在其他的測試部門，之所以自願參與VirtuaStreet的測試工作，就是要看他葫蘆裡賣什麼膏藥。結果當我第一次進入ＶＲ室，戴上ＨＭＤ（頭戴式顯示器，Head Mounted Display），穿上力回饋衣（Force Feedback Clothing），啟動系統後，整個人都傻了。」

小皮猛然拿起記事本，臉上浮現濃厚的好奇心。

「再多說一點。」

「原本四面都是牆壁的房間，突然在牆上出現幾扇門，任選一扇門進入後，就會來到一條四周都是光暈的通道，那情境有點像是科幻電影經常會有的穿越時空。從通道的盡頭出去，就會來到……」

我拾起放在小皮面前的資料，翻至某一頁，展示上面的平面圖（圖一）。

「喏，這是十幾年前的西門町鬧區平面圖，還有印象嗎？這同時也是VirtuaStreet的內部世界，裡面的每一棟建築物、每一條街道，甚至一草一木都是用電腦圖學（Computer Graphics）的技術繪製的，是很逼真的３Ｄ圖像。」

我的手指向圖上標示①的位置。

「我是從一號門進去的。怎麼說呢……真的很震撼，當年捷運站出口的畫面，在我面前完整重現了。佇立眼前的西門酷客大型公仔、漢中街斜向路段的入口，以及誠品一一六，這些街景

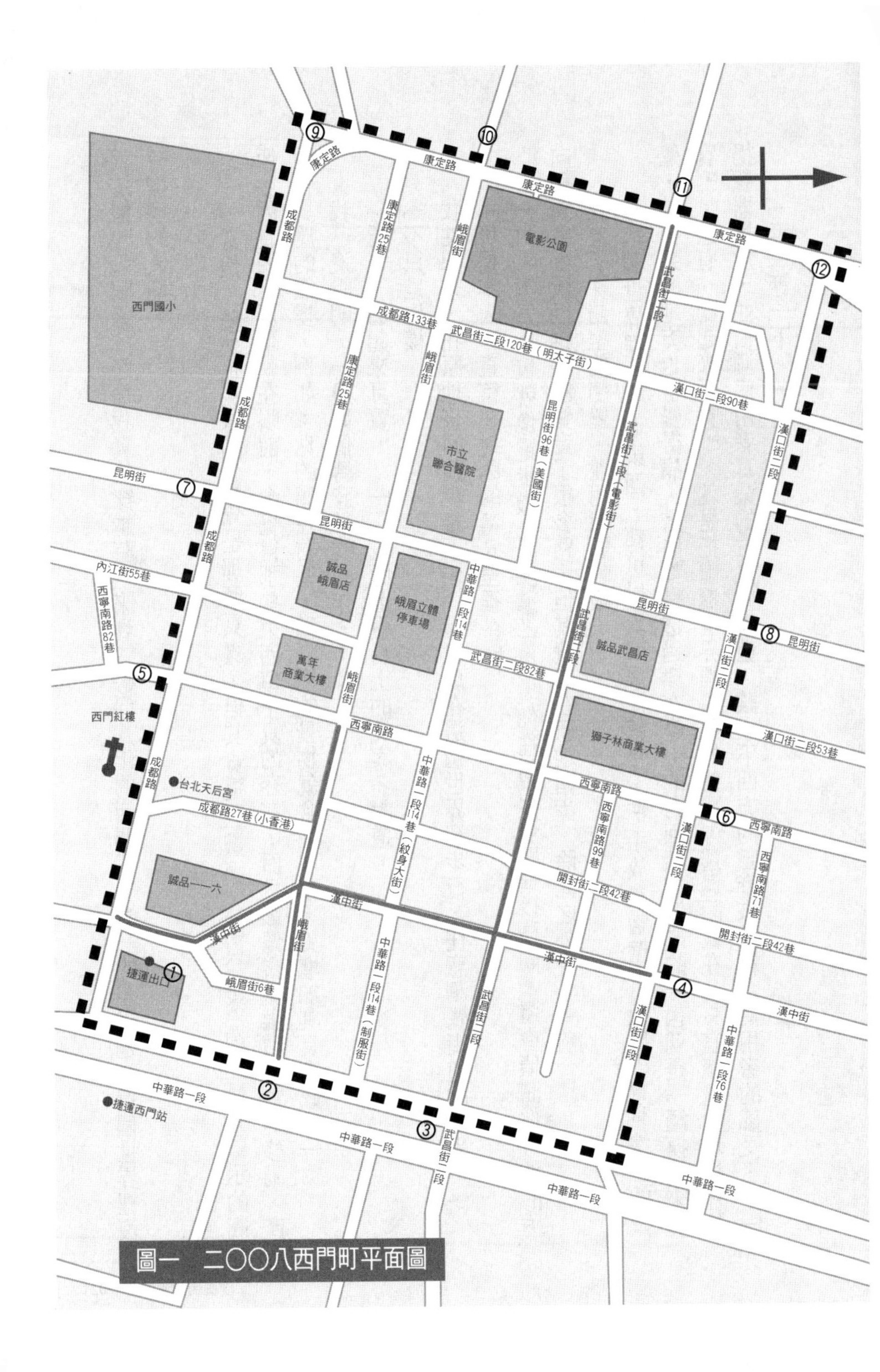

圖一　二〇〇八西門町平面圖

就這樣映入眼簾，好像我真的穿越時空來到二〇〇八年的西門町。唯一的差異是，這個世界裡沒有擁擠的人潮。」

「哇喔！」

「當然，雖然那些景物感覺是那麼真實，但其實這些畫面，都只是透過HMD顯示的圖像。因為顯示屏幕就在眼前，會覺得那些東西似乎真的存在，而且影像會隨眼睛位置的移動，產生相對應的改變，例如：你的頭往右偏，視野裡的景物就會往左移，更增加其真實感。」

我一邊說明，一邊做個轉脖子的動作。

「嗯，『看起來真實』？」小皮盯著資料上的文案，說道。

「不只是這樣。」

我站起來，在原地來回踱步幾下。「還可以在這個世界裡步行，任意瀏覽街道的風光。」

「可是本人一直待在封閉的VR室裡？」

「對，因為地板就像跑步機的輸送帶一樣，你往前走它就往後移動，還會偵測你行進的方向和速度，所以雖然感覺走了很多路，但其實都在原地踏步。除此之外……」

我摸了採訪室的牆壁，並用拳頭輕敲一下。

「這個世界裡的一切東西，都可以去觸摸、感受。把手放在牆壁上摩擦，會有沙沙的感覺，被打到的地方也會覺得痛，這些都是透過穿在身上的力回饋衣達成的，也就是『觸摸起來真實』。還有『聽起來真實』，就是把虛擬世界裡產生的聲響，透過隱藏在VR室牆壁、地板裡的揚聲器播放，並偵測使用者耳朵的位置做調整，讓上下四方的聲音來源符合使用者的感受……」

「等、等一下。」

小皮伸手示意我停下來。「關於虛擬實境的技術層面，我以後會訪問你們的研發人員。Lu……露華妳是測試人員吧？只要談談自己加入團隊前後的觀感就好。」

這傢伙還是一樣，從以前就喜歡澆我冷水，枉費我特地詢問大山那些資料，還事先預習了好幾遍。

我按下話被打斷的不悅，努力思考他所說的「觀感」。

「嗯……那時從VirtuaStreet出來後，開始感到迷惘。」

「迷惘？」

「對呀！因為感受太過真實。我剛才不是說嗎？人只要有身處在虛擬世界的『意識』，要完全投入是不可能的，但實際體驗後我反問自己：『在這樣逼真的環境下，人真的可以意識到嗎？』畢竟我自己也產生了回到過去的錯覺，一直到離開系統，才驚覺自己方才所處世界的不真實。就像我們公司的名字MirageSys，Mirage不就是海市蜃樓嗎？」

我回到座位，再度輕啜一口咖啡。

「不僅如此，人類社會的相處模式也會大幅改變。」

「啊，就是社論寫的那些東西吧！」

「以假亂真的世界，明明是處在斗室的人，卻可以透過櫥窗和老闆交談，沉浸在購物的情境裡；明明是沒有見面的一對情侶，卻可以藉由系統的連線，兩個人手牽手在虛擬的街頭散步。買賣、約會，這些人與人之間的交流，快要不用透過實際見面就可以達成，大家對此都很感興趣，我卻有點排斥這種變化。」

「我記得還有人開玩笑說，那援助交際也可以藉虛擬實境達成了。」

「我看了就反感！性交易問題是其次，我一想到在做愛的過程中，連兩人確認彼此的擁抱都變成了電子訊號時，就覺得很恐怖。」

我按住額頭，因為在不知不覺間，我已開始頭痛，連帶語調也逐漸上揚。

「真抱歉。」我眼角又瞄到桌上的錄音筆，察覺自己的失態。「又說了跟採訪無關的事，你應該不會想寫這種內容吧！」

「沒關係。」

「我也不知道自己為什麼這麼在意這點。」

「可能是因為……」小皮凝視著我，眼神帶著哀傷。「那十八年的空白，使Luva對於人際關係很敏感，卻也很重視的緣故吧？」

這傢伙，為什麼老喜歡戳我的痛點？

而且又叫我Luva。

我將桌上的冰咖啡一飲而盡，將玻璃杯放回桌上時，不小心發出「砰」的聲響。

掛在牆上的視訊電話響起。

我立刻接起來，設定成免持聽筒模式，液晶螢幕立刻出現一位娃娃臉的男人。

「露華，情況ＯＫ嗎？」

「還、還好。」其實有點不好。「對了，這位是《風潮》週刊的記者，陳先生。」我將手伸向一旁。

「可以叫我小皮。」

「你好，我是VirtuaStreet開發團隊的經理，姓何，叫我大山就好，或是Bigmountain也可以。」

小皮看了一眼手中的資料。「何彥山……嗎？」

「對對，真的很抱歉，臨時有事沒辦法親自招待你，我們再約時間吧！露華，結束後來找我。」

「好的。」

「那先這樣，不打擾你們訪談，很高興認識你，小皮。」

液晶畫面立刻縮成一條線，我將話筒掛好。

「原來他就是大山啊，很年輕嘛！」小皮盯著資料上的「團隊人員簡介」一欄，說道。

「那是娃娃臉，他已經三十八歲了，比我們大上八歲。」

「我還以為ＭＩＴ❶出身的都會走研究路線。」

「他待過研究單位呀！而且領域還不止一種。」

「我看看，電腦圖學、人工智慧（AI, Artificial Intelligence）、機器人學（Robotics）、自然語言處理（NLP, Natural Language Processing）、電腦視覺（Computer Vision），最後是虛擬實境，天啊這人……該不會就是所謂的天才吧？」

「是與機器對話的天才。」我挑了挑眉。

❶編註：ＭＩＴ（Massachusetts Institute of Technology），麻省理工學院。

「妳好像對他有意見。」

「才沒有，我很喜歡他。」話一出口，我慌忙補上一句：「……以部屬的身分。」

「哦？」

這次挑眉的人換成小皮，擺出一個別具深意的表情，說道：「也對，以快四十歲的男性而言，他缺乏那種中年的性格外表，卻有股年輕的魅力。」

「什麼形容啊！事情不是你想的那樣。」

「是是，反正與我無關。還有，不用一直在意那個錄音筆啦！我早就關起來了。」

小皮制止我撲向桌子的手。

接下來數分鐘，我們兩人都沒有說話，氣氛一直僵在那裡，我盯著窗外閒靜的西門町街道，小皮也低頭翻閱手上的記事本。我是刻意不去看他，但他好像純粹只是想整理訪談脈絡。一派輕鬆。

總覺得訪談並沒有進展，小皮卻在此時站了起來。

「我該離開了，日後再來採訪你們的研發人員。」

「對不起，我講的內容好像沒什麼幫助。」

「沒這回事，我知道了MirageSys有個測試人員雖然身在VirtuaStreet團隊，卻對這個計畫抱持疑惑。我也聽了她自己的想法，其中針對科技與人性的觀點非常有趣。最重要的是，我見到這個團隊的領導人，而且還知道他是天才，長得很帥——光是這就很有賣點了。」他將手上的資料晃了晃。「再加上這些，這期的報導應該沒問題。」

什麼跟什麼啊，所以報導的重點是大山的長相嗎？

我揉了揉沉重的眼皮，送小皮到採訪室門口。

「改天一起吃飯吧？」

「你都約訪談的對象一起吃飯嗎？」我刻意擺出一個微笑。

不知道我這句話他聽進了幾分，小皮沉默片刻，轉身想走出採訪室。

我突然想到一個問題，立刻叫住他。「小皮。」

「什麼事？」

「我從剛才就一直想問，既然用了錄音筆，為什麼你還需要記事本？」

他轉過身來。

「我平時不用記事本的，記事本不是用來寫對方的回答，而是整理詢問對方的問題。」

「為什麼要特別整理？」

「因為訪談的對象有八成是我的前女友，而且她有八成只會把我當一個記者看待，所以我必須因為這六成四的機率把問題條列好，以免失了禮數。」

他回過頭，打開門時順便補上一句：「不過好像沒什麼用啊！Luva。」

我將門重重關上，比剛才玻璃杯發出的「砰」聲音大上許多。

警報解除，但是沉重的眼皮依舊。

有限公司MirageSys是屬於美商系統，地處西門町的這家分部，自然不會遇到董事長、總裁或ＣＥＯ層級的人物。說穿了，這間分社完全是因為VirtuaStreet成立的，因此只有研發團隊和測試部，和一些政府派來的產品規劃人員在這裡，對於一棟三層樓的辦公室來說，走廊、樓梯等地方經常顯得冷清而寂寥。

從漢中街的斜向路段走到底，盡頭就是MirageSys的台灣西門分部，這棟被自家人暱稱「小白屋」的建築，不僅外牆漆成白色，就連內部的地板和天花板、牆壁也是一片白，過於平淡的裝潢令人聯想到雪地裡的靜謐，但在這個時代的西門町，或許這樣才最適合。

大概因為日光燈與白牆合在一起太過刺眼，走廊在白天幾乎不開燈，僅藉由窗外的光線照明。

當然，沒有設置電梯。

離開位於二樓的採訪室，從走廊步上階梯，就可以看到二樓整層的ＶＲ室，由於空間不能太小，因此這層樓採用挑高的設計，樓梯步階數也比其他兩層來得多。

我來到三樓的研發辦公室。

第一次進入時，因為座位的棋盤格設計，讓我聯想起顯微鏡下的洋蔥表皮細胞——儘管我已經沒有學校生物課的任何回憶。每個座位都用四四方方的細胞壁圍起來，在區域裡工作的人，就是細胞的核，一個個的細胞，構成了VirtuaStreet團隊的研發「組織」。

每個細胞內的細胞質，也就是氣氛，都不盡相同。有的人正瘋狂敲打鍵盤，有的人低頭沉思，或是翻閱技術手冊，有的人百無聊賴地盯著螢幕，甚至還有人頭往後仰，當場在座位上午睡。

我想到座位呈六角蜂窩狀分布的測試人員辦公室。雖然天高皇帝遠，每個人卻像工蜂般，機械地重複著每個步驟，那光景和這裡呈現鮮明的對比。

我走向其中一個細胞。

「大山。」

「啊，是妳呀！」座位上的人抬起頭，方才的娃娃臉映入眼簾。「如何，還順利嗎？」

「還好。」我刻意撇嘴。

「我就知道，妳的『還好』通常是不太好。果然是那個前男友吧？」

「沒錯，我很想只把他當成一個記者，可是對方好像不這麼想，不僅約我吃飯，還一直叫我Luva。」

「哈哈哈哈哈哈，有意思。」大山突然笑出聲。「難怪，面試的時候我問妳有沒有外文名字，妳就顯得扭扭捏捏，難以啟齒的樣子。Luva很適合啊！以後我也這麼叫妳好了。」

「請不要那樣，太親暱了。」

「我開玩笑的。不過啊，一對交往過的男女見面，還得用當下的身分區隔……」他伸出右手食指，然後將左手握成拳狀，把右手食指包起來。「越是想視而不見、隱藏起來的心情，它就越會戳穿出來哦！」

「我認為當關係改變時，相處的方式應該跟著改變。」

「公私分明，是嗎？有點辛苦呢！」大山牽動嘴角，微微一笑。

噢，又開始了，拜託不要。

「舉例來說，我和前妻彼此是學姐、學弟的關係。雖然已經好久沒見面了，但如果在路上偶遇時，把彼此當成不認識的路人，那不是很奇怪嗎？就算打了招呼、交談幾句，但如果說的都是學生時代的往事，完全不提孩子，或是結婚後的種種，那也……」

雖然他的話並不是無法反駁，我覺得當下還是轉移話題比較好。

「你結過婚？」而且年紀比你大，還生了小孩？

「也對，我好像從來沒提過。」

不知是否提問奏了效，只見大山收起嘴角的笑意，將頭轉向螢幕，繼續剛才的作業。

「為什麼……會分開？」

「人會分開的理由有很多。」

大山轉過頭來，擺出一個和之前截然不同的笑容，眼睛幾乎瞇成一條線，嘴角也竭盡所能地上揚——那是「話題中止」的信號。

唯有此時，他眼角深邃的魚尾紋才能凸顯他的年齡。

「在做什麼？」其實這問題沒什麼意義，只是我不想就這麼離開。

「在修改UI（使用者介面，User Interface）。」

「有Bug（程式執行的錯誤）嗎？」

「不是，是政府那邊的人想換介面。唉！我覺得穿越時空的設計很棒啊，可是他們卻堅持，說改成按鈕式的傳送門比較有現代感。」

他立刻操作滑鼠，執行某個程式，內容似乎是VirtuaStreet的模擬畫面。

．

一開始是VR室的四面牆壁，空間中央有個虛擬的模型假人，假人頭上套著顯示器，身上穿著力回饋衣，衣服的手、腳、肩膀、頭部和其他部位都有金屬電纜和牆壁的各部分連接，以傳達施力和受力訊號。

很熟悉的畫面，自己當時就是這麼進入二〇〇八年的西門町。

但是，畫面上牆壁的顏色逐漸轉暗時，情況就變得不一樣了，原本四面牆應該會各出現三扇門，合計十二扇門，此時卻一扇門都沒出現。

取而代之的，是在假人面前浮現一個半透明的視窗，上面有十二個按鈕，代表可供選擇的十二個入口，此外旁邊有個很大的數字30，似乎是選擇入口的時間倒數。

「為什麼要限制時間啊？」我問。

「這個地方叫『大廳』，因為會用一台比較小的伺服器（Server）處理，為了避免使用者全擠在這裡，我們設定時間一到就會自動傳送。之前的那個設計，西門町和『大廳』空間上是相連的，因此沒有使用其他的伺服器，也不需要讀秒。」

假人按下1號按鈕，畫面突然產生變化，一陣閃動後，出現了假人傳送到捷運站出口的影像。

「麻煩又俗氣。」大山擺出一副苦瓜臉。「搞不懂那些官員腦袋裡裝什麼。」

我點頭表示同意。

「對了，叫妳過來是想交代一件事。」彷彿突然想起似的，大山猛然抬頭。「最近新的數據系統要上線了，想請妳做個檢查。」

「是那個可以統計線上人數的系統嗎？」

「對，還加了一些功能，請妳明天一整天盯著它看，比較它和舊系統的數據是否一致。」

「數據需要列印出來，當作壓力測試（Stress Testing）報告嗎？」

「不用。」

我想也是，那樣很浪費紙張吧！

約莫一年前，VirtuaStreet開始進行大規模的壓力測試，除了公司本身的部門外，還對外招募許多臨時測試人員。

要成為虛擬的購物商圈，VirtuaStreet自然不可能是只容一人進出，街上杳無人煙的系統，必須具有多人登入的功能。除了MirageSys本身的ＶＲ室，政府也請求公司技術人員協助，幫忙在全省設立ＶＲ室的據點，這些ＶＲ室，就是使用者們進入虛擬商圈的管道。如同文案上面的宣傳詞：「在自家附近，也可以逛西門町！」

而處理使用者的各項操作，就是位於西門分部一樓，數台大型伺服器的任務。ＶＲ室、伺服器，以及連接它們的獨立網際網路，構成了整個VirtuaStreet系統，就像線上遊戲一樣。

順帶一提，VirtuaStreet裡當然有許多關於「吃」的店面，但不表示這些食物也是「虛擬」的，事實上，是因為政府與知名的便利商店、速食店、餐廳都有簽約，全省的ＶＲ室都設有這些連鎖店的簡易廚房，就連MirageSys也有。食物來源其實是廚房，卻讓使用者認為自己是在虛擬商圈裡吃到一樣。

其他的物品交易，則採用電子商務模式，使用者挑選想買的東西，不久隨即寄送到府。

至於西門町的招牌——電影院，因為是提供影音的服務，所以也沒有任何問題，使用者在售票口付費，進入虛擬的院廳，觀賞存放在伺服器裡的影片，就是這麼簡單。

當然，要有業者才行。因此對外招募的測試人員中，包括先前已簽訂契約，決定在此開店的使用者，他們也藉由ＶＲ室進入虛擬商圈，自己扮演老闆，或是利用系統提供的ＡＩ店員，和顧客進行買賣。

不過，目前虛擬世界大部分的店面，仍只是暫時模仿彼時西門町的模樣，徒具外觀，並不提供服務。而且有些店面礙於現實技術，也不太可能會有業者進駐虛擬世界，例如：理髮店、刺青店。畢竟這些需要靈巧的手藝，虛擬實境是無法精細模擬的。

還有不少臨時測試人員，是來進行「體驗」的民眾。

鬧區一定會有大量湧入的人潮，所以壓力測試的目的，是檢查系統在使用者人數暴增時，是否會產生問題。目前全省的ＶＲ室仍不提供一般民眾使用，但獲准成為測試人員的人，可以在限制的時段到自家附近的ＶＲ室登入，體驗虛擬商圈的世界。

我回到自己在測試部門的座位，打算收拾桌面，早點下班。

不過莫非定律在此刻發揮作用，桌上的電話突然響起，我接了起來。

螢幕上出現一位中年女人。「哈囉，小露，好久不見！」邊說邊揮著手。

「未央姐，好久不見。」

我的情緒稍微放鬆——至少是和工作無關的電話。

「妳附近有人嗎？」女人張大眼睛。

「有時會有人經過。」

「好吧！喔，我是想說好久不見了，所以打電話給妳……」

「講得好像是遠距離戀愛的情侶一樣。」

「的確很遠沒錯啊！」

「妳現在在哪？尼泊爾還是南非？」

「都不是，我在台南啦！剛從西藏回來，後天才要去尼泊爾，嘻嘻。」

難怪背景一片凌亂。

「如何，工作還好嗎？」她一邊整理行李的物件，一邊問我。

「很好啊！妳知道我們公司的VirtuaStreet系統嗎？已經開始壓力測試了。未央姐要不要申請當測試人員？還有，我的上司人也不錯，改天可以介紹你們認識。」

「老娘我現在只想遊山玩水，不想理電腦和男人，無論是那個什麼測試，還是當別人的側室，我都沒興趣啦！」

「他現在是單身……」雖然結過婚。

「小露，還是擔心妳自己吧！女人三十拉警報。」她的視線從行李堆中轉過來。「我的警報早就壞了。」

真可惡，又給我放大絕招。

「而且……」又來了又來了。「妳要不要考慮換個工作？成天混在電腦堆裡，不怎麼和人接觸，會變成只和機器對話的笨瓜喔！」

「才不會。」

「算了，不打擾妳上班。我從尼泊爾回來之後，會北上去找妳。」

咔嚓。

這女人，就像風一樣。

坐在附近的一位同事靠過來，指著畫面剛消失的螢幕，問我：「妳媽媽？」

「不，是朋友。」

「可是，妳們之間的對話好像家人。」他丟下這句，就回到座位上了。

我的確是以朋友的態度去對話啊！八成是她的問題。

我整理好桌面，拎起自己的肩包就走出辦公室，步至階梯一樓時，我打開手機，撥了台南的那個號碼，當走出「小白屋」的大門，手機正好接通。

手機螢幕上，又出現剛才整理行李的女人。

「媽！」我劈頭就抱怨。「以後不要在上班時間打電話給我啦，演戲很累欸！」

我的人生記憶，開始於十八歲那一年。

像是被開啟了生命的「開關」，該年的某一天，我從西門町的聯合醫院醒來。

當時，眼前站著一位女人。「太好了，妳安然無恙。」

很像一般連續劇經常出現的橋段。

我試著理解當下的狀況，卻發現自己對這名女性一無所知。

不僅如此，我連自己的任何背景，包括姓名、居住地、父母是誰，甚至幾歲都不知道，女人當下也只跟我說，她名叫范未央，是最近和我認識的朋友。

聽說我遭遇車禍，整個人彈飛十公尺遠，落地時，後腦遭受強烈的撞擊。

肇事的車子隨即逃逸。我經由緊急手術才得以挽回性命，卻造成了其他的後遺症。

醫師的診斷結果，是由於大腦受損引發的逆行性失憶，換句話說，醒來後的記憶沒有問題，車禍前的記憶卻有如被侵蝕的山岩，早已被削去一大半，醒來後的十天內，我抓取那些殘存的片段，試圖拼湊出一個完整的脈絡，卻仍舊徒勞無功。

值得慶幸的是，在車禍發生時，急救人員在我身上找到國民身分證，得知我名叫顏露華，我據此查出戶籍資料，知道自己父母已亡故，也找到一間像是自己住過的房子。第一次見到家裡的擺設，我卻湧上一股想砸爛的衝動，因為它們形式上屬於我，精神上卻不屬於我。

我在雜亂的書架裡發現一份文件：某大學的入學通知，意識到自己必須自力更生。今後的房租、學費怎麼辦？該去打工嗎？神啊！我出車禍前有這麼軟弱嗎？若是如此，為何要讓我醒來？

天上掉下來的災難，卻也伴隨著天上掉下來的禮物。

「我是妳媽媽。」

那女人，為何會那麼說呢？當我的媽媽，意謂著和我一起生活，賺錢供我吃住、繳學費，偶爾還會給些零用錢，除了慈善家和老色鬼，我想不出還有誰會想收養一個十八歲少女。她——一位在徵信社工作的女調查員——很明顯不屬於上述兩者。

況且，「母女」這種關係，可不是花錢養育就能了事。更重要的是，年齡差距十二歲的母女，就算是收養也不具法律效力，充其量只是在扮家家酒罷了。

然而，當時徬徨無助的我，只能將這句話視為「神的恩典」，坦然接受。

一起生活後，我們發現這種狀態竟意外地適合彼此。我對過去一無所知，連帶也變得敏感，生怕「過去」會突然襲向自己，讓自己變得手足無措，但是我也不想逃避，因為過去大部分已成空白，再縮進殼內的話，就會真正一無所有。

適度的裝蒜，對人際關係的神經質，這些都讓我備感壓力，甚至因為收到高中同學會的邀請函而沮喪個好幾天。最後還是翻出畢業紀念冊，才下定決心赴約。

從這點看來，已知道我情況的「媽媽」，相處上就沒什麼負擔，是屬於「安全」的人。固定的噓寒問暖與絮絮叨叨、熱騰騰的家常菜，以及出社會前的金錢資助，舉凡「媽媽」會做的事，除了生產與哺乳之外，她沒有一項不做到的。

先前我像鸚鵡學舌般不斷催眠自己，還在心中偷偷加上引號的「媽媽」，不知不覺中，已經成為真正的媽媽了。然而如此一來，我們母女倆同時出現的機會也漸漸減少，因為一不小心就會穿幫，每次都要解釋也很麻煩。

已經情同母女，還要裝成一般的室友，也是很累人的。

我們一同在台北生活六年，因為大地震的緣故，媽媽的徵信社停業，我們才搬遷至台南，隨後我就進入MirageSys的台南分部工作。

不過西門町對我而言，一直有股奇特的鄉愁。

實際年齡三十歲，社會年齡卻只有十二歲，要說我自己的「出生地」，的確是這個西門町。因此加入這個團隊，回到台北的理由，或許不完全是對小皮說的那樣，只是看好戲那麼簡單。而是被那股鄉愁，牽引過來的緣故吧！

「嗶嗶嗶——」

我清理便當的殘骸，將頭轉向數據比對的指示燈，仍然是綠色，我嘆了口氣。

早上，難得來到「蜂窩」——測試部辦公室——的大山，還特地請人牽了幾條管線過來，如此勞師動眾，只為了昨晚他跟我提的數據系統測試。看他親自下場組裝元件，我覺得很不好意思。

「好啦！大功告成。」他拍拍沾滿灰塵的襯衫。

桌上放著兩台一模一樣的機器，連接著許多管線，左邊是我用過的舊系統，右邊應該是新系統。

大山打開兩個系統的開關，兩台機器的面板上立刻浮現許多數字。

「好，這樣就沒問題了。」大山轉頭對我說：「這兩台機器每分鐘會更新一次資料，請妳定時去檢查兩台的數據是否相同，直到晚上九點壓力測試結束為止。」

「每組數據都要比對？」天啊！

「喔，差點忘了。」

他搔搔頭，指著一個連接兩台機器的小燈。

「如果兩台數據一樣，就是綠色；只要一組數據不一樣，就會變成紅色。」

「要做紀錄嗎？」

「不用，只要在變成紅色的時候通知我就好。」確認機器運作正常後，大山帶著疲憊的神情離開了。

附近的同事又靠過來。「喂，大山是不是對妳有意思啊？」

「說什麼啊！我們只是上司和部屬的關係。」

「可是，我看他最近常過來。」

「那是因為VirtuaStreet測試得緊，再加上我們比較熟。而且，其實我和他八字不太對盤。」

同事帶著一臉疑惑回到座位，我開始和一堆機器奮戰。

我不時去確認那小燈，小燈總是伴隨「嗶嗶嗶——」的聲音亮起，且每次都是綠色。兩台機器的第一個欄位是Players，應該是指目前在虛擬世界的人數，且面板都一樣，似乎沒什麼差異，不知道大山昨天說的「加了一些功能」是指什麼。

為了避免錯過燈號轉換，盡量不去上廁所，還請同事幫我買便當，再以秋風掃落葉解決。就這麼度過一個工作天，距離晚上九點還有兩小時，線上人數也越來越少。午休的時候沒有休息，我開始有點疲憊，意識逐漸拋到九霄雲外。

九點後，要給大山報告──我突然想起早上和同事的對話。

或許外人都看不出來，其實大山對我而言，比較像是天敵──也就是蟑螂和蜘蛛，老鼠和蛇，水虎魚和河豚的關係。

我來到西門分部後，很快就和大山熟絡起來。他給人的感覺，的確不像一般的上司，總會讓對方體認到一股「對等」的氣氛。

所以在某次閒談時，我把自己入行這幾年來一直抱持的疑問，毫不保留地問出口。

「和機器對話，有趣嗎？」

雖然在相關產業工作，但其實我和媽媽的觀念類似，對成天埋首螢幕、寫程式的男生有種「你們是在和非生物對話」的感覺，因此在大學時期，我很討厭程式語言課，反而在外語方面顯得較有興趣，甚至懷疑自己是不是讀錯科系了。

「有趣啊！就和人類對話一樣。」他回答我時，嘴角露出淡淡的淺笑。「而且簡單。」

「可是，和機器對話久了，不會覺得模式太類似，腦袋有些僵化嗎？」

「妳這麼說，是對機器的歧視喔！會覺得模式類似，是因為機器被賦予的思想太單純，但就技術層面來看，要機器擁有和人類一樣的思考，卻也不過是遲早的事。現今我們和機器溝通，都得透過程式語言，但要經由一般人的語言來對機器下指令，已經是指日可待了。到時候，和機器對話就跟和人對話一樣，沒什麼區別。」

「可是，機器不去給指令就不會動，這點和人不一樣。」

「人類不也是嗎？要外來刺激才會有反應。」

「才不是，人類會主動關心別人。」

「那只是一種被教育的情感罷了。」他哈哈大笑。「機器也可以輸入這種情感。」

我那時被他的回答弄得有點惱怒，拚命想找出「人性」獨有的部分，企圖推翻他的理論，但不久發現其實怎麼說都一樣，因為在他的觀念中，沒有什麼性格、行為是機器無法設定的，高度科技發展下的機器，要和人類完全相同也不是不可能。

有點像費爾巴哈（Ludwig Andreas Feuerbach）的唯物主義。

那是我第一次的完全敗北。之後我們又有零星的幾次爭論，雖然每次我都無法認同他的意見，卻都找不出話反駁，之後我就學乖了，每當意見一有衝突，我都會設法引開話題，雖然不是每次都成功，但只要一成功，我的情緒都不會太糟。

每當他開始發表論點，都會先微微一笑，最後話題中止時，又會以一個深切的笑容做結尾。天敵。

連同上次「公私分明」的話題，目前我對他的戰績是三勝七敗，勝率〇・三。

嗶嗶嗶——

達、達、達——

嗶嗶嗶——達、達、達——

斷續交替的機械聲與腳步聲，在我耳邊響起。

我猛然驚醒，拾起放在一旁的手錶——已經過了九點。

「醒來啦？」大山交叉著雙手站在一旁，他的語氣不帶任何感情，甚至是責罵或不悅都沒有。

我馬上發現了原因。

因為他的眼睛正盯著指示燈看，而且指示燈在我打瞌睡的這段時間背叛了我，變成紅色。

「對、對不起。」

「沒關係。」仍然不帶感情。「可是，怎麼可能……」

他是指「怎麼可能會不一樣」吧！研發人員在測試之前，對自己寫的程式通常信心十足，因此出錯時都會顯得難以置信的樣子，大山尤其如此。

我將視線轉向兩台機器。光第一項Players的數據就不同了，左邊那台顯示1，右邊的顯示0，換言之，舊系統認為現在還有一人在虛擬世界裡，新系統則認為沒有人。

「會是bug嗎？」

「有可能……不，還不能確定。」大山撫著下唇，像在思考某個問題。「難道是Zombie？」

「殭屍？」突然聽到奇怪的詞彙，我感到疑惑。

「啊！該不會……」

大山的臉孔突然有點扭曲，但旋即恢復正常，過了不久，他將臉轉向我。

「露華，可不可以幫我一個忙？我知道妳應該下班了，還要求妳這個有點無理……」

「沒關係，你儘管說。」

我對他方才的表情有些介意。

「就是……」他將放在我桌上的一疊紙攤開，上面出現我昨天給小皮看的西門町平面圖。「我想進入VirtuaStreet看一下，妳能不能和我一起去？兩個人巡視比較快。」

「巡視？」

「嗯，把西門町都走一遍，看看是不是還有人留在裡面。」

他說完後，也不等我點頭，立刻轉身離開辦公室，往二樓的ＶＲ室走去。

「我們就分開搜尋吧！先從東西向的四條大路找起。」

我戴上頭戴式顯示器，穿上力回饋衣，啟動系統後，耳邊傳來隔壁ＶＲ室大山的聲音。兩個房間其實隔著一層厚厚的牆壁，因此我有些納悶，後來才知道，原來大山在更改介面的同時，也在「大廳」新增了聊天系統，讓每位使用者可以指定另一名使用者對話。

當然，進入虛擬街道後，就不需要聊天系統了。只要兩人的位置夠接近，就能自由談話。

「要怎麼走？」我大聲詢問。

「這樣好了，妳等一下進入②，從峨眉街中華路口出發。」傳來大山的回答。「然後沿著峨眉街直走到康定路口，我則進入③，從武昌街中華路口出發，沿著武昌街走到康定路口，然後我們在電影公園那裡先會合，報告彼此情況。」

我在腦中描繪出搜尋路線。（圖二）

「接下來，我們兩人各自往反方向走，妳走向成都路那一邊，我走向漢口街那一邊，然後我們各自沿著成都路和漢口街直走，走到中華路口，在中華路的中段，也就是制服街那裡再會合

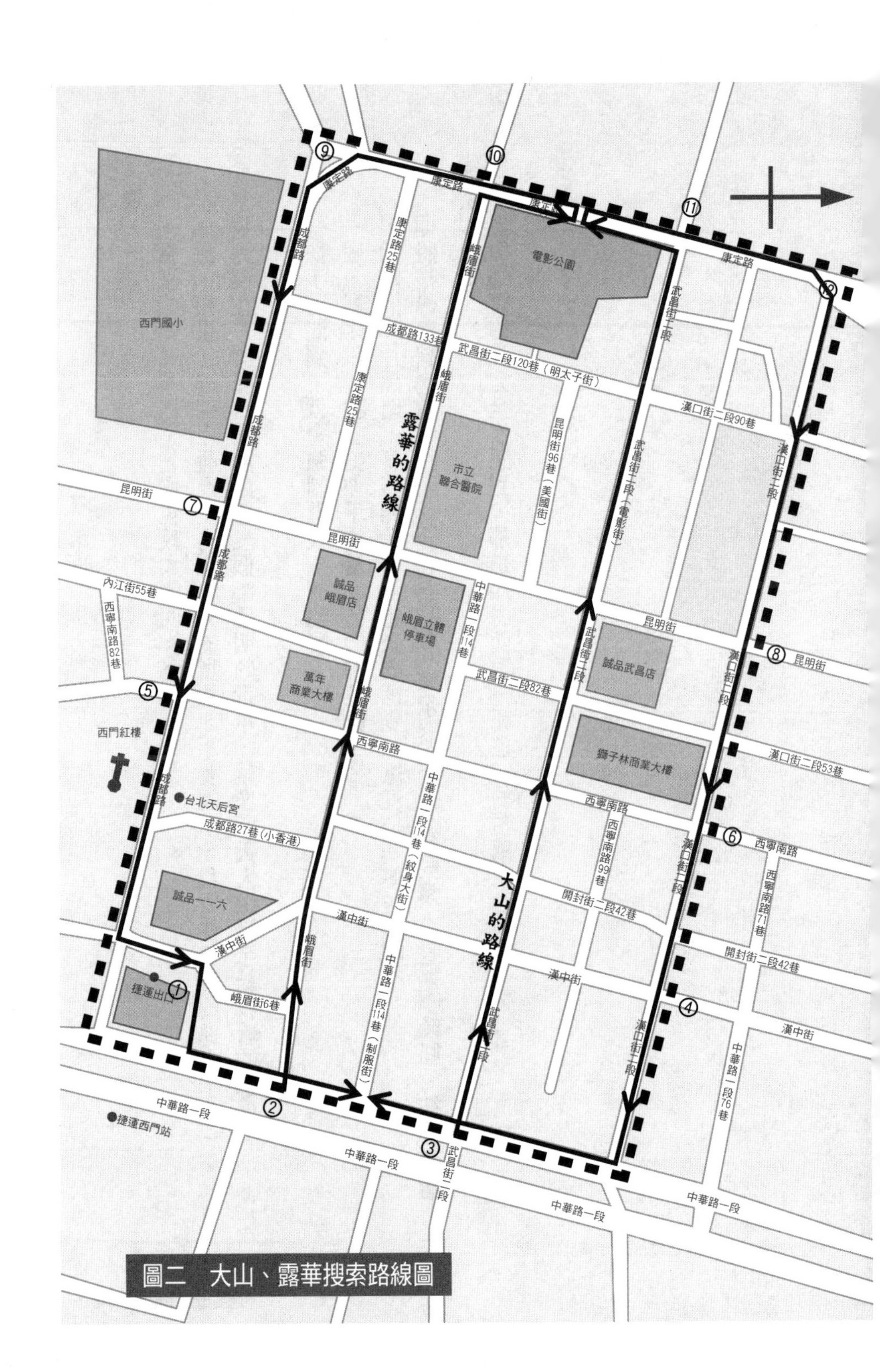

圖二　大山、露華搜索路線圖

一次。」

「原來如此，所以是先巡視較大的四條路。」

「對，如果什麼都沒發現，再想另外的辦法。不多說了，我要從三號門進去了。」

我到現在才發覺，眼前浮著一個半透明的選單，就像昨天大山展示給我看的那樣。

「快！時間到了就會強制進入一號門喔！」

「喔、喔……」我立刻伸手碰觸二號門的按鈕。

眼前瞬間一片黑暗，身體開始有浮起來的感覺，這就是「傳送」嗎？

即將被傳送到②時，我突然感到頭戴式顯示器的後方有些緊，有種「後腦勺被按在牆上」的錯覺。

然而那時的我完全沒想到，那是即將面對「死亡」的預感。

第二章——而立之年・漂流(一)

這是個孤寂的街道。

背後的中華路像是冬天的江河，縱使支流結冰，仍能保持一定的川流不息。眼前的峨眉街入口，則是結冰的其中一條支流，在人聲鼎沸時串聯主流的人潮，萬籟俱寂時，充分發揮阻塞的功能，以靜謐二字阻擋一切想進入的人事物。

就像我眼前的圓形紅底白橫槓號誌，守護著徒步區這個商圈聖地一樣。左右每隔五、六公尺就會設立的紅色立竿，說明這裡也是進入鬧區的門戶之一。儘管附近的人群都喜歡從漢中街入口，也就是捷運站前進入，我卻鍾情於這條窄窄的小路。因為窄，因為安靜，加上兩旁高過四層樓的建築，從入口向裡望去，看起來就像通往秘境的峽谷。

從此處到與漢中街交會的位置，以及電影公園附近的這兩個街段，是白天的峨眉街人群較少的部分。往昔的我都會從這裡開始，一步一步地進入，或許是討厭一次見到大量人潮的性格使然。

當然，現在是一片寂靜，兩旁的店面以髮型設計和服飾修改為主，都已拉下鐵門。抬頭一看，某塊招牌因為夜晚的昏黃燈光，變得有些朦朧，那個位置，應該是紅磡會館港式飲茶的招牌吧。

再往裡走，左手邊就是著名老店「北平一條龍餃子館」和「阿宗麵線」坐落的位置，印象中大白天時，在「阿宗」店門口站著吃的民眾，往往會連「北平一條龍」的門口也霸佔住，逼得「北平一條龍」不得不在門口貼警語。

請不要在我們店門口吃麵線。那樣有趣的光景，對照現在的寂寥，讓我覺得內心好像有什麼被抽走了。

只聽得到夜晚冷風的咻咻聲。

這是個虛幻的街道。

只是看起來真實、觸摸起來真實、聽起來真實的街道。

大山與我在如此虛幻的世界裡，正分頭找著某人。

為何他會那麼擔心？不，或許現在心情這麼平靜，步調還刻意放慢的我，才有點不正常吧！

只因為我不想離開這裡。

鬧區安靜下來的樣子，就像沉睡中的頑童，讓人不自覺想定睛細看，生怕這景象尚未烙印在腦海裡，頑童便甦醒過來。在反覆而頻繁的「動」之下，難得讓人察覺「靜」的那一刻，更顯得彌足珍貴。

好想持續徜徉在這個沉睡的虛幻之地，直到日夜交替的那一刻。

彷彿一來到這裡，就被狐狸的法術給迷惑，沉浸在周遭的一切，忽略自己應當要做的事。

一回神，才發現自己人在漢中街與峨眉街的交會處，僅從出發點走了一小段距離，以搜尋的腳步來說，完全不合格，不知道大山看到我這樣會怎麼想，想必會很生氣吧？

我朝右方的漢中街望去。

遠方的武昌街口，有個人緩緩地橫越漢中街，消失在另一側。

似乎是大山，看來他步調和我差不多，我得加快速度。

啊，他有說巷子裡也要找嗎？我記得距離入口處的中段附近，左手邊有一條巷子。

我向後望了一下，裡面應該沒有人……吧？

四周仍是一片寂靜。

數位化的交叉路口。

只要右手邊的這棟大樓——JUN PLAZA開始營業，大型電子廣告看板就會啟動，到了那時，才真正有街道甦醒過來的感覺。

電子看板在鬧區建築物的身分，就像舞群裡的明星，總是能匯聚空間中人群的目光，剛進入這個路口的行人，視線都會不自覺移向看板的畫面。

儘管上頭都是些看過的廣告，和電影預告片。

JUN大樓一樓的SONY形象館，已隨著電子看板一同沉寂。不管是頭上的看板，還是裡頭販賣的電子用品都是如此，只要一關閉就會顯得冰冷、無機，但開啟時播放的聲音和影像，又看似具備有機物的活力與朝氣。

有機的能量儲存於無機的巨大盒子裡——這個街道，不，這個城市也是如此。

真實的世界存在虛擬，虛擬的世界又包裹真實。

曾在這個交叉路口看見有趣的景象。

西門町特有的「台北電話交友」廣告三輪車，經常會有人踩著踏板，在附近反覆來回。每個世代都有自己解決寂寞的方式，色情電話專線的看板在街道四處展示，倒也不十分稀奇，只是有別於日本發放廣告面紙的另一種國情罷了。

我感興趣的，是三輪車上的人。

踩著踏板的人，經常以不同面貌出現，有的穿著很邋遢，一看就知道是打工的流浪漢，有時是打扮時髦的年輕人。

其中最令我難忘的，莫過於身穿警衛制服的大叔。

警衛和人民保姆——警察的制服，兩者我並不會太仔細分辨，尤其前者的剪裁和顏色搭配，有時會做得很像後者。在如此錯覺之下，上述光景乍看就有種荒謬的滑稽，彷彿警方也開始公然支持色情產業，兩者握手言和。

戴上謬誤的有色眼鏡，眼中的世界會產生歪曲，卻也往往透露著和諧。

我繼續沿著峨眉街向西邊走去。左手邊出現一條巷子，是人稱「小香港」的成都路二十七巷。

縱使早期有很多香港人在此開店，充滿濃厚的港式風情，但逐漸改變型態，成為嘻哈服飾、時尚精品街的這條路，依然保有「小香港」之名。

當整體的相貌已然更替時，歷史的痕跡仍會在各個地方，以名號、裝飾等型態持續殘留著，甚至成為一種固定運作的形式，執拗地與新事物共存——這就是我眼中的西門町。

我想起電影「六號出口」（Exit No.6）的西門町，出現了紅包場，出現了廢棄大樓。比起從頭到腳、從裡到外一片新潮，我更鍾愛這種「新中帶舊」的樣子。

我望向巷子裡側——我很喜歡裡面的一家茶餐廳。

每家店面都已關閉，仍舊是一片寂靜與黑暗。

沒有我和大山要找的人。

我開始猶豫，是否要每條分支的巷子都仔細檢查一遍，因為前方不遠處的右手邊，又是一條小巷。

是通往紋身大街的巷道。

雖然我對紋身並不熱中，不過印象中還是和友人進去過一次。

那時，友人說想在上臂刺一個圖案，至於要刺什麼，打算到時請師傅現場設計。

我聽了非常疑惑，因為一旦刺上去，便很難消除的紋身行為，不僅是在皮膚上留下圖案，同時也賦予了「自己」這個人一種獨特的「質」，就像改名換姓，一般人是不會隨便去做的，通常是為了改運，換言之，那是一種咒法。如果不是具有特殊意義的圖案，應該不會打算刺上去才是。

當時的友人回答，因為他缺乏「自我」。

有些人不用在身上烙印，旁人一和他接觸，就自然會在他身上打上某種「印記」。友人說，他其實很羨慕這種人。

那一次，我在一旁目睹了整個紋身過程。當師傅在友人的上臂彩繪出一隻翱翔的老鷹時，我還覺得那只是個裝飾，等到師傅手中的機器發出吱吱聲，裝上針頭，開始在表皮戳刺後，我開始產生一股錯覺，彷彿一位印地安的巫師，將老鷹的魂魄一點一滴注入友人體內。

我不知道紋身實際給予了友人什麼，但原本和他不是很熟的我，日後提到他時，一定會想起那隻老鷹。

印記。注入自我的街道。

我朝巷子裡望去，仍然不見絲毫人影。巷道的那一頭，已看不見任何紋身的廣告招牌。我方才所想像的，曾注入無數個靈魂的巧藝光景，也在這一刻回歸靜寂。

我來到了西寧南路。

象徵徒步區的行人地磚，在此處變成了柏油路，眼前也出現行人和汽車的號誌燈，儘管對當下來說並沒有差別，我卻泛起些微的失落。

行人可以在柏油路上步行、通過是一回事，在大都市的街道裡，柏油路卻是行人和車輛的共有領域，不是行人「獨有」的，也就是說，從這裡開始，行人便失去了那種「獨有」。

好希望整個西門町都是徒步區——當然，這是只能放在內心裡的小小天方夜譚。

不知大山是否已通過這裡，我朝右邊遠望。

沒有辜負我的期待，一個人影從西寧南路的東側出現，穿越柏油路後消失在西側。

看來我倆的行動，有著莫名的同調性。

我無視號誌燈的閃爍，逕行橫越西寧南路。此時矗立在前方的，就是著名的萬年商業大樓。

新中帶舊、歷史的痕跡——方才「小香港」的思緒又在此時湧起。

在六、七〇年代，當時的青少年盛行滑冰運動，聽說當時的「萬年冰宮」就是西區的重要地標，錯過那陣光景的我，只見到它脫胎換骨後的風貌。

地下室的小吃總匯，一樓的手錶、香水、飾品，二、三樓的衣服、皮包，四樓的模型、動漫畫、電玩，五樓的電子遊藝場……雖然販賣的東西很像小型百貨，但進入後仔細觀察，會發現大理石地板有著無法掩飾的裂痕，牆壁的粉刷偶見斑駁，電扶梯沒什麼光澤，上升時，偶爾伴隨著間歇性的震動。

有點年代的大樓，搭配新潮物品的賣場。

之後還開了撞球場、MTV和網路咖啡，相較於另一邊的獅子林商業大樓，這裡越來越向年輕潮流靠攏，那感覺像是一位中年人，仍將年輕人的行頭穿戴在身上，試圖與青少年拉近距離，雖然看起來有些滑稽，卻也散發著親和力。

我也陪友人來過好幾次，並不是想買什麼，而是覺得這樣的光景，可能長大以後就不復存在。有歷史的東西，經常會被汰舊換新的風潮給淹沒，唯有經歷得夠久，人們才會回過頭來，察覺其保存的價值。

好想上去看看。

當然，現在不行。我望著封閉的入口，將身體靠在牆上，體會「真實」的觸感。

看起來真實、觸摸起來真實、聽起來真實。

我離開萬年大樓，一面沿中段的峨眉街前進，一面試圖想像印象中的人群，把他們套用在眼前黑夜籠罩的街道。

即使離開徒步區，這裡還是能維持一定的人潮，除了萬年大樓外，前方的誠品商場也是因素之一。

雖然是大型連鎖書店，但經常不是只有賣書，隨著地緣環境的變化，裡面的東西也不一樣。有一段時間，我非常熱中於去各地的誠品商場，除了喜歡看書外，也想觀察商場裡的東西與該地特色的連結。

光是西門町就有三家誠品，但只有眼前的這家有賣書，其餘都是食、衣或各類用品的專櫃，就連唯一擺放、販賣書籍的三樓，有些空間也被其他小玩物的賣店給佔據。

書店雖然寂寞，但這就是西門町的消費文化。

或許因為是電影院改建的，騎樓底下仍有一些賣糖葫蘆、豬血糕、烤雞串等小吃的攤販，這些攤販與人潮之於街道，就像河水之於峽谷，即使峽谷四周的景色已滄海桑田，河水仍持續不斷流動。

不斷流動的人潮。

昨天、今天、明天都會在這裡繼續流動，只是換了臉孔。

絡繹不絕的人群、攤販逐漸幻滅，視網膜底層的街道又恢復方才的寂靜。

我橫越峨眉街，走向對面的停車場，往裡頭探了探，一樓除了並行停放的機車群之外，一個人影也沒有。就在此時，一陣疲倦感朝身體襲來。

這樣找下去，只是大海撈針吧！

我環顧停車場的四周。

聽說這個停車場很久以前是兒童戲院，白天放電影，晚間和假日作為各國民學校的演戲和遊藝場所。因為西門町很缺乏停車場，才將兒童戲院拆除，改建為現在的樣貌。

藝術文化的匯集地，變成了機能性的建物，但唯有經歷過這時期的人，才會有所感慨。

從外面抬頭仰望，立體停車場的護欄由一根根的白柱相間隔，就像鋼琴上的黑鍵。每層樓透風的空間，也令我聯想到口琴的琴格，而外牆就是口琴的蓋板。

環繞停車場一圈，在這棟建物的四個面中，還是峨眉街這一面最令我印象深刻。這一面並不是汽、機車主要進出停車場的門戶，讓我印象深刻的原因，還是在於一樓的就業服務站，以及經常可以看到停在服務站斜前方，一大一小的兩台捐血車。

大的叫峨眉號，小的叫雄獅號。

我去雄獅號捐過血，裡面附有液晶電視，不過只是用來播放偶像團體倡導捐血的公益短片。

鬧區與捐血車，乍看之下是很不相配的組合，與醫療相關的捐血，和逛街、玩樂的氣氛怎麼也連不起來——第一次在西門町見到捐血車時，我曾經這麼想。然而，當我知道峨眉號所收集的血量，是高居所有捐血車之冠的時候，不禁對自己見解的狹隘感到慚愧。

或許，其他人在看到捐血車時，並不是和我一樣想到醫療，而是想到生命。

挽起衣袖、扎針、抽血——生命的儲存在捐血車裡就是如此，符合年輕人簡單、方便、直接來的訴求。

我走出停車場。峨眉街前是空曠一片，象徵生命的兩台車子已不復見。

我穿越昆明街，望向右方，做第三次的「同步確認」。

結果又看到橫越馬路的身影，真是太巧了，再這樣下去，我們可能會同時到達電影公園。

我將視線轉回前方，看著另一個醫療的象徵——市立聯合醫院。

不知為何，一股懷念的感覺湧上。

眼前的聯合醫院昆明院區，過去是台北市立性病防治所。我曾看過八〇年代後期的相片，那時的性病防治所建築相當老舊，綠色的外牆與灰黑色的屋瓦似乎耐不起風霜，那時就想，站在這樣一棟醫院前，那些上門求助的病人，也會覺得自己罩著一層陰霾吧？

後來就變成現在這樣，又白又高大的建築了，印象中經過這裡時，很少看到有人進出正門口，不知是否都從後巷出入。

縱使名稱拿掉了「性病」二字，這裡還是有性病和愛滋病防治的門診，或許對大多數人而言，仍是難以啟齒的疾病。

白色外牆籠罩在一片黑暗中，我開始探尋自己對這裡的印象。

門口的廣場相當大，是青少年經常練習滑板的地點，偶爾也會有一些二線明星，或是新人在這裡辦簽唱會、宣傳活動，這對一般的醫院來說是很奇特的事，在西門町就顯得理所當然。

這樣的光景，如今也回歸一片沉寂。

我觸摸醫院白色的外牆，此時，又一陣冷風的咻咻聲響過我耳邊，我頓時驚醒。

不行，再這樣下去，到時大山一定會生氣。

一路走來沒什麼人，不知何時才會找到，雖然不能馬虎，可是又想快點結束。

我逐漸加快腳步，開始在街道上奔跑。

在這個虛幻的街道。

看起來真實、觸摸起來真實、聽起來真實的街道。

右手邊出現一條小巷，我彎進去往裡頭探看。

除了確認大山是否已經走到這裡，另一方面，我也想看看塗鴉。

這條狹窄的巷道是武昌街一二〇巷，又稱明太子街，進去後走一段路，右手邊會出現另一條巷子，就是昆明街九十六巷，也是俗稱的美國街。

這兩條街是西門町著名的塗鴉藝術區，四處可見用噴漆或油彩繪製的生動圖案，有抽象派、動畫風或寫實派等各種形式，往往還搭配巨大的藝術字體。另一方面，這兩條街也是西門町著名的廢墟——台北戲院舊址——的後巷。

我想起在電視專題報導上看過的，熊熊燃燒的廢棄大樓。

燒毀前，已閒置十五年，燒毀後，又遭荒廢了多久呢？每次經過時，都有一股想進去看的衝動，那感覺有點像是尼采的名句：「當你凝視深淵時，深淵也在凝視你。」在我心目中，廢棄大樓就是都市的深淵，是被隱藏的城市角落。

未必光鮮亮麗，卻有引人一探究竟，窺視它過往故事的衝動。

而伴隨這些大樓的塗鴉，就是那些深淵的「裝飾」，儘管一開始往往是下流、毫無美感的亂塗亂寫，卻也因為粗暴，而與廢棄大樓有種協調的一致性。

在我心目中，西門町這些經過規劃，請知名團體繪製的塗鴉「藝術」，似乎就悖離這種「粗暴的一致性」了，不如說是為了想改變別人對廢棄大樓的觀感，試圖改頭換面的一種「救贖」行為。

我摸了摸幾幅一點都不粗暴的塗鴉——傳來牆壁沙沙的觸感，這也是「真實」的。

我走出巷道前，特地向後回望了一下，結果不出所料，橫越路口的人影又映入我的眼簾。

完全同步，連續四次，我們真是太有默契了。

回到峨眉街上持續往前走，右前方就是西門電影公園。昏暗的路燈下，康定路就在眼前。

大山應該也快到了吧？

我在康定路右轉，進入電影公園。

出乎意料，竟連一絲人煙也沒有，更遑論大山的影子，看來他在最後一段路放慢了。等待的過程中，我開始環顧公園四周。

第一次來這裡時，曾經疑惑很久，因為幾乎找不到任何與「電影」相關的東西，直到後來才知道，開幕時的盛況早已不再，徒留當時的一些建物——昔日煤氣公司的紅磚廠房、煙囪，與可以透過陽光、營造成「戲棚」的巨大鋼棚，以及多角度觀戲概念的鋼構平台——雖然能隱約感受到當時的設計訴求，如今看來，卻也不過是個普通的公園。

紅磚牆、公園背後的建築物上，也出現了塗鴉藝術。

我在鋼棚底下等著，白天時，這裡會有陽光灑落形成的方格陰影，現在不過是一片黑暗。

四周依然空無一人，有的只是鋼構平台，與實木地板、鑄高壓水泥磚、彩色混凝土交錯的鋪面地坪，地坪縫隙中還有點綴用途的草皮。

我孤獨地置身其中，朦朧感越來越強烈。

這是個虛幻的公園。

只是看起來真實、觸摸起來真實、聽起來真實。

過了許久，大山終於拖著沉重的步伐現身，他看起來有些憔悴。

「抱歉，我動作太慢了……」

「沒關係，我也是，有斬獲嗎？」

他搖搖頭。

「我想也是，這樣只是大海撈針吧！」不想讓對方認為自己太輕率，我刻意將口氣壓得深沉。

「可是，一定得找出來。」

「大山……」

啊，別用那麼疲憊的表情看我，會有罪惡感。

當下，我甚至連和大山的對話，都覺得很不真實，彷彿這世界、這一切都是夢境。大山看似那麼努力尋找，我卻有些心不在焉，甚至對每一樣路過的東西觸景生情，這樣是否該被譴責呢？

「對不起。」

大山浮現疑惑的表情，似乎對我突然的歉意感到不解。

我轉過身。「我……覺得很疲倦了，想快點結束。」

後方傳來沉重的嘆氣聲。

「想回去就回去吧！我會留下來自己一個人找。」

經過約十秒後，我才敢再度回頭看他。

大山早已背對我，往漢口街那裡走遠了。我望著他孤獨的背影，聽著那沉重的跫音，罪惡感逐漸加深，或許，我該多體諒他一些，更積極一點。

「大山！」

我盡最大力氣叫喊，大山立刻停下腳步，但沒回過頭。

「中華路上見。」

大山似乎理解我話中的意思，將右手舉起揮了揮，繼續向前行走。

我的漫不經心，得到寬恕了嗎？

我立刻朝成都路的方向邁開步伐，隨著一步步踏地的觸感，我的腳步逐漸加快，最後發現自己開始在人行道上奔跑。

動吧，雙腳！

在這個孤寂的街道。

成都路的寬度比起峨眉街要大上許多，也因此還存在一些車流的聲息，路面的光影也較為明亮。

這裡也是西門町，和四周區域的其中一條界線。

我在成都路北側，邊逐一檢視騎樓下是否有行人，邊往馬路的另一側望去。

西門國小。

曾在那附近看到小學生下課的光景，那時心想，不知過去的小朋友們，會如何看待舊時西門町的繁華？

根據許多人的經驗，中、小學校附近的地區，在他們童年與青少年的回憶裡，經常佔有重要地位。放學後，多得是不直接回家，在學校附近逗留的小孩，學校的地理位置決定了青少年生活的「精采度」。

這麼看來，西門國小畢業的人對西門町的鄉愁，說不定比我還要嚴重。

我加快腳步，對面的一些知名看板映入眼簾。

國賓影城、U2電影館、台北牛乳大王。

聽說，台灣第一家專門放映電影的戲院「芳乃館」就是蓋在國賓影城的位置，之後經歷了美都麗戲院、國賓大戲院。在國賓最繁榮的時期，其他幾家戲院都只有三、四層樓高，七層樓的國賓大戲院，是大老遠就可以看見的代表性地標。

就我眼前的這棟豪華影城來看，繁華之後不一定會伴隨沒落，仍有可能依然繁華。

或許，是因為人們通常不會著眼在繁華光景的長久延續，只會對猝然降臨的沒落印象深刻吧！

騎樓下沒看到任何人，我彎進途中經過的兩條巷弄，依然沒看到人影。

火鍋城、理髮店、生活百貨、成都大飯店、咖啡廳、豆花店、日本料理、肯德基。

在黑暗的籠罩下，每家店都已拉下鐵門，晚上點亮四周的廣告看板群，也在此時隱蔽它們的光芒。

我持續奔跑，很快來到昆明街的路口。

往昆明街方向望去，仍然不見什麼人，我立刻橫越馬路。

唱片行、運動用品店、服飾店、美髮沙龍。

上海老天祿。

同樣在西門町，武昌街也有一家「老天祿滷味」，成都路的這家除了滷味，還有糕餅，而且有趣的是，兩家都標榜自己是「正宗創始」、「老字號」、「別無分店」。台灣似乎經常發生這種現象——花蓮也有「曾記麻糬」和「曾家麻糬」——理由通常不是兄弟分家，就是其中一方盜用另一方的招牌。使用著類似的名號，可說同享一份榮耀，卻又彼此對立，像是生態體系互相牽制的兩種生物。

快到成都路的前段了，前方就是西寧南路，一路上我都在快步疾走，風景一個接一個經過眼前。

唯獨缺乏要找的人。

在如此黑暗的街道狂奔、搜尋，情感裡竟沒有絲毫恐懼，連我自己都感到驚訝。是物極必反的結果？抑或是無法感受到現實性的緣故？

只有雙腳不停擺動著。

越過西寧南路，兩旁的建築又出現「新中帶舊」的氣息，不久前瞥過的「小香港」巷道，也近在眼前。

左邊是台北天后宮，右邊是西門紅樓。

坐落在鬧區的廟宇和古蹟，往往會給人不協調的感受，但在西門町這個擁有歷史的區域，反倒是加了一層光環。在數不清的西門故事裡，這兩棟建築將故事年代拉得更久遠，加深區域歷史的深度。

若加入地方發展的要素之一「觀光客」，西門町和這兩棟建築就更親密了。

有「台北原宿」之稱的青少年文化集合地，有一座除了媽祖外，也奉祀弘法大師的廟宇，還有另一棟在八角形建築後面，連接十字形建築的磚造樓房，經歷了市場、劇院等文化變遷。印象中，這裡經常停靠著遊覽車，還有一些日本觀光客聚集。

遙遙相望的兩棟歲月痕跡，位在人聲鼎沸的市集裡，我從它們中間穿過，朝捷運站出口奔去。

經過小香港的入口時，我突然停下腳步。

前方好像有什麼。

一股突然襲上心頭的莫名預感，阻止我繼續前進。

不知大家是否有過類似的經驗？

正順暢地進行某項行為時，突然眼皮一陣顫動，或是一股頭痛襲來，而一旦停止行為，「症狀」便會減輕，甚至消失。

不可以再繼續下去，否則會有可怕的事發生。

這種經常出現在小說或電影裡的橋段，現實中出現的頻率因人而異，而且，經常都只是毫無根據的杞人憂天。

但是，人處在孤寂的世界裡，往往只能相信自己的直覺。

我被那股預感給絆住，躊躇不前。

大山方才疲憊的表情，又浮現在腦海。因為缺乏現實感，遲至現在才湧現的「恐懼」，開始和「罪惡感」相互拔河。為何自己在緊要關頭時，是如此軟弱呢？

時間一分一秒過去，我卻在接近終點的當下，將自己困在徬徨不安的牢籠裡。

不知過了幾分鐘，經歷多少次天人交戰。

最後，纏繞心頭的恐懼漸趨緩和，罪惡感獲得了勝利。

我踏著忐忑不安的腳步前進，前方就是漢中街，那個與成都路交叉口堪稱西門町最熱鬧的門戶，熟悉的誠品一一六就在左前方，捷運出口則在更遠的位置。

不知為何我突然想起，進入右方的漢中街，就可以看見市政府警局的派出所。

我朝左前方走去，熟悉的西門酷客公仔矗立眼前。

原本活潑與朝氣的象徵，在黑夜、冷清與恐懼的影響下，竟是如此晦暗，總是迎接過往行人的它，在沒有行人時，似乎就把一切「動」的氣息給吸走了。

我轉向漢中街的斜向入口。

有許多街頭藝人、臨時攤販的道路，現在也回歸靜默，盡頭處的JUN PLAZA電子廣告看板，已融入四周的一片黑暗。

如果現在是在玩大富翁，我好想抽一張「命運」卡，告訴我接下來會發生的事。

印象中，這條路曾出現過一個怪人，他銀髮白鬚，一身古代仙人的裝扮，手持兩束布條，一邊寫著「今年市長×××會當選」，另一邊寫著「明年總統○○○會當選」，我當時看了不禁噗哧一笑，因為他不過是根據當時的政局，做出最有可能的猜測。

雖不能說是鐵口直斷的半仙，這樣的街頭角色扮演，還是讓我留下深刻的印象。

然而，如果他現在在這裡，我可能會衝上前揪住他的衣襟，質問他我的命運將會如何。

深邃的街道，虛幻的街道。

好想在這條路上奔跑，最後回到原點。我跨出一步、兩步。
三步、四步，我開始向前衝刺。
啪達、啪達、啪達。
我只聽到自己的腳步聲。
此時，背後傳來一聲嘶啞的叫喊：「喂！」

我驚訝地轉過頭。
「妳在幹嘛？」
西門酷客立台底部——也就是捷運站出口附近的角落——傳來熟悉的聲音，雖然被陰影給遮掩，但依稀可以分辨那裡有人。他兩手抱膝，背靠著立台坐在地上，抬起頭正望向這裡，而且不必看清楚臉，光憑聲音就知道是誰。
「大山。」我壓下差點竄出喉嚨的尖叫。「你怎麼會在這裡？」
的確，不應該在這裡遇見他。依照他當初的指示，我們會在西門町的中華路中段，也就是制服街入口碰面才對。
「是妳太慢了。」有氣無力的聲音。
我走上前，隨著我們距離的拉近，大山的面容逐漸清晰，我思忖他來這裡花費的時間與路線，頓時湧上強烈的疑惑。不過當我發現他說話時雙肩上下起伏，就逐漸明白了。
「你在制服街，等很久嗎？」
「其實沒有等，在那裡沒看見妳，我就直接過來了。」他的話語，仍夾雜濃厚的喘息聲。

「有什麼急事，需要跑步過來嗎？」

「只是走得比較快。」

這傢伙，說謊不打草稿。

我決定不深究此事。「在這裡等了多久？」

「沒多久就聽到腳步聲了，然後，就看到妳在我面前奔跑。」

所以我們到這裡的時間，並沒有相差很多。

我想起「小香港」的入口。啊！一定就是那裡。

從電影公園到這裡的路程，我幾乎都在奔跑，雖說偶爾會停下來，也沒有盡全力飛奔，不過他繞過漢口街、中華路到這裡，要比我先到達仍有些難度。如果說其中存在什麼關鍵，那一定就是剛才經過小香港時，我因為突然的恐懼感停下腳步，滯留一陣子的緣故。

那段時間，應該超過十分鐘吧！

我觀察大山，他臉上的表情很詭異，是一張在極度的疲累之下，混雜無奈、不安與絕望的臉孔。我看他仍曲膝坐著，便伸出右手想扶他一把，不過他似乎不想站起身。

我只好彎腰蹲下，視線才能與他同高。「情況怎樣？」

沒有回應。

應該說，頭部有稍微震動一下。

「怎麼了？」

我的聲調不自覺提高許多，不過他仍然沒有回應，只是頭部的動作更為明顯，變成了左右擺動。

「搖頭是什麼意思？」我感到異樣，開始搖晃大山的肩膀。「喂！你這傢伙，說話呀！」

語氣如此粗暴，連我自己都嚇了一跳，話一出口便摀住嘴。

一定是因為畏懼。

害怕對方即將說出的事。

他兩眼無神，凝視我片刻，終於用細若游絲的聲音吐出一句話。

「妳，不會想看的。」

雖然早有預感，但直到那一瞬間，我才覺得自己完全理解。

當下的狀況，以及，那時讓自己快要窒息的預感是什麼。

「在哪裡？」

大山手指向一旁。我站起身，順著他指的方向走過去。

那是誠品一一六所在的騎樓，周圍的路燈似乎已被破壞，光線無法照到該處，因此屋簷下的陰影相當漆黑，經過時若沒有仔細觀看，可能不會發覺那裡正躺著一個東西。

曾經是「人」的東西。

身材相當矮小，俯臥著所以看不到臉部，身穿鮮紅色衣服，戴著鮮紅色帽子。

這是什麼？誰來告訴我，這是什麼啊？

我立刻摀住嘴，卻發現自己缺乏想要尖叫的衝動，不禁感到有些狼狽。轉過身，發現大山也站了起來，走向這兒，右手不停地往眼睛周圍抹來抹去，還一直吸鼻子。

為什麼你要哭呢，大山？

我也應該感到難過嗎？

開始環顧四周——漢中街的斜向入口，半仙依然不在那裡；西門酷客公仔，仍舊黑得像是要吸走人的精氣；成都路對街的派出所，感覺是那麼遙遠。

這是個虛幻的街道。

而且現在看起來不真實，觸摸起來不真實，聽起來也不真實了。

我突然感到一陣暈眩，忍不住蹲了下來，雙手抱頭。近似怒吼的尖叫聲終於擺脫壓抑，自喉嚨的深處如潮水般傾洩而出。

「哇啊啊啊哇啊啊啊啊哇啊啊啊啊啊——！」

之所以發出這聲慘叫，是因為看到人的屍體，還是因為意識被抽離這個世界呢？

當下，連我自己都不曉得。

第三章——而立之年・胎動

踏入捷運出口不久，眼前又是一片黑暗，身體浮了起來。

我和大山回到「大廳」。

從發現那團紅色的「東西」開始，他一直保持沉默，在大廳也沒有啟用聊天系統說話。我們完全看不見彼此，無法從表情得知他的想法，我想自己該主動說些什麼。

我打開畫面左下角的視窗，點選Bigmountain。

「對不起。」我儘可能保持鎮定。

沒有回應。

我決定繼續說下去。「我剛才有點失態……不，是非常失態。」

一秒、兩秒、三秒。

「不過，你應該更難受吧！發生了這種事。」

我想起他不停抹臉的手，那絕不是汗水——話說回來，不管是汗水還是淚水，在VirtuaStreet裡都是看不見的。

四秒、五秒、六秒。

「我沒關係的，露華，謝謝妳。」他的聲音，終於透過揚聲器傳到耳裡。

雖然平靜許多，仍可以聽出有些哽咽。

「要報警嗎？」

「報警……案發地點在哪裡呢？」

「這……」

「一個人死在虛擬世界裡，我看不出是什麼原因，甚至不知道他在現實中的『位置』是哪裡……妳有看見那個人的臉嗎？」

「看了一下……但是不認得。」

我想起剛才的情景。後來，我把那個「屍體」翻過來觀察，就長相而言，應該是三十幾歲的男性，身材矮小，臉孔完全沒印象。

「八成不是公司的員工，應該是臨時測試人員吧！」

若真是如此，他位在全省哪一個ＶＲ據點就是個問題。總不能跟警方說「虛擬世界裡有人死亡，請派人前往處理」吧！

「我去查每個據點的登入資料。」話裡的哽咽聲已消失，卻透露著疲憊。

「每個據點……」

八百多個據點，一個一個找嗎？

眼前浮現一個視窗，上面訊息寫著「Bigmountain已登出」，我也立刻按下「登出」按鈕，沒多久，耳邊響起系統關閉的電子音效，室內瞬間恢復成原本的ＶＲ室。

我脫下裝備，「呼」地嘆口氣。

回歸現實的一刻——儘管發生這種事，現實、虛擬已經難以分辨。

我擔心的事情，就這麼毫無預警地發生在眼前。

過去網路聊天室興起時，也很少人會想到日後會引發錢財、感情詐騙等犯罪問題，只著眼於通信的便利。直到問題出現，人們才會去正視。

當虛擬世界與現實越來越接近，現實會發生的問題，難保虛擬世界不會出現，但是人們在沒有預防的情況下，往往會不知所措。

如今現實會發生的「死亡」也出現在虛擬世界，發現者是我和大山，不久後就會揭露在世人眼前。

這個問題來得太快，太難以承受了。

大山的哭泣，八成是因為自己一手建立的樂園，即將毀於一旦吧！

我走出ＶＲ室，將視線移向手錶，快要十一點了。室內照明已經開啟，但沒有任何人的走廊依舊冷清，那有別於方才在VirtuaStreet裡的孤寂，是一種貼近現實的沮喪感。

大山正在樓上，試圖找出案發現場。

自己也是當事人，不能丟下他一個——想到這點，我立刻朝樓梯飛奔而去。

大凶後伴隨的小吉，縱使無法挽回遺憾，至少能暫緩不安的情緒。

那名死者所在的地點，很快就找到了。大山操作數據系統，叫出今天全省各據點的登入資料，篩選出缺乏登出資訊的幾筆，依照時間順序排列，再將範圍鎖定中午至晚上的時段。

「因為是舊系統，有些數據在線上人數超載時，會產生錯誤。」

他從剩下的資料當中，一一剔除因為系統錯誤，導致登出資訊有缺漏的幾筆，最後剩下的，就是系統在正常狀態下，仍缺乏登出資訊的人——也就是被害者。

「應該是這位吧！」大山指著螢幕上剩下的人選。

帳號名叫Shadow，登入據點在萬華區，距離西門分部不遠，算是不幸中的大幸。

我立刻拎起一旁的話筒撥打一一〇，幾分鐘後，耳邊響起大樓外模糊的警笛聲。

在那之後過了一小時，我和大山現在位於附近的派出所。

「等等，你能不能再說明一下，所以那個Virtua什麼的，是可以從這裡，把人傳送到那裡的機器嗎？」

眼前一副國字臉、負責做筆錄的員警，八成腦容量不是很大，我和大山針對虛擬實境解釋了很久，他還是一臉問號，完全無法理解。

我們兩人對看一眼，大山的表情已經變成苦瓜，我皺起眉頭。

「老兄，我已經講過很多次了。」大山的語氣有些不耐。「現在科技沒那麼進步，沒辦法搞什麼人體傳送。ＶＲ只是讓你有參觀某個地方的體驗，從哪個據點進去，就只能從那個據點出來，當然，一切體驗都是幻覺，這樣懂了吧？」

「警察先生，你看過電影『X接觸──來自異世界』（eXistenZ）嗎？」我試著伸出援手。

「看過，很久以前的片子。啊，原來是那個啊！」

「和裡面遊戲的進出模式很像，只不過道具沒那麼詭異。」

並不是很有名的電影，幸好國字臉知道。

「啊，可是死者的後腦被敲得很用力耶！而且現場的房間……那個什麼ＶＲ室的，從裡面用電子鎖反鎖，一開始根本打不開。如果不是把人體傳送到裡面，要如何辦到……」

完了，他根本沒聽懂，這樣下去筆錄要做到何時？

「你很遜耶！」旁邊的一位戽斗臉警察，似乎看不下去了。「都沒在注意科技新聞，成天只看影劇版。學長我來。」

國字臉悻悻然站起身，讓位給戽斗臉。我不禁在心裡吶喊：加油啊戽斗！

「所以說，是被害者進入虛擬實境，因為某種原因死亡，被你們發現。」

我和大山一同點頭。對對，就是這樣。

「不過，你們也聽我學弟說了，死者是後腦勺被重擊，不太可能是自殺。但要說是他殺，現場又是一個從裡面反鎖的房間，兇手是如何進出的呢？那個虛擬實境，可以辦到這一點嗎？」

「我想，是透過力回饋系統。」

「力回饋？」

大山陷入沉思，似乎在思考要如何解釋。

「警察先生，你可以把虛擬實境想成一個網路空間。」我試著幫他說明。「距離遙遠的兩個人，可以透過這個空間作互動，甚至包括肢體上的接觸，例如：握手、擁抱、敲擊頭部。」

我做了一個揮擊的動作。

「而負責達成這項功能的，就是力回饋系統。當A先生在虛擬實境裡攻擊B先生時，A的手會有『敲到東西』的感覺，那是因為力回饋系統透過電纜，施加阻力在A所穿的力回饋衣上。另一方面，力回饋系統也會固定住B的頭盔，並透過電纜把B整個人往上提，如此一來，B就會感覺頭部受到撞擊。」

「但是實際上，A和B都是位於各自登入的VR室，並沒有實際接觸。」大山稍作補充。

「喔，這樣啊！」

不知屌斗臉是否真的聽懂，他開始擠眉弄眼，在紙上寫些字後，提出下一個問題。

「你們剛才提到，因為兩個數據系統的顯示人數不一樣，才會想進去一探究竟。」

「是的。」

「這兩個系統的差別在哪裡？為什麼會造成不一樣的結果？」

對啊！還有這個問題。因為一直在確認死者的位置，完全忽略了數據不一樣的事實。

我望向大山，我自己也想知道為什麼。

「嗯……」他一手托腮，一手敲打額頭，試著理出頭緒。「因為有Zombie。」

「殭屍？」

屌斗臉做出和我一樣的反應。

「系統的人數統計，是透過每個ＶＲ據點的資料回傳得來的。舊系統是根據每間ＶＲ室啟動、關閉的次數做統計，新系統不一樣，它是根據頭戴式顯示器上的一個裝置。」

「什麼裝置？」

「那個裝置可以偵測人眼球的轉動。啟動ＶＲ後，只要使用者頻繁地移動視線，系統就會判斷這個裝置有人在使用。相對的，也可能發生有人沒穿戴裝備，直接啟動ＶＲ的狀況，在這種情況下，裝置會視為沒有人在使用。因此，就統計線上人數來看，新系統比較準確。」

「喔……這樣啊。」屌斗臉的表情擠成一團。「那Zombie又是什麼？」

「在我們的術語裡，Zombie是指失去靈魂——也就是系統管理——的個體。人死後眼球不會轉動，所以新系統不會將死人算進去，但是舊系統是根據ＶＲ據點的啟動、關閉來統計，因此若有人進入ＶＲ後死亡，舊系統還是會把他算進去，這就是數據不同的原因……」

「而且那個人根本沒有登出，其實還留在虛擬實境裡，所以其他VirtuaStreet的使用者，還是可以和那具『屍體』做互動，但是在新系統的認知下，他就變成了Zombie？」我好像有點懂了。

大山點頭，對我的理解表示同意。

「喔……這樣啊……」

可是對面的㞎斗臉卻完全相反，只見他抓著頭皮，說出千篇一律的回答，又低頭在紙上不知寫些什麼。一旁的國字臉開始竊笑，八成是幸災樂禍。

此時，派出所門口響起一陣洪亮的聲音。

「別再裝模作樣了，小趙。」一位高大、身穿便服的男性走進來。「我知道你完全不懂。」

「小隊長好！」國字臉立刻從座位起身。

「學長，我又不像你待過資訊室。」㞎斗臉轉身抱怨。

「就算待過也不一定會懂，這是我的專業。」

那個人走近時，我才發現他戴著細框眼鏡，但眼神中的銳利光芒並未因眼鏡而減弱，一身發亮的褐色夾克，使他更增添「硬漢」的氣質。

「小姐妳好，我是分局偵查隊的小隊長，敝姓張。」

他來到我們面前，先是和我握手，嘴角擠出一抹微笑。

然後將臉轉向大山，微笑瞬間變成意味深長的笑容，說道：「好久不見了，天才山。學姐還好嗎？」

夾克男親自做完筆錄，說了一句「日後會再麻煩二位」就讓我們走了。

手錶指針已超過三點，我和大山精神相當疲憊，雖然興起一股打電話向媽媽撒嬌的衝動，但是拿出手機一看，不知何時電力已經耗盡，空白的顯示面板使我打消念頭。

「所以他是你的大學同學？」

凌晨的街道相當冷清，我們離開派出所，走在路燈包圍的小巷裡。大山對我說明夾克男的事。

「對，而且成績和我差不多，他叫張璧河，我們當時被戲稱『山河二人組』。」

和你差不多，該不會是學期成績第二名吧？還有那稱號，聽起來像搞笑藝人團體。

「不過畢業後就沒再聯絡了，因為我去國外唸書。」大山望著遠方，像是在回想什麼。

「沒想到他會進入警界，不過……倒也符合他的性格。」

「他說的那位『學姐』，該不會就是……」

你的前妻吧？我頓時住口。

不知是否碰觸到龍的逆鱗，我窺探大山的反應，但他只是笑著點頭，沒說什麼。深切的笑容。

眼前就是MirageSys的西門分部，我現在只想馬上開車回家，鑽入溫暖的被窩。

「大山，你沒在開車吧？要搭便車嗎？」我指向停車場的方向。

雖然不知道他住在哪裡，但我當下覺得自己該做點什麼，或許，是適度的體貼。

「不用了，我等一下睡在公司。」

「還要工作？」我大吃一驚。

「不，只是想留在這裡。或許妳無法理解。但這就像是孩子快要死了，做父母的想多陪在他身旁，類似這樣的心情吧……」

「孩子」嗎？我可以理解，只是無法感同身受。

現在站在我面前的，並不是平日的上司Bigmountain，也不是那個和我觀念相左的「天敵」何彥山，只是一個可能會失去研發成果，想在一切化為泡影前，緊握住片段的可憐人。

下垂的雙眼使他頓時老氣許多，招牌的娃娃臉已不復見。剛離開VirtuaStreet時，那個悲傷的表情又浮現眼前。

兩張臉重疊在一起。

開車的路上，這個影像一直在我腦海盤旋不去，隨著引擎的震動激起陣陣漣漪。

回到公寓，面對雜亂無章的家具和衣服，身體的疲憊頓時加重許多。為了揮除腦中的影像，我做了幾下運動，簡單淋個浴後，連檢查答錄機留言的力氣都沒有，就倒在床上，沉沉睡去。

隔天，我沒有開車上班。

雖然經歷昨晚那番折騰，大山應該不會要求我準時進辦公室，但我還是在鬧鐘的輔助下，硬是逼自己在同樣的時間起床，說到底，只是身為員工無聊的自尊。

所以我又像前幾天一樣睡眼惺忪、精神不濟。為了保護我的愛車，還是搭乘捷運比較好。

「小白屋」距離捷運站很近，為了調整心情，我刻意放慢腳步。

儘管已和當初的街景大相逕庭，有時在這條路行走時，我還是會把小白屋想成是JUN PLAZA，想成是我「甦醒」那一年的西門町底下，那棟匯聚眾人目光的建築。

一樓的自動門，仍和那時的SONY形象館一樣，只是進出的人少了。

有兩個人出現在門口。

「嗨。」

昨天的戽斗臉對我揮手，他身後是夾克男。

「顏小姐，方便說話嗎？」夾克男手指向附近的餐廳，或許是察覺我看著小白屋，說道：「我已經知會大山了，他說讓妳今天在家休息，不過在這之前，我們想佔用妳一點時間。」

我嘆口氣，點點頭——自己應該沒有拒絕的餘地。

進入餐廳的包廂就座後，我開口問道：「案子有什麼問題嗎？」

「有些地方需要確認，為了釐清細節，個別詢問當事人是必要的。」

果然，和警方接觸一次就會有第二次，我心想他們會不會像刑事劇演的一樣，一直重複問過的問題。

戽斗臉拿出記事本，夾克男並沒有任何動作，或許他只要提問，由戽斗臉負責記錄。

「首先，我想瞭解一下VirtuaStreet模型的結構。」

他從公事包裡拿出一疊紙，是公司發的文案資料，與昨天小皮拿到的一模一樣。

他翻到其中一頁。「這是模型的平面圖。」

我探身向前。

「請問，人一旦進入西門町的虛擬模型，是不是只能在這個框線範圍裡活動？」

夾克男的手指在平面圖上畫出一個長方形，他指的範圍，就是中華路、漢口街、康定路和成都路所圍成的區域，這也是一般人稱「西門町」的實際範圍，在平面圖上用粗虛線標示。

「是的。上面有①至⑫的號碼吧？那代表模型的十二個出入口，也是通往『大廳』的傳送門。人可以在這個區域四處走動，包括邊界的四條路，但無法走出這個範圍外，而且進入任何一個傳送門，就會回到大廳。」

「我們剛進去調查過，可以看到西門國小和西門紅樓，也能看見中華路對街的建築。」

「只不過是『看得見』罷了。」我指指自己的雙眼。「根本無法進入那些地方，就像舞台的背景布幕，只是看起來真實了點，事實上根本碰不著。使用者如果想接近，就會撞上一道『透明牆』，沒辦法繼續向前走。」

「我們也發現，除了當成邊界的四條馬路，其他道路都沒有汽、機車，只有行人走動。」

「應該說，虛擬實境裡根本沒有交通工具。」我把資料翻到另一頁。「請看，這裡有寫：『現在尚未做出駕駛汽、機車的體驗功能，使用者在馬路上看到的交通工具、聽到的車流聲，純粹是為效果做的布景。』其實啊，被車撞到也不會有事喔！」

「會穿過身體嗎？」戽斗臉驚訝地問。

「會啊！」

「這樣我瞭解了，接下來是這個。」

夾克男接過資料，啪啦啪啦開始翻閱，最後視線停在某一頁，手指向一段文字。

「妳看。」

為防止嚴重的肢體衝突，使用者在VR世界裡的力量，只能發揮原本的百分之八十，意即：使用者施予物體的力，會乘以〇・八計算，但反作用力仍不變。因此走路、跑步的蹬地行為不受影響，但對某物拉扯，或是攻擊等行為，效果只有八成。

「這地方有什麼問題嗎？」

「憑這點應該可以判斷，誠品一一六附近是第一現場，至少不會差太遠。」

原來如此，因為搬運「屍體」太過費力，如果要偽裝現場，搬運的方法就成了問題。

「而且，兇手的力量應該不小。」他擺出揮拳的姿勢。「我沒看過數據，不清楚一般人揮拳的力量有多重，不過我們進去做了實驗。我冷不防往小趙的腹部揍一拳，他也只是稍皺眉頭，要是平常，他一定會痛得蹲下來。」

「學長真的很過分，還是很痛欸！」戽斗臉按住肚子，在一旁撇嘴。

我盯著眼前的夾克男。他的細框眼鏡和褐色夾克恰成對比，如果脫下夾克，他就和一般的斯文學者沒兩樣，但如果拿下的是眼鏡，或許就會搖身一變，成為熱血——或暴力——警察。這兩樣配件，或許也代表他截然不同的兩種性格，看似對立，卻又能融合在一起。

「少裝了。啊，我想說的是，兇手是如何行兇的呢？力量只剩八成，換句話說就是要發揮一・二五倍的力量，才能到達現實的水準。妳也知道被害者是後腦遭到敲擊吧？只用拳頭根本打不死人。這麼一來，兇器是什麼呢？可能要等法醫的解剖報告……啊，shit！」

我嚇了一跳。「怎、怎麼了？」

「就算解剖還是不知道啊！因為其實很清楚，現實世界的『兇器』就是力回饋系統——死者受到強大的作用力，導致後腦撞擊頭盔死亡。這麼一來，虛擬世界裡的『兇器』才是重點。VR裡有棍棒、鐵鎚之類的物件嗎？」

「我也不是很清楚……」
「就算有，揮擊的力量也得比平常大，我們會再調查。對了，說到死者……」
夾克男望向戽斗臉，後者開始翻閱記事本。
「死者名叫朱銘練，三十四歲，是個打工族，一個月前應徵MirageSys的臨時測試人員。」
戽斗臉說道。
「他身材相當矮小，應該只有一五〇公分出頭吧！」夾克男從上衣口袋掏出一張照片。
「雖然調查人際關係是別組的工作，不過還是問一下……有印象嗎？」
我接下照片，端詳許久。
一張猥瑣的臉，還帶著令人生厭的笑容。
「完全不認識。」
「大山也說不認識，八成只有行政人員見過吧！」
「請問，他死時是身穿紅衣、戴紅色帽子嗎？」我說出內心的疑問。
「咦？沒有啊，倒是後腦被敲了好幾下，流了不少血。為何這麼問？」
「因為我們在虛擬實境看到他時，他是那副打扮……啊！八成是視覺系統判斷錯誤。」
「視覺系統？」
「嗯，我們在ＶＲ見到的人，他的樣貌、打扮，是根據視覺系統決定。」
我再度翻閱那份資料，打開「視覺系統」那一頁。
「視覺系統會從各個角度，拍攝使用者的全身相片，並根據這些影像，組合使用者在ＶＲ世界裡的樣貌，這是使用電腦視覺（Computer Vision）的技術。雖然目前可以做到相當精確，但還是會出錯……」

「因為死者的血液，染紅了拍攝鏡頭？」

真不愧是高材生。

「我認為應該是這樣。」

「原來如此。」夾克男撫著下巴，面對戽斗臉。「雖然不是什麼重要線索，但還是記一下吧！小趙，死者資料還有哪些？」

「死者於一個月前開始測試VirtuaStreet，帳號是Shadow，登入時段是下午三點到九點，登入據點在萬華區長沙街二段……」

「你幹嘛一副哀怨的表情？」夾克男插嘴。

「因為，為何偏偏在萬華區……」

「幸好在萬華區，要不然不知道會是哪個死腦筋的人負責。」

他的臉霎時變得猙獰，惡狠狠的表情令我有些驚恐。

「給其他人調查不好嗎？」

「小姐，妳以為誰會在這裡跟妳正經八百談論『發生在虛擬實境的殺人案』？如果是那些笨蛋，一定會認為發現屍體的ＶＲ據點有什麼機關，可以殺了人之後將門反鎖走出去。科技發展到現在，還是會有一群食古不化的人，讓那些人辦這種案子，我呸！」

「難道不可能是那樣嗎？」我有被罵到的感覺，這麼想的人不見得是笨蛋吧！

「當然有，不過調查那個是別人的事。」

我現在才意識到，這個人和大山，其實根本是同一掛的。

午餐的兩盤炒麵端上桌。

夾克男命令戽斗臉先回局裡——順便結帳，戽斗臉不甘願地離開了。

「最後，是案發時的行動順序。」

吃完炒麵後，他取出自己的記事本，撕下一張白紙，在上面畫了些線條。

「根據凌晨的筆錄，妳說因為在座位上睡著，沒發現指示燈變成紅色。」

「對不起。前幾天沒睡好，再加上盯著一整天的機器就……而且那時同事幾乎都下班了，我也不知道除了大山之外，有誰看見燈號改變。」

發生命案的那一刻，死者眼球不再轉動，新系統的數字也從1變成0，指示燈也從綠色變成紅色。可想而知，燈號轉變的瞬間對命案調查有多重要，而我竟然打瞌睡錯過了。

「沒關係，至少可以縮小時間範圍。」

「不好意思。」

「妳還記得何時睡著嗎？」

什麼啊，上一次筆錄我不就說了嗎？警察果然都把人當九官鳥，叫他們重複一樣的話。

「我有說過喔！我吃完便當時看了一下錶，那時大約七點，之後就沒印象了。」

「顏小姐，很抱歉問妳同樣的問題，但這是必要程序。」

被察覺內心的不耐，我感到有些狼狽。

「之後測試時間到，大山來到妳座位，發現燈號變成紅色，然後妳就醒了。」

「是的。」

「大概是何時呢？」

「印象中剛過九點，或許是九點十分。」我試著回想。

夾克男在紙上畫了幾筆。

「接下來，你們進入ＶＲ室，來到『大廳』。一直到進入傳送門為止，這中間經過多久？」

「我不知道……大概二、三十分鐘。」

「那算二十五分鐘好了。然後你們來回走了兩條路，途中在電影公園會合，最後發現屍體。」

「走出ＶＲ室的時候我有看錶，快十一點，約十點五十五分。」

「好，大概是這樣，妳確認一下有沒有問題。」

他將手上的紙轉向我，上面畫了案發當時，我和大山行動的時間軸。（圖三）

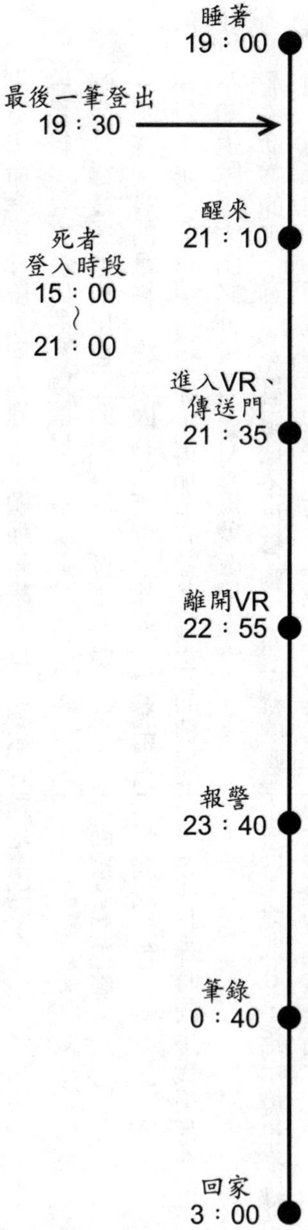

睡著
19：00

最後一筆登出
19：30

醒來
21：10

死者
登入時段
15：00
～
21：00

進入VR、
傳送門
21：35

離開VR
22：55

報警
23：40

筆錄
0：40

回家
3：00

圖三　露華行動時間軸

「很詳細吧！」

的確，連報警、筆錄、回家的時間都寫上去了。

「這樣看來，被害者的死亡時間，應該就是七點到九點。」他指向上頭「睡著」與「醒來」中間的部分。「不過事實上，我們還請大山查了一項資料。」

「什麼資料？」

「除了死者之外，其他人的登出時間。」夾克男微微一笑。「結果大有斬獲。」

原來如此，如果兇手是其他測試人員，那麼當其他人都登出後，被害者應該已經死亡。

「最後一筆登出，是發生在七點半，也就是妳睡著的三十分鐘後。」

我大吃一驚。「這之間那麼多人登出嗎？我印象中，睡著之前還有十人左右。」

「正確來說，是十二人。」對方點頭。

「這樣看來，死亡時間可以縮小到七點至七點半了。」

「沒錯，七點前燈號未改變，七點半後VirtuaStreet只剩死者一人。等解剖結果出來後，就能更確定這點。我們已經請人調查這十二人的背景，應該有人是兇手，不過這有個前提……」

「前提？」

他的臉色，突然顯得有些忸怩。「雖然這問題有些超乎常理。」

「你想問什麼？」

「顏小姐，請問一下，我聽說VirtuaStreet有提供一項服務，就是針對店家型態，用程式模擬販售的行為，搭配預設的人形模組——也就是所謂的ＡＩ店員。不知這些店員有沒有可能……」

噗哧。

「哈哈哈哈……啊，不好意思。」我立刻掩嘴。「小隊長，你該不會想說，兇手可能是NPC（Non-Player Character，非玩家角色）吧？那只是電腦程式啊！」

「我知道這想法很跳躍。」他的臉霎時脹紅。「但真的不可能嗎？」

哈哈哈哈哈！

我要修正先前的話。這傢伙不只跟大山同一掛，還比他高一級。

似乎想逃過我視線的嘲笑，他將臉瞥向一邊。

「可是，大山以前這麼說過。」

咦，大山？

「有一次，我們在校園聊起機器人學（Robotics）的話題。」他開始回憶。「他說，機器人的程式都是人類寫的，當然會產生錯誤，或是被植入人類的惡意，這麼一來，機器人或許會因為製造者的疏失或蓄意，轉而攻擊，甚至殺害人類。也因為如此，艾西莫夫（Isaac Asimov）才會提出三大法則❷。」

我差點脫口問：他說這些之前，是不是會牽動嘴角，微微一笑？講完時，還會瞇眼揚嘴，像隻加菲貓？

我也聽過那三大法則，不過對我而言，那不過是科幻小說的東西，與現實無關。

夾克男將視線轉回來。

「AI店員，不就是未來的機器人嗎？所以我才會這麼想。不只因為回憶的關係，如果那些NPC的製造者是別人，我還會對此一笑置之，但是今天製造他們的，卻是跟我說『機器人會殺人』的何彥山。妳說，我能不懷疑嗎？而且這幾年ＡＩ發展又那麼迅速……」

的確，近年來家電導入ＡＩ設計後，許多事都不用自己動手，全自動吸塵器、烹飪機等產品紅遍大街小巷。聊天機器人（Chatterbot）也從一九六六年的ELIZA，歷經二十世紀末的A.L.I.C.E.（Artificial Linguistic Internet Computer Entity）與Jabberwacky，發展至現今的類人腦Chatterbot。人工智慧這門學問，早已突破當時「無法模擬人腦」的瓶頸，又活了過來。

不過要說這些ＡＩ會殺人，我仍舊難以想像。

看來大山在學生時代，就注定和我不對盤，老是聊一些超越社會價值觀的話題。

「抱歉，扯到個人私事。」夾克男端正臉色。

「沒關係，不過這麼一來，我也有關於大山的私人問題……」

「唔……妳問吧！雖然我不一定能回答。」

我深呼吸，將好奇心一股腦吐出。

「那個，大山的老婆，是你們學姐吧？怎樣的一個人？」

「哎呀！其實我對她的事不太清楚。」

「可是，她會出現在大山身邊吧？你不是也和大山經常接觸，還叫啥二人組的。」

「他們從來沒一起出現過。」夾克男不停搖頭，似乎想擺脫被知道奇怪稱號的羞愧感。

「學姐聽說重考兩年，因此雖然大我們四歲，卻只高我們兩屆。我曾經跟學姐修同一堂課，她幾

❷編註：科幻大師艾西莫夫（一九二〇—一九九二）的「機器人學三大法則」為：一、機器人不得傷害人類，或袖手旁觀坐視人類受到傷害。二、除非違背第一法則，機器人必須服從人類的命令。三、在不違背第一法則及第二法則的情況下，機器人必須保護自己。

乎都蹺課，整學期下來我只看她出現過一次——就是期末考，直到那時，我才知道大山『傳說中的老婆』長什麼樣子。」

「咦！」我聽出他話裡的意思。「那時已經結婚了？」

「大山一年級暑假結的婚，當時很轟動，而且隔年就生了個小女孩，八成學姐都在忙生產和坐月子吧！但我沒看過女兒。」

我愣在當場。

騙人，那個超脫社會的大山，竟然大學時代就結婚生子。

「畢業後大山去了ＭＩＴ，我報考警校，之後我就不清楚他們的事了。」夾克男滔滔不絕說著，但我完全聽不進去。

一定是中了石化術，誰快來用金針解救我。

走出店門已是下午兩點，我和夾克男道別。

既然大山說可以回家休息，那我就恭敬不如從命。

然而此刻，我卻撞見最不想見到的人。小白屋門口，出現了前天那個讓我頭痛的男人。他一見到我就馬上跑過來。

「Luva，妳怎會跟那種人扯上關係？」小皮問道。

「陳先生，你在叫誰？」雖然盡力讓自己的嘴角上揚，聲調卻有些背叛我。

「露華……那個人是警察吧？」

「你認識他？」

「不認識，只是記者會有見過，我在以前的報社跑過社會線……妳和他談了什麼？今天一早MirageSys氣氛就不太對，那個大山也是，約好的訪談又讓我吃閉門羹，你們公司到底發生什麼事？」

我想起剛才夾克男的話。

「關於這個案子，因為牽涉到『虛擬實境商圈重建計畫』的推行問題，上頭希望封鎖幾天的消息，等確定是意外或人為因素後，再讓媒體發表，在此之前，你們的開發暫時不會中止——雖然我覺得沒什麼差別啦！已經有一些記者知道了，但警方還是請他們不要報導，妳也別向不相干的人提起。」

不相干的人，眼前就有一個。

「我、我也不知道，今天沒進辦公室。」

「那警方怎會找上妳？」

「那、那個警察是大山的同學啦！大山說我們應該聊得來，介紹我們認識，大概是想撮合吧！嘻嘻嘻。」

然後聊到忘了進辦公室？連我也覺得這理由說不通，不過小皮似乎沒有追問的打算。

「妳行情很好嘛！」他若有所思地看著我。

「沒、沒有，實際見面發現話不投機，警察嘛，講話都不太友善。」

夾克男，我對不起你。

「妳今天休假嗎？」小皮盯著我的眼睛，似乎有什麼打算。

「對，不過我有事，失陪了。」

再說下去就會露餡，我立刻轉身閃人，小皮本來想說什麼，但是並沒有追上來，我放鬆地吐了一口氣，朝捷運站走去。

不過更大的驚喜還在等著我。

回到公寓時還是下午，我插入鑰匙、打開門，打算好好補眠。

前天看過的女人，突然出現在房裡。

「小露，妳房間好亂欸！一個女人家房間亂成這樣，會把男人嚇跑。」

「現代人才不在乎這些……不對！妳妳妳妳妳妳妳，不是要去尼泊爾嗎？怎麼會在這裡！」

「幹嘛那麼吃驚，我不去了。」

媽媽一邊將東西歸位——她是在放自己的行李——一邊向我擺出無奈的臉。

「為什麼突然不去？」

「因為有人昨晚手機不開，留言也不回電，早上又沒去上班，我好擔心喔！所以就取消機位上來了。」

我掏出手機一看，顯示面板仍是空白一片，這才想起自己忘了充電，也忘了檢查答錄機留言。

「妳也沒打給我幾次，只因為聯絡不到就取消行程啊？」

「因為我有預感，小露一定遇到麻煩了。」她停下手的動作，扠腰挑眉，額頭浮現幾條抬頭紋。

「又是預感。」

「妳不要小看我的預感，它可是很準的，那場大地震……」

「是，妳當時就預測到啦！不過此一時彼一時，這次妳猜錯了。」

「哦，是嗎？」她露出狐疑的表情。

媽，對不起，其實妳又猜對了，只是現在還不能說。

「算啦！來都來了，就住在小露家幾天好了。」

「我房間很小，只有一張床。」

「擠一下吧！」

這女人，就像風一樣，突然跑到別人家裡，還說要住下。

「那件民族風的裙子是怎麼回事？」我指著行李的一件裹裙，剪裁不像是台灣人穿的。

「喔，這是幾年前買的，我想說穿當地衣服會比較親切。」

等等，所以這包行李，是要去尼泊爾的行李嗎？

我望向背包裡的導覽手冊、旅遊札記，以及散落一地的美金和盧比，還有綠皮護照。真不知該說是愛女心切，還是懶惰成性。

「媽，謝謝妳。」我轉身回房。

「小露是笨蛋～」背後傳來低沉的哼歌聲，我當作沒聽見。

因為小皮的描述，我以為公司氣氛會很詭異，早上進辦公室才發現，原來沒什麼人知道這件事。小皮應該是碰巧遇上知道內情的人，看來消息封鎖還真徹底。

昨晚，母女倆一同擠在被窩裡，我又乘機問她「那個問題」。

「媽。」

「什麼事？」

「那時候，為什麼會想當我的媽媽？」

「嗯……」她翻身背對我，思考片刻。「發生了很多事。」

「千篇一律的回答。」

「啊，這個答案說過了嗎？那我換一個。」

我很在意這個問題，甚至曾懷疑她是否另有所圖，每隔一段時間就會問一遍，而她也都會避重就輕，直到現在，我還是不知道這女人想和我一起生活的理由。

「要說當時的心情，或許是……『贖罪』吧！」她微偏著頭。

「贖罪？」

這是什麼答案，難道妳曾經殺人放火不成？

她沒有解釋什麼，依然背向我，不久就發出沉重的鼾聲。剛好兩人寬的棉被被她捲走一大半，我試著把它捲回來，卻又被捲回去，我們就這樣在睡夢中互相捲走對方的棉被。

早晨的陽光相當耀眼。我填好昨日的休假申請單，拿給大山簽名，順便詢問今後的工作。

「這幾天測試照常進行，露華妳就繼續每天的業務。」經過了一天，大山已恢復往日的生氣。

「昨天我同學沒找妳麻煩吧？」

我將夾克男和我的對話，一五一十轉述。

「原來如此，兇手是ＮＰＣ嗎？」大山陷入長考。「嗯……如果真的出錯，也不是不可能。」

「真的有可能嗎？」

我大為震驚，最近怎麼一直出現超乎常識的對話？

「啊，不過還是不可能吧！畢竟很多店家都打烊了。」

原來如此，不在場證明嗎？

為了防止ＡＩ程序錯誤，導致店員離開工作崗位，這些ＡＩ店員的活動範圍，都被限制在以店家為中心、半徑十五公尺的區域內。縱使有ＮＰＣ真的離開這個區域，系統也會發出警報。

「妳有在搜尋路線裡，看見任何營業的店家嗎？」

我搖頭。印象中看到的店面，都是拉下鐵門。

「我的路線還有幾家店開著，不過都距離現場很遠。」

「那兇手就不是ＮＰＣ了。」

「應該不是，我等一下聯絡璧河，將這條線索告訴他。」

「『孩子』的情況如何？會備份嗎？」

他停頓了一下，終於意會到我是指他昨天的比喻。

「應該會吧！我感受過它的胎動，現在，也只能盡力不讓它流產。」

我望向大山嚴肅的臉，這是身為工程師的「父愛」嗎？

許多從事開創性工作的人，經常會將心血結晶當成是自己的孩子，作家、工程師、編劇或導演都是如此。

對於初出茅廬的新手，筆下的一字一句，電影的每個場景，儘管知道修改會讓作品更完美，卻仍捨不得刪除任何片段，就像溺愛兒女的父母。

成為職業中堅後，會希望作品變好，開始毫不留情地校對、增刪，公開發表後，往往很在意眾人的評價，甚至修正自己的創作風格，就像責備兒女，目的卻是望子成龍、望女成鳳的父母。

最後變成老手時，已經對世人的意見不予理會，只專心實現自己的創作理念，就像放任兒女，令其展翅高飛的父母。

不過這在本質上，應該還是和「父愛」不同吧！

大山轉身面向螢幕，我以為他要繼續作業，沒想到竟然浮現招牌的微笑。

「我的孩子，在我大二那年出生。」

本以為他又要說教，沒想到卻是講這個。我放鬆警戒，卻也有些愕然——因為之前他都避而不談。

「是很可愛的女嬰，不過身體有點虛弱，又患有先天眼疾，一直看不見東西。妻子那時已經要畢業了，我們相差兩屆，到我畢業的這兩年間，她就邊打工邊帶小孩，可是當我說想去MIT深造，提出住在國外的想法時，妻子的臉色變了。」

「不想搬到人生地不熟的地方？」

「對，她的性格……其實很自由奔放，說要生小孩是我的意思，她原本不想在婚姻生活一開始就被孩子給束縛，還是拗不住我的哀求，才答應生第一胎。」

「你……喜歡小孩子？」

我突然有種錯覺，眼前彷彿不是我認識的大山，而是另外一個人。

「正確來說，是我想體會『生命』的意義吧！我想知道人生中增加一個生命會是如何，渴望那種感覺。現在回想，這完全是缺乏婚姻規劃的行為，可是當時年輕，沒考慮太多就……」

「你老婆不願搬去國外嗎？」

「她好像忍無可忍了，說：『我犧牲了青春，替你完成願望，又好不容易藉打工建立自己的交際圈，你竟然要我重新來過，而且仍然得照顧這個小麻煩！』幾乎是怒吼著對我說。」

雖然「孩子是個麻煩」不太像為人母該說的，不過我能體會她的感受，畢竟孩子不是自己想生的，花了那麼多時間照顧，卻換來丈夫的無情，確實會很憤怒。

「結果，你就留下妻女出國深造？」

「不，因為我們互不讓步，最後她丟下一句『你想去麻省，帶著你的麻煩自己一個人去！』就打包走了，過了幾天，就寄來離婚協議書。」

咦！這……也太過奔放了點。

「妳一定覺得我們很絕情吧？可是年輕就是這樣，眼中只有自己的原則和理想，忽略現實的困境，我也為了自己的學業，硬是帶剛滿兩歲的女兒飛往美國。結果，這才是惡夢的開始。」

「沒有親戚幫忙照顧嗎？」

「如果有，妻子就不會這麼辛苦了，我們是在雙親反對下結婚的。」

我的天啊！這對夫妻真是太亂來了，從結婚、生小孩到離婚，完全憑衝動行事。

「面對眼睛有疾病、還會尿床的女兒，經濟拮据的我連保姆都請不起，只能向教授告知自己的困難，希望允許在家做研究，教授答應了，至於修課方面，也讓我請同學錄下上課內容，自己唸書，期末成績就用額外的作業代替。從此我就開始了奶瓶、尿布與紙張、電腦程式交替的生活，也才體會到妻子的辛苦。」

那不就跟函授教學沒兩樣嗎？ＭＩＴ竟然可以這樣做？

「唉！而且女兒竟然一直不會出聲，不哭鬧也就罷了，連爸爸都不叫，安靜得很。我請醫師診斷過，並不是什麼失語症，醫師認為八成是嬰兒時期，父母疏於和孩子對話的緣故，所以我還得按三餐跟女兒說話，滿四歲的時候，她終於喊了第一聲『爸爸』。」

如果我眼睛看不見，身邊又沒人來跟我說話，變成那樣安靜也是正常的吧！

此刻，桌上的電話響起。

「失陪了。」

大山按下免持聽筒鈕，螢幕上出現櫃台小姐的臉。「大山，有兩位刑警找您。」

畫面立刻轉換，出現了昨天的戽斗臉與夾克男。

「早安，璧河。」

「早安，大山。噢，顏小姐也在，那剛好一起說明。」

「有什麼進展嗎？」

「解剖報告出來了，有件事令人匪夷所思。」

「什麼事？」

此時我發現，螢幕中夾克男投射過來的視線，與昨日大不相同，突然變得銳利，透露出強烈的猜疑。

「原本根據你們的證詞和系統紀錄，被害者的死亡時間，推測是晚上七點至七點半。」

他輕咳一聲，似乎準備投下震撼彈。

「不過法醫判定的時間，卻是晚上八點至十二點，完全沒有交集。而且根據登出紀錄，八點過後應該只有被害者一人在裡面才對，除非……」

銳利的視線瞬間增加強度，射入我和大山的視網膜，我開始心跳加速、背脊發涼。

死者是誰殺害的？NPC全都有不在場證明，死亡時間內VR又沒有其他人……

不，有兩個人。

因為發現指示燈變成紅色，進入虛擬世界搜尋的兩個人。

第四章——女兒‧初啼

關於幼兒時期的記憶，想必大家都所剩無幾吧！不過對我而言，那是很特別的回憶。

剛出生時，人的眼睛看不見東西，進入了嬰兒期，「視覺」也是所有感官中最晚成熟的。

一開始，嬰兒眼睛下的世界是黑白的，只能對二維的人臉圖像勾勒出大致輪廓，不知在哪裡聽過的育兒經，說新生兒最愛看父母的臉，可以在紙上把臉畫大一點，貼在離寶寶眼睛約二十公分處，培養他們記憶和視覺的能力。

出生後一、兩個月，嬰兒就可以分辨顏色中較明顯的差異，再經過兩、三個月，他們已能辨認屬於同一色系、但深淺不同的兩種色彩了。嬰兒看周遭的東西會越來越清楚，對視野裡事物的探索，也越來越熟練，逐漸知道環境的特徵和空間排列方式。

六個月大的嬰兒，會利用雙眼視覺以及手臂動作的輔助，來感受物體的距離。到了七個月大，即使蒙起一隻眼，也可以從「近者大而清楚，遠者小而模糊」判斷遠近感。

然而在視力方面，此時還不到〇‧一，滿一歲時也只有〇‧二至〇‧二五，幼兒的視力要到四歲才能到達一‧〇——「視覺」的確是最晚成熟的感官能力。

以上這些是我學來的知識，並不是嬰兒期記憶的一部分。

因為我不一樣，幼兒時期的記憶片段裡，從我有印象開始，眼前的虛無就持續好幾年。

並沒有什麼東西蒙住我的眼，卻看不見任何事物。

正確來說，是我體會不到「視覺」這種感受。「視覺」對我而言，就像超能力之於一般人，打從一開始就不存在自己身上，我是藉由和周遭大人的對話，才知道人都有「視覺」的感官能力。

看不見的四周，似乎有一道無形的牆。雖說人們除了視覺，還可以利用觸覺進行探索，但也不知道是畏懼感，還是周遭的大人不允許我四處走動，我在這個空間裡，幾乎沒有到處移動過，因此「觸覺」也毫無用武之地。

似乎有一個長、寬、高各二・五公尺的正立方體包著我，構成我生活的小小世界。

我也很驚訝，自己竟能在如此狹小的空間裡成長，現在看來，大概是因為周遭的大人將我的一切生活所需，都打理好的緣故。

在這個時期，我與外界的唯一交流，就來自於「聽覺」。

嬰兒聽覺的發展，本來就比視覺來得快。根據研究顯示，胎兒在母體內時，外界的聲音就能改變胎動與脈搏，若聲音來自母親，甚至可能讓胎兒產生記憶。

出生後三個月，幼兒會察覺較大的聲響，對父母的聲音也會有表情和動作，再經過三個月，已經可以分辨出父母親的聲音，甚至對聲音產生興趣，表現出專注的神情。出生十個月後，更可以判斷出聲音的方位，並聽到來自遠處的發聲。

也因為自己的聽覺沒有喪失，我才能藉由這項能力，一點一滴地認識這個世界。

「聽覺」就是我的觸角。在小孩子牙牙學語，無法做出明確回應的那段時期，「聽覺」就成為我接收外界刺激——周遭大人說話——的唯一方式。

我剛才一直提到「周遭的大人」，但其實只有一位，就是那位我稱呼「爸爸」的人。

「小艾莉，睡醒了嗎？」

這是印象中，爸爸對我說的第一句話。

聲音有些低沉，語調裡透露出關切——當然那時的我不會這麼想，那是來自外界的刺激，而我接收到了，如此而已。這句話所蘊藏的情感，當下是不會理解的。

這是什麼聲音呢？低低的，有點大聲——大致是這樣的反應。

「小艾莉，爸爸要去休息了，妳要乖乖的哦！」

這些來自外界的聲音，到底有什麼意義呢？雖然內容不一樣，可是好像都是同一個來源產生的，會是對我發出的訊息嗎？那個聲音裡頻繁出現的「小艾莉」是指我嗎？

出乎意料地，我對當時的心路歷程記得一清二楚。

以上想法並非在同一時間點萌生，而是經過好幾次的聽覺累積後，慢慢思考得來的。每個嬰兒都會有這種反應，但並不會存在長大後的記憶裡，或許在我幼兒時期，就擁有比一般小孩強大的思考和記憶力吧！

每次一聽到聲音，我就會突然從睡夢中醒來。

「小艾莉，早安，今天天氣很好呢！」

一般來說，三個月大前的寶寶，每天的睡眠時間需要十六至二十小時，但很不規律，之後才開始由父母培養睡眠習慣，建立定期入睡的機制。如果培養不好，會產生「入睡困難」和「夜間驚醒」的困擾。

從這方面來看，爸爸似乎不是很好的育兒者，但我印象中的睡眠品質一向很好，每次我都會帶著飽滿的精神，迎接爸爸的呼喚。

那段時期幾乎都處在睡眠狀態，除此之外，就是在聆聽爸爸的聲音中度過。

日積月累下來，我逐漸對這些聲音產生依賴，如果醒來時沒有立刻聽見叫喚，就會感到疑惑、恐懼，心想：那個發出聲音的「東西」怎麼了嗎？為何今天不出聲、不叫我「小艾莉」了？身處的這個世界，是否因此會有任何改變？

「抱歉，小艾莉，剛剛去上廁所了，爸爸陪妳喔！」

即使完全不懂「上廁所」的含意，不過聽到熟悉的聲音，仍會感到心安，思緒也立刻平靜下來——雖然會記得這種事令人難以置信，但我就是有這樣的記憶。

有點像巴甫洛夫（Ivan Petrovich Pavlov）的那條狗❸。

不可思議的是，那些聲音並沒有真正遺棄過我，每當我醒來感到手足無措，就會像說好了似的突然出現。現在想起來，爸爸說不定有點壞心眼，故意在旁邊觀察我的表情，然後才出聲安慰。

藉由話語的反覆刺激，我逐漸知道許多事物的名字，除了「小艾莉」就是指我自己，「爸爸」就是發出聲音的東西外，諸如早安、晚安、睡覺等詞彙，也開始慢慢理解它們的意思。

我認為每個聽得見的嬰幼兒，都是這樣學習的，這就是家庭教育最原始的部分吧！

「晚安，小艾莉，今天來說『人魚公主』的故事。」

不知從何時開始，爸爸不只是對我問候，也會開始說故事給我聽，而且每次都會換一個。

爸爸總是一字一句、有條不紊地敘述故事情節，不會說得很快，卻也沒有絲毫停頓，我想他手上應該是捧著一本故事書吧！才能不用思考，直接將文字內容唸給我聽。

❸編註：俄國科學家巴甫洛夫（一八四九—一九三六）在「條件反射」實驗中，讓狗一聽到鈴聲就給牠食物，久而久之，當狗聽見鈴聲便會本能地聯想到食物，而分泌口水。

其實在當時，我完全無法理解故事內容，但我並沒有任何反應，一方面是爸爸的聲音對我而言，已經有相當的慰藉了，另一方面，是因為我不會說話。

統計結果顯示，嬰兒在出生後三個月，大腦已經能分辨數百個單詞的發音，六個月時，就可以說出ma、mu、da、di和ba這些音節，要叫出「爸爸」則大約在七個月後。經過一年，幼兒的大腦可以開始理解一些單詞，兩歲以後，就能說出五十個以上的詞彙。

這些程序在我身上，似乎足足晚了三年之久。

看不見加上不會說話，聽起來或許很悲慘，但那時的我還無法體會。

爸爸後來和我說過，正因為如此，他才會不厭其煩地叫喚我，和我進行單向對話。也因為從我有記憶開始，並不像一般小孩已經學會了語言，才會有如此特別的回憶。

某天，爸爸對我說出這句「咒語」。

「小艾莉，叫爸爸。」

第一次當然無效——我當時愣住了，並不是聽不懂這句話的意思，而是不知該怎麼「叫」出爸爸，之前爸爸從未要求我做什麼動作，此刻卻突然要我說話。

我盡了最大的努力，試圖發出聲音——其實我根本不知道該用什麼「器官」發聲——卻徒勞無功。

「哈哈，果然不行嗎？」

傳來嘆氣的聲音，現在回想起來，那時爸爸應該很失望。

「沒關係，小艾莉一定能說話。」

音調仍然很有精神，或許他非常有自信，可以讓我發出聲音吧！

有人記得自己剛學會說話的那一刻嗎？

或許沒什麼大不了，然而對父母而言，卻是足以欣喜若狂的生活片段。

爸爸第一次對我說出「咒語」之後，就沒有再要求我，生活仍一如往常。我睡醒，爸爸呼喚我，唸故事給我聽。爸爸的故事開始重複了，有時會聽到三個月前的故事，不過接觸的次數增多，我就更能發掘故事的內容，漸漸地，我可以藉由某些詞彙的反覆出現，推測它們在故事裡的意義，並結合其他字詞的相關性，判斷是代表好的意思，還是壞的意思。

懂的事物越來越多，我卻一點也不感到高興。

因為我一直惦記著那天的「咒語」，卻依舊說不出話，無能為力。

一開始，是我不知道如何發聲，但是經由爸爸的訓練，我早已熟知「爸爸」這句話的每個特徵，例如：音量、頻率。換句話說，我知道該發出什麼樣的聲音，也很想發出那種聲音，但就是無法脫口而出。

我覺得自己太沒用了——雖然幾年後和爸爸提起這件事時，他說那不是我的問題。

「咒語」好久沒出現了，我開始感到難過，覺得爸爸已經放棄了我。但我仍抱著希望，努力練習，日積月累下來，想說話的願望已經填滿我的思緒，彷彿我是一個大皮球，填滿了名為「爸爸」的一句話，雖然試著將這句話從體內釋放出來，但卻找不到那個洞，那個名為「嘴巴」的洞。

這種情況持續整整一年，我覺得自己快要爆炸了。

然而，正因為練習的過程漫長，成功的一瞬間才令人欣喜。

「應該可以吧……小艾莉，早安。」

某天早上，又傳來爸爸精神抖擻的聲音，我立刻醒來，之後還聽到「啪啪」的拍手聲——他似乎想給我，還有自己打氣。

「小艾莉，叫爸爸。」

再度聽到「咒語」時，我有些驚訝，經過了一年，爸爸依然沒有放棄，那我也要加油！為了回應爸爸的信賴，我使出全身的力氣，想把那句話給「叫」出來。

方法和之前沒兩樣，我想應該又要失敗了，沒想到就在使力的同時，我聽到另一個聲音，有別於爸爸渾厚、低沉的嗓音，聲調有些偏高，音量也小了許多。

「爸・爸。」

我愣了一下，這聲音從哪裡冒出來的？爸爸沒說任何話，應該也很吃驚吧！

我又試了一次，這次加了幾個字。

「爸爸，我，小艾莉。」

相同的聲音，幾乎是在我使力的瞬間發出，這是我自己的聲音嗎？真不敢相信！

爸爸似乎也很驚訝，一開始聽不見他的反應，過了兩、三秒，就傳來他的歡呼聲：「太好了！」然後是到處奔跑的腳步聲。我也覺得好高興，長久以來的練習，終於有了成果。

「小艾莉，妳會說話了！告訴爸爸，不來梅樂隊的四個動物是什麼？」

爸爸大概是太興奮了，講話的速度突然變快，我有些不習慣。

「什・麼？」

「不來梅樂隊，動物，抓強盜。」

從音量看來，爸爸幾乎是貼在我身旁講話，我躊躇片刻，思考那四種動物名的發聲方式。

「驢子、獵犬、貓、公雞。」
「白雪公主、皇后，好人？壞人？」
「白雪公主，好，皇后，壞。」
「小艾莉，沒想到妳那麼聰明！」

就這樣，我開啟除了聽覺之外，與外界溝通的另一扇門。

你們玩過一個遊戲嗎？這遊戲有兩個人，給其中一人觀看畫在紙上的圖案——用一些簡單線條、圓形、三角形、四邊形組合的圖案——然後敘述圖案的樣子給另一人聽，那人聽著對方的敘述，試著把圖案重畫一遍。在第一階段，畫圖的人不能問任何問題，只能低頭畫畫，到了第二階段，畫圖的人可以針對圖案的敘述發問，例如：「三角形是正立還是倒立」、「那條線有沒有通過圓心」之類的。

想也知道第二階段的結果會比較準確，我和爸爸這幾年的生活，就像這兩個階段。

一開始我只會將一些名詞，毫無章法地排列在一起，但爸爸會立刻糾正我，告訴我那些破碎的詞語之間該加什麼字，或是當發音不標準時，爸爸也會再唸一遍。

現在看來，那時我和爸爸就像海倫・凱勒（Helen Keller）和蘇利文（Annie Sullivan）一樣，會花上數小時解釋一個東西——這是杯子，杯子裡面是水。哦。好，把手放進去，這是什麼？杯子！不，這是「水」——類似這樣的對話。

因為爸爸的耐心，我很快就學會如何組合這些字句，拼湊成有意義的句子。

我想，自己一定有語言上的天分，才會學得這麼快。

爸爸也教了我的姓名。他經常喊我小艾莉，我才知道「艾莉」是我的名字，另外我的姓和爸爸一樣，所以，我的全名應該是何艾莉。

「那爸爸的名字呢？」

「彥山，何・彥・山。」爸爸像是怕我發音錯誤，逐字唸給我聽。

轉眼間一年又過去了，在這段期間，我比以前更期待每天的互動，而且我察覺到，睡眠的時間好像變少了，一天有更多的清醒時間可以和爸爸交談。爸爸也樂此不疲，依然像以前一樣問候、安撫我，唸聽過的故事給我聽，不同的是對話的頻繁程度，還有我那連珠炮的問題。

「為什麼，皇后要送白雪公主毒蘋果？」

「因為她嫉妒白雪公主。」

「『嫉妒』是什麼？」

「就是皇后討厭白雪公主，因為白雪公主比她漂亮。」

「為什麼討厭白雪公主，還要送她禮物？」

「那不是禮物，吃了毒蘋果會死，皇后想讓白雪公主死掉。」

「所以爸爸才說皇后是壞人。」

「對，白雪公主是好人。」

學會如何交談後，之前難以理解的內容全都有新的體會，爸爸將那些故事再敘述一遍，而我藉著不斷發問，學習更多詞彙的意義，並在腦中描繪故事的構圖。如此一來一往，我對整個童話世界有了初步認識，知道公主最後總會和王子在一起，知道「後母」都是些可惡的傢伙，也知道大野狼會吃很多東西，包括豬、羊和老太太。

只是有個問題我一直沒問出來，並不是不曉得該如何問，而是因為它在故事裡太理所當然了，以至於我完全沒發覺那是個問題。直到有一天，它才在我腦海成形。

為什麼童話裡的角色，可以隨心所欲地到處走動呢？

那個時候，爸爸剛好在唸《人魚公主》的故事大綱。

「十五歲生日那天，人魚公主浮出水面，第一次看到陸地的景色，也同時看到英俊瀟灑的王子，原來那個大理石像就是王子。有一次，王子出海遇到暴風雨，發生船難，人魚公主奮不顧身救起王子，可是王子卻沒有張開眼睛看清她的模樣……」

我的聽覺捕捉到一個詞彙，那是我未曾注意到，當下卻覺得很重要的東西。

「爸爸……」

「什麼事，小艾莉？」

「眼睛，是什麼？」

那一瞬間，我才領悟到那個「理所當然的事實」離自己是多麼遙遠。

「呃……就是人用來『看』事物的器官。」爸爸的回答有些遲疑。

「『看』？和用耳朵『聽』不一樣嗎？」

在這之前，我一直以為「看」和「聽」是同樣的動作，都是感受外界的行為，爸爸和我，還有每個人都一樣，都是用耳朵「聽」、用耳朵「看」這世界的聲音。

但是只靠聽覺，真的能像童話人物那樣，想去哪裡就去哪裡嗎？

為什麼我就不行？

「這……不一樣，人都是用耳朵『聽』，用眼睛『看』。」

如果「看」和「聽」都是用來接收外界的資訊，而且是兩個不同的器官負責，那很明顯是不同的動作，我之前都弄錯了。人要感受這個世界，至少有兩種不同的方式。

「那艾莉也能用眼睛『看』嗎？」

「這個……」

雖然爸爸沒有再講下去，但我早已知道答案。

人魚公主會認識英俊瀟灑的王子，進而愛上王子，並不是因為她聽見王子的聲音，而是因為她看見王子的容貌。換句話說，「看」比「聽」更容易體會一件事物的美好，而我竟然缺乏這種能力！

和以前試圖說話一樣，我開始使力，希望能「看」到什麼東西——可想而知，沒有。我繼續使力，沒有，爸爸搖晃椅子的聲音一清二楚，我卻看不見爸爸的身影。

我突然覺得好難過，比無法說話給爸爸聽還要難過。

難過的是爸爸的態度，之前我發不出聲音時，爸爸對我非常有信心，我也經由不斷練習，恢復了說話的能力。這次爸爸卻沒有給我鼓勵，也就是說再怎麼練習也沒用，我注定一輩子和別人不一樣，看不見這世上的景色，體會不到事物更美好的一面。

我和爸爸都沉默了，之前對話一刻都靜不下來的我，此時卻不想說話。

先開口的是爸爸。「那個……小艾莉，妳本來就沒辦法看見東西。」

「為什麼？」

「這……爸爸也不知道怎麼說……」

我知道，一定是因為我生病了吧！

大野狼假扮外婆時，曾欺騙小紅帽說，因為生病了，聲音才會變得怪怪的。既然能成功欺騙到她，就表示生病真的有可能讓聲音改變，既然有會改變聲音的病，應該也有讓眼睛看不見的病。

而我就是得了那種病，雖然不知道爸爸為何不說，但一定是這樣沒錯。

我同時也想到，為什麼我無法像童話故事的人物，可以任意走動，一定也和自己生的病有關。如果我今天沒有生病，眼睛能看到四周的景色，爸爸應該也會讓我和他們一樣，四處遨遊。

為何以前我都不會難過呢？是因為現在知道自己和別人不同，卻又渴望擁有相同的東西嗎？

爸爸一直沒說話，過了好久，我才聽見他離去的腳步聲。

當晚，我完全無法入睡，經歷了生平第一次失眠。

那天以後，我絕口不提眼睛的事。

接下來幾年，爸爸和我的生活一如往常，依然持續著日常的對話。隨著我在語言方面的進步，已經能理解童話故事的全部內容，也越來越少問爸爸問題，到最後，變成我安靜地聽爸爸說故事，而且內容我幾乎都會背了，故事的劇情，不再像以前那麼有吸引力。

但是我不曾開口告訴爸爸「這些故事我都懂了」，因為我想聽爸爸說話。那天晚上爸爸的沉默，讓我難過了好久，感覺爸爸只要一停下來，又會回到那時的情形，我不喜歡這樣。

不過長久下來，爸爸似乎也察覺到了。

有一天，爸爸唸《青蛙王子》的故事給我聽，直到爸爸唸完最後一句「從此以後，王子和公主過著幸福快樂的日子」之前，我都沒有打斷爸爸。爸爸闔上書本時，我也沒有提出任何問題。

「小艾莉，妳對故事沒興趣了嗎？」

我大吃一驚，但是爸爸的語氣並沒有改變，仍像往常那般親切、平靜。

「沒關係的，艾莉想聽爸爸說故事。」

就在此時，我感覺到爸爸的反應有點怪。

會這麼說，是因為我聽到爸爸「嘶——」倒吸一口氣的聲音，然後沉默了數秒。發生了什麼事？我說錯話了嗎？爸爸不想讓我聽故事？

「哈哈，好、好……爸爸明天開始，會唸點別的東西。」

不知是為什麼事感到興奮，爸爸的語調有些上揚。我感到鬆一口氣，也開始對即將換新的故事內容期待不已。

隔天，爸爸似乎搬了一堆書，「咚」地放在桌上後，抽出一本唸給我聽。

內容和之前的童話故事不一樣，是叫作「兒童百科」的書，我聽不太懂，裡面好多沒聽過的詞彙，像地球、星星、自然等等，而且好像沒有人物和劇情，只是將一些知識拼湊在一起，雖然不比童話有趣，我仍興味盎然地聽著，並不時向爸爸發問。

「地球是什麼？」

「地球啊，就是我們現在住的地方。」

「現在住的地方，不是『家』嗎？」

「『家』就在地球上，我們住在『家』裡面，所以也算住在地球上。」

「那星星呢？」

「就是高掛天空，會一閃一閃的東西。」

當我想說「那我也看得到嗎」時，那天的記憶又從我腦中浮現，我立刻閉嘴。

過了一週，又換了一本叫「人物傳記」的書，是《愛迪生傳》，這本書的內容就比較好懂，沒聽過的字詞也比較少，我很快就理解這是在講一個人從小到大的故事。當爸爸說到愛迪生（Thomas

Edison）小時候喜歡發問，卻被老師罵，最後被媽媽帶回家親自教導時，我忽然覺得自己和愛迪生好像，同時也慶幸爸爸並不像那個叫「老師」的人那麼壞，而比較像和藹可親的「媽媽」。

我憑自己對童話故事的理解，一直以為「媽媽」就是「生活在一起的人」，不過聽了愛迪生的故事，覺得好像有更深刻的意義。

「爸爸，『媽媽』是什麼？」

「媽媽……就是像爸爸一樣，會對妳很好的人。」

「艾莉也有『媽媽』嗎？」

「這個……」

我感到不妙，爸爸又猶豫了，上次他也是回答時有所遲疑，然後就開始沉默。

所幸不像我想的那樣，爸爸只停頓幾秒就開口。

「不，小艾莉，妳並沒有媽媽，也不是每個人都有媽媽。」

「所以愛迪生比較特別嗎？」

「對，他比較幸運，而且即使有媽媽，媽媽也不一定都是好人，像『後母』也是一種媽媽。」

我想起白雪公主、灰姑娘，以及漢賽（Hansel）與葛麗特（Gretel）的後母，她們都很壞。

我感到輕鬆多了，看來有媽媽也不見得好，和失去視覺相比，這點小事不值得難過，我甚至還有點欣喜，因為雖然沒有媽媽，卻有個很棒的爸爸。

《愛迪生傳》的故事很長，爸爸花了三週才讀完，而且後半部出現一些陌生的名詞——什麼留聲機、電話、電燈的，爸爸光是跟我解釋就花了很久時間。

之後的生活，爸爸就一直唸新書給我聽，而且每本書都可以學到很多事物，比童話故事要多上好幾倍，我又回到過去那種滿心期待的心情，每次都希望把知識全塞進腦袋裡。

不過此時，我發現爸爸陪我的時間變少了。

我試著比較過，唸童話故事那段時期，爸爸每天在我身邊的時間至少有十小時，到了最近變成八小時，甚至最短只有六小時。

隨著日漸長大，我早已能習慣醒著時，爸爸不在身旁的時光。當聽不見爸爸動靜時，我會沉入眼前的虛無——說穿了就是發呆，或是傾聽著四周，去感受平時沒注意的聲音，有時會聽見嘩啦啦，或是啾啾的聲響，爸爸跟我說，那是水流聲和鳥鳴聲。

但我還是希望能和爸爸多說話，發現他不再經常陪伴我，便開始感到失落。

每天寂寞的時間越來越長，終於有一天，聽到爸爸的腳步聲後，我忍不住開口抱怨。

「爸爸，不要一直出去，陪在艾莉身旁。」

「對不起，爸爸去了一趟研究室。呃……」

爸爸說到這裡時頓了一下，是怕我不懂「研究室」的意思吧？其實這個詞我早就學過了。

「爸爸，是不是去做和愛迪生一樣的事？」

「嗯，對、對呀……」

這個詞是從《愛迪生傳》學來的，愛迪生在研究室裡實驗、發明，爸爸既然是去研究室，那麼也應該和愛迪生一樣，忙著很偉大的事。

「爸爸，你好偉大！要加油哦！」

「……」

又出現了，片刻的沉默。

「謝、謝謝妳，小艾莉……」

爸爸道謝的聲音有點斷斷續續，還不時夾雜氣音，我想他一定很累。

我好像做了任性的要求。

果然沒錯，爸爸接下來唸書給我聽時，感覺不是那麼有精神。以往他都會不時停下來，問我：「有問題嗎，小艾莉？」我想測試看看，因此刻意不發問，但他也只是有氣無力地唸著書本的內容，這讓我更感到難過，覺得自己剛才不該抱怨的。

「爸爸，去休息，艾莉沒關係的。」

「小艾莉……」

「艾莉不該讓爸爸太辛苦，是艾莉不好，爸爸要做偉大的研究，爸爸要加油，艾莉會自己過。」

「小……啊、嗚啊……」

我嚇了一跳，因為爸爸的聲音，突然開始崩潰，那是我從來沒聽過的，而且他呼吸的聲音，像是被液體給阻塞，非常不順暢。這叫什麼？我記得某本少年文學有寫……啊，想起來了，這叫「嗚咽」！

「爸爸，你為什麼哭？」

「爸爸沒哭，爸爸只是……有點高興。」

我感到疑惑，在那本書裡，主角是因為傷心才嗚咽而泣，但是，爸爸卻是懷著高興的心情「嗚咽」，這讓我有點摸不著頭緒，不過爸爸現在這樣，我也不好意思發問。

接下來從爸爸嘴裡說出的話，更是讓我驚訝萬分。

「小艾莉，爸爸答應妳，一定能讓妳看見東西。」

語氣堅定，容不下一絲遲疑。

我真的大吃一驚，因為自從那晚已經過了數年的光陰，到了現在，我也不會在乎這種事了，因為爸爸教會我許多事情。體驗世界不一定要藉由雙眼，對我而言，這樣便已足夠。可是爸爸竟然說要讓我恢復視覺，這份驚喜來得太突然了。

那天過後，爸爸在我身旁的時間越來越少，雖然有些不習慣，但我必須時常告訴自己：爸爸為了我而努力，我也要努力不讓爸爸操心。

而且，我相信爸爸出門除了去研究室，應該還有去找醫生，書上說「醫生」會醫好人的疾病，爸爸一定是去找合適的醫生，希望醫好我眼睛的病。

爸爸不在時，除了聆聽周遭的聲音外，我也會試圖想像恢復視力的那一刻。

「爸爸和艾莉，住在什麼樣的地方？」我曾問過這個問題。

爸爸那時回答，我們住在一個寬敞的房子，是兩層樓建築，我就生活在一樓的某個房間，房間裡有書桌、書櫃、電腦和床，從窗外可以看見街道，門前的馬路偶爾會有車經過。他說的這些東西我都沒見過，只能憑描述想像那是什麼，在我腦海裡，已經對房子的格局有個大致構圖，等我看得見以後，想在房子裡四處走走，看看爸爸提到的那些東西。

我也沒看過人的臉，不論是爸爸的，還是自己的容貌，我也想知道是什麼樣子。在童話故事裡，好人如果一開始很醜，最後也一定會變漂亮，那爸爸應該長得很好看吧？我呢？如果很醜怎麼辦？想到這裡，我突然發覺是在白操心，自己根本無法分辨美醜，不僅如此，和視覺有關的一切概念，都得等到看得見後，才能慢慢體會。

腦海的想像與日俱增，內心的期待感也逐漸加深。

然而，與這份喜悅相矛盾的是，爸爸現在回到家時，幾乎不陪我了，雖然偶爾會唸書給我聽，但幾乎是一回家倒頭便睡，經常可以聽見爸爸沉重的鼾聲。我很擔心再這麼下去，往日藉由書本對話的時光，會離我們越來越遠，終至消逝。

既期待又怕受傷害，我那時的心情大概是如此吧！

但是「命運之日」終有一天會到來。

某天爸爸回到家，進房前的腳步非常急躁，我幾乎可以想見他是衝進房門，而且有話要對我說。

果然，一進門他就開口：「小艾莉，爸爸有個好消息！」

我心中湧起兩團各代表好與壞的濃霧——果然，還是來了。

「好消息？」我裝作若無其事地問。

「就是啊，小艾莉的眼睛能看得見了！爸爸找到人幫忙了！」

「哇，謝謝爸爸！」

我刻意隱藏自己的擔憂，將聲調裝得開朗些。

「呵呵，只要再過一、兩週，小艾莉就可以張開眼，瞧瞧妳的房間是什麼樣子。」

「我想看爸爸，艾莉第一個想看爸爸的臉。」

「唔，這個……」

我開始有不好的預感。爸爸又遲疑了，每次爸爸說話一停頓，我就會很緊張。

「沒問題的，小艾莉可以看見爸爸。」

「真的嗎？」

「對，但是，爸爸不會在妳身邊。」

「為什麼？爸爸討厭艾莉嗎？」

「呃……不、不是的……爸、爸爸只是因為太忙，必須住在研究室一陣子，很久一陣子。」

「艾莉不能一起去嗎？」

「不行的，爸爸的研究所不能讓外人進去。」

難過的心情再度襲上我的心頭，如果恢復視力需要這種代價，那我寧願看不見。我不要寂寞，不要待在只有一個人的房間，不要沒有爸爸的日子。

「艾莉，不想要這樣！不想和爸爸分開！」

我大聲吼叫，爸爸似乎被我激烈的態度給驚嚇，默不作聲，許久之後才用溫柔的聲音說：「小艾莉，妳每天還是看得到爸爸，爸爸的身影會一直陪著妳的。」

「可是爸爸明明在研究室……」

「噢，爸爸會出現在電腦螢幕上。」

「電腦螢幕？」

「喏，妳的房間有一台電腦。」爸爸放慢說話的速度，似乎這是很重要的事情。「電腦連接著電話機，只要和爸爸研究室的電話相通，螢幕上就會出現爸爸的臉哦！」

「真的嗎？」

「對，這叫視訊電話。」

「電話」在愛迪生的故事出現過，不過前面加上「視訊」二字，我就不知道是什麼了，原來是那麼神奇的東西，有了這個，不僅可以和爸爸對話，還可以見到爸爸的臉。

太好了，這麼一來，也等於和爸爸一起生活，並沒有太大差別。

「所以，生活沒有改變囉？」

「對呀！而且會有人過去照顧小艾莉的起居，生活應該不成問題。不過啊，爸爸工作忙，可能沒辦法像以前那樣，唸書給小艾莉聽了。」

「艾莉會自己照顧自己，爸爸也要專心做研究。」

方才的陰霾很快就消失了。既然看得到爸爸，我想自己也要堅強，不能拖累他。

「這樣才乖。」

「嗯！因為爸爸對艾莉最好了。」

「是啊！」和上次允諾時，一樣堅定的語氣。「為了小艾莉，爸爸可以賭上一生。」

我在當下，並沒有完全體會這句話的含意。

因為我不知道在很久以後，爸爸會做出那件難以挽回的事。

第二部

Howdunit

Howdunit

第五章——而立之年・漣漪

「壁河說得對，這樣就沒有兇手了。」大山低頭沉思。

窗戶射入的陽光，使採訪室比起走廊明亮許多，裡頭有我、大山、夾克男和戽斗臉。兩位刑警與狹小的空間讓我產生錯覺，彷彿這裡是警局的偵訊室，若不是大山也在身旁，我可能覺得下一幕就會是戽斗臉把窗簾拉上，夾克男打開強光對準我，然後拍桌子的畫面。

從夾克男告訴我們一項消息——死亡時間實際上是八點至十二點——開始，一股沉重的氣氛就彌漫在兩組人之間，「警察組」八成認為我們證詞有問題，才會導致推論的矛盾，我們「證人組」也意識到這種情況，擺出防備架式，準備迎接對方的質問。

而且，就在大山告訴夾克男AI店員只能在店面附近移動，推翻他的「NPC行兇論」之後，他銳利的目光就越來越強烈。

「沒錯，死亡時間已經由法醫判定，這段時間內，其他測試員都登出了，這是根據大山你給我的資料。NPC也有不在場證明，所以不會是兇手。」

夾克男從口袋取出一張紙——是他昨天給我看的時間表，我和大山每個時點的行動，清楚地標記在上面。

他指向九點十分的位置。「不過，你們發現兩個數據系統資料不一樣的時候，被害者應該已經死亡，而你們……」他的手指往右移。「約二十五分鐘後，才進入虛擬世界。」

「也就是說，死者被殺害是從最後一位測試人員登出，到我們進入ＶＲ之間，然而這段時間內，卻沒有任何嫌疑犯。」

大山說的，正是我心裡所想的。

如此推論下來，所有兇手可能性都被排除，到底是誰做的？

「當然，不能排除VirtuaStreet發生故障，在沒受到外力的情況下，自動將被害人敲擊致死的可能性。不過我們已經派人詢問障礙調查人員，目前先不考慮這個。」

「不可能是自殺或意外嗎？」我試著提出各種可能。

「有可能，但若是如此，肯定有別人動過屍體。」夾克男指著自己的後腦，說道：「根據你們的證詞，發現死者時他是俯臥，如果死因是在虛擬世界裡滑倒，或是故意用後頭部撞擊地面，那應該會是仰臥才對。而且，還要考慮實際情況和動機問題……」

「虛擬實境裡，有東西會導致滑倒嗎？而且，幹嘛選在ＶＲ裡自殺，還用這種奇怪的方法！」

「小趙，那些推論我來講，你記錄就好。」夾克男轉頭，用嚴厲的口氣說道。

戽斗臉撇撇嘴，似乎很不甘心，他應該是惦記著上次在派出所出的糗，想討回顏面才會搶話吧！

大山托著腮幫子，表情像是想到什麼。

「法醫的判斷沒問題嗎？我是指，死亡時間的推斷，可能會有誤差之類的……」

夾克男搖頭。

「我只能說，那位醫師的判斷是一流的。而且我還特地詢問，有沒有可能把範圍放寬，以符合VR裡還有其他人的時間，醫師笑著回答：『我告訴你的時間已經是保守估計了，如果要我精確點，我甚至可以前後縮短半小時，變成八點半至十一點半！』他都這麼說了，我也不想去質疑他的專業。」

語畢，他立刻恢復銳利的目光，直射我和大山的雙眼。

很明顯，他在懷疑我們。因為無解的情況下，首先考慮的就是證詞的真實性，就算證詞全無虛假，我們也是在死亡時間內，唯一待在VirtuaStreet的兩人。

四人就這麼八目相對，令人窒息的氣氛在我們之間彌漫開來。

幾秒鐘後，夾克男的眼神才稍微和緩。

「不好意思，我希望對兩位進行個別訊問。」

大山點頭，夾克男以眼神向他示意，希望先詢問我，於是大山起身走向採訪室的門。

天啊！剛才腦中的偵訊畫面要成真了。

就在大山開門時，門外出現兩個人的身影，我不禁倒吸一口氣。

一位是大山團隊底下的主任工程師，另一位是小皮，他們似乎打算找間採訪室使用，碰巧大山開了門。

「不好意思，這間有人用。」

「那我們換另一間吧！」

大山點頭微笑，和兩人錯身而過。他們正好瞥見室內的情況，我特地觀察小皮的表情，結果他只是瞄了幾眼，就轉身和工程師離開。

唉！瞞不住了，兩個警察和一個女子在採訪室，總不能說是二對一約會吧？

「刑警先生，要不要喝飲料？」

我想甩開夾克男逼人的視線，起身往冰箱走去。

「那幫我倒……」「不用，我們不渴。」戽斗臉的回應，立刻被他打斷。

我端回自己的冰咖啡坐下，全身的細胞開始警戒，頓時覺得數日前的症狀——睡眠不足產生的後遺症——又回來了，頭痛、眼皮沉重，情緒莫名焦躁。

夾克男拿起桌上的時間表，率先開口：「首先，你們在ＶＲ的這段時間，我有點疑問。」

他指向上頭「進入傳送門」和「離開ＶＲ」之間的部分，接著拿出一張地圖——是我和大山的搜索路線圖。

「根據這個圖，妳的路程大約一．三公里，我們昨天進去走了一遍，約花二十分鐘左右。」

我知道他想說什麼了。

「可是，你們在裡面卻待了八十分鐘——四倍的時間，能告訴我為什麼嗎？」

我擺出一副從容不迫的樣子說：「因為要檢查是否有人，所以有彎進一些小巷子，而且我很喜歡裡面的街景，步調比較慢……」

懷疑的表情瞬間加深，我的不安也更強烈。

「回程我加快步伐，幾乎是在奔跑，不過到了『小香港』那裡，我又進去巷子找而逗留一陣子……回到捷運出口時，已經看見大山在那裡，然後因為發現屍體的震驚，又耗了一些時間。」

當時的不快感突然湧上。發現對方的眼神更加銳利，我強壓下這股情緒。

「妳有沒有想過，大山為何在那裡？」

「有一點……我覺得很怪，明明大山跟我約好的地方，是在制服街巷口。而且他一直喘氣，好像做了什麼耗費體力的事，所以我猜，他應該是飛奔過來的。至於原因，我不是很清楚……」

「我們會再問他。能不能估計一下，妳的兩段路程，以及發現屍體後所待的時間，大概是多久？」

「嗯……從②的位置走到電影公園，約花了四十分鐘，在電影公園等了五分鐘才見到大山，從電影公園走成都路到『小香港』，由於是奔跑只花十分鐘，但是又在巷子裡逗留十分鐘……」

「所以剩下十五分鐘。就是妳到了現場，見到大山和屍體，回到『大廳』所花的時間。」

夾克男在原本的時間軸加上幾筆，拿給我確認。（圖四）

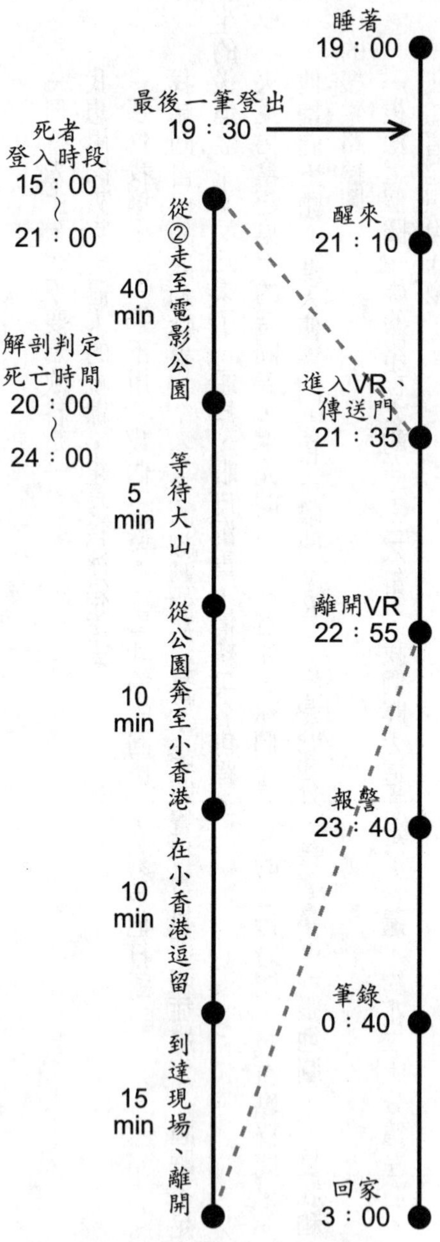

圖四　露華行動時間軸（詳細）

「關於時間就問到這裡，我也會核對大山的行動。接下來……小趙！」

他彈了一下手指。戽斗臉從袋子裡取出一個機器，放在桌上。

「還記得這個嗎？」

相當眼熟的東西，我停頓數秒，才想起是那天測試的兩個數據系統之一，只不過從外觀看不出來是舊系統，還是新系統，因為外殼和後面的管線接孔都一樣。

「我昨天向大山借了這個。」夾克男指著機器，說道：「結果發現有趣的事情。」

「什麼事情？」

「看一下後面的管線接孔，可以接網路線，也支援ＵＳＢ或其他介面。」

「很正常呀！因為必須連接到匯集各ＶＲ據點的路由器（Router），當然可以接網路線，如果要輸出資料至個人電腦，支援ＵＳＢ也沒什麼好奇怪的。」

「不過這些都是雙向介面，資料可以輸出，相對地，也可以輸入別的資料。」

「刑警先生，你想說什麼？」

「我就不繞圈子了。我要說的是，不排除裡面的資料被動態修改（Dynamic Modification）的可能性。」

一股惡寒竄上我的背脊。

雖然他的結論說得很迂迴，但我馬上聽出他的意思，言下之意，他懷疑我或大山在測試的同時，利用網路線或其他介面竄改裡面的資料。

「我昨天將機器帶回分局，請資訊室的人檢查後發現，這種機器不僅有一般資料匯流的功能，許多家用作業系統（Operating System）甚至還內建它的驅動程式（Driver），而它提供修改的軟體也很容易操作。換句話說，只要接上ＰＣ，即使不是精通電腦的人，也能很快學會修改裡面的資料。」

「我……完全不知道有這回事。」

「不知道嗎？也罷。」

夾克男和戽斗臉一直盯著我看，令人很不舒服。

「可是，即使知道能修改數據系統的資料，又代表什麼……」

「顏小姐，我想不用這麼明白地說出來吧？資料能修改，代表燈號變成紅色的時機可以任意控制，也就是說，我們認定的死亡時間下限，不一定是九點十分。」

他的臉湊過來，雖然表情掛著微笑，卻刻意加重語氣，說道：「甚至可能在你們進入虛擬世界之後。」

我感到一陣暈眩。

對方準備進行最後一擊，拿起路線圖，放大音量說道：「顏小姐，我回顧了一下這張圖，妳的出發點距離現場，好像還滿近的。」

砰！頭痛頓時加劇，我無法分辨那是因為睡眠不足，還是刑警的話造成的衝擊。

完了，所有情況都對我不利。

數據系統的資料可以修改，而最有機會的人，當然是一直守在旁邊的我。

兇手修改新系統的資料，使Players變成0，造成被害者當時已死的假象，以製造不在場證明。進入ＶＲ後，立刻前往案發地點去見等在那裡的死者，殺害他，再若無其事地搜索到結束，最有可能辦到的人，也是距離現場最近的我。

夾克男的細框眼鏡，還有身上穿的褐色夾克，在我眼前不到十公分的位置，如此近距離造成極大的壓迫感，我的身體不自覺往後傾，心跳持續加速。

砰！

他張開口。我覺得他的下一句話，有九成的機率會是「小姐不好意思，可能要請妳到局裡一趟」。

「喂，小趙。」

戽斗臉像是被點名的士兵，結巴地回應：「什、什麼事，學長？」

「你去看一下門外，剛才門發出聲響，我懷疑有人在偷聽。」

戽斗臉立刻起身向門口走去，我因為突然的聲音獲救，感到放鬆許多。

「哎喲！」

我和夾克男的視線立刻轉移——門猛然拉開後，一個人影倏地倒了進來，摔到地上發出疼痛的哀嚎。

我立刻奔向那裡。「小皮！你沒事吧？」

老實說，我並非關心他才上前探問，而是為了脫離夾克男的手掌心。

「怎麼突然開門……」

小皮一邊撫摸疼痛的部位，一邊起身整理散落一地的文件。

兩位刑警的目光集中在我們身上，我為了調整紊亂的心情，也裝作幫忙整理。此時，文件的某一頁映入我的眼簾。

我飛快拾起那一頁，展示給他們看。

「就是這個！刑警先生，你忘了考慮這個！」

「我真的什麼都沒聽到啦！而且我只是靠在門上休息，沒想到門一打開就跌進來了。」

知道他的身分是雜誌記者——雖然不是那種八卦雜誌——後，兩位刑警都用狐疑的眼神望著他，經他再三保證，自己絕對沒有偷聽的情況下，他們才放過小皮，離開採訪室。

我也鬆了一口氣。

剛才出現的那一頁文件，是VR世界力量控制的規則說明，也就是「使用者施予物體的力，會乘以〇・八計算」的那一頁，我將它給夾克男看，他立刻回想起來。

「對哦，還有這個。」

我想提醒他還有兇器的問題沒解決，憑我弱女子的花拳繡腿，是不可能打死一個人的。

夾克男盯著我纖細的上臂，說聲「失陪了」就帶著戽斗臉離開，大概是去找大山問話吧！

「Luva，這是怎麼回事？」小皮揉了揉肩膀，問道。

這傢伙，要我提醒多少次才記得？

「陳先生，不干你的事哦！我和兩位刑警正在一對一約會。」

「呃，露華，對不起……」他搔了搔頭。「我一直忘記。」

我望著一臉狼狽的他，發現自己不再像前幾天那樣，一遇到他就神經緊繃，而且說到底也是因為他，我才能脫離剛才的窘境。最重要的是，我從來沒看過他跌個狗吃屎的樣子，真是太好笑了，哇哈哈哈哈！

「沒關係，對了，你肚子餓了吧！」

「嗄？」

「你之前不是說過，改天一起吃飯嗎？」我指指小白屋的大門方向。「我知道一家還不錯的。」
小皮訝異的臉龐浮現笑容，拍完身上的灰塵後，立刻跟上我的腳步。
我們走進一家餃子館——我和同事經常來這裡吃午飯。點餐上菜後，我們邊吃邊聊天。
「沒想到再過不久，人就可以在虛擬世界裡用餐了。」小皮撈起餛飩，一口吞下。
「嗯……如果計畫沒有中止的話。」
「什麼意思？你們公司真的發生了什麼事？」
啊，糟了。我立刻掩嘴，但又想起這樣反而更做作。
「抱歉，小皮，警方下了封口令，我現在什麼都不能說。」
小皮察覺我的困窘，嘆了口氣。
「算了，我早就知道啦！VirtuaStreet裡死了人，對吧？」
「你、你果然有偷聽！」
「才不是，我有說我跑過社會線吧？當然會認識一些同行，其中有幾個現在還待在同樣的位置。那個消息只是壓下來不報導，並不是完全封鎖吧？我稍微問他們就知道了。」
我盯著他的臉，說道：「你，真的不是替八卦雜誌工作嗎？」
「妳很沒禮貌欸！我是關心妳才會去問。」
「那真是謝謝了。」
「我才不想跟妳拌嘴。對了，露華妳是發現者吧！有遇上什麼麻煩嗎？」
我回憶起方才的壓迫感，仍然心有餘悸，好想找個人訴苦。
眼前的這個人……既然知道有命案了，再詳細一點也沒關係吧？

我從那天打瞌睡後發現燈號轉變，和大山進入VR搜索，之後又被警察盤問，到今天為止發生的情形，一五一十說出來。小皮聽完後，交抱雙臂沉思了半晌。

「原來如此，真是個大災難。」

「不能說出去哦！」

「才不會。不過，露華妳反應未免太誇張了，連這麼簡單的思維都沒發現。」

「什麼意思啊！」我有點惱怒。「我可是被當成嫌疑犯欸！在那麼緊張的狀態下，會忘記力量控制的事，也是很正常的吧！」

「所以我說妳反應太誇張。」小皮喝了一口餛飩麵湯。「在這種僅有狀況證據的情形下，警方不會貿然把妳帶回警局的，所以說，妳根本不用擔心。」

「可是很多警匪片都這樣演。」

「那是戲劇，跟現實不同，我覺得那個警察只是想藉由告訴妳這個推論，來觀察妳的反應。而且我剛說『簡單的思維』不是指什麼力量控制，而是一個邏輯上的問題。」

「邏輯問題？」

「簡單來說，如果妳是兇手，利用數據系統製造不在場證明，然後進入虛擬世界殺害死者，可是這有一個先決條件，就是VR搜尋的路線，得由妳決定才行。」

「啊……」

「當然，以這次情況來看，就算妳的路線離現場很遠，妳最多只要放棄行動，等待下次機會就好。但先前約好的被害者會因此起疑，大山也可能會調查系統出錯的原因，然後找到妳頭上，如此一來，就算之後行兇得逞，被懷疑的機率也很高。」

「對呀，我怎麼沒想到……」

「妳太緊張了。」小皮伸出雙手，作勢安撫。「對方不過是警察，不用自己嚇自己，放輕鬆點。」一派輕鬆。

又來了，說風涼話的傢伙，被懷疑的可是我欸！

「不過這麼一來，那個大山的嫌疑應該比妳還大。」小皮低頭沉思。

「大山？怎、怎麼可能……」

「因為路線是他決定的，要妳做測試的也是他。而且，那台機器有網路線接孔吧？或許他可以透過網路，修改系統的數據，若是這樣，他符合的犯案條件比妳還齊全。而且他是研發團隊領導人，說不定有能力開發出『兇器』……」

怎麼可能？不可能的，他不會做這種自掘墳墓的事！

「可是，為什麼兇手要安排自己的路線遠離現場？」我試圖為大山辯解。

「妳想想看，請妳一起進入VR的目的，是幫自己做不在場證明，如果你們的路線對調，妳不就無法發現屍體了？所以他才會跑到捷運出口附近等妳，這樣才能兩人一起發現屍體。加上可以把嫌疑分一些到妳身上，是我的話，我也會安排自己的路線遠離現場。」

「大山才不會這麼惡毒。」

「我的意思是有這種可能性，沒說他一定是兇手啦！而且他勢必得繞路才能去現場行兇，時間上不知能否來得及，得研究看看。」

小皮又低頭吃麵，似乎因為自己的推論陷他人於不義，感到有些不好意思。

然而，「大山是兇手」的推測從那時起，已經深深打入我的腦海，再也揮之不去。

用完餐後我和小皮告別，下午幾乎沒什麼事要忙，我準時下班回家。

門一打開，就傳來一陣撲鼻的香味。

「小露，吃晚飯了。」遠處傳來媽媽的聲音。

我望向我的「餐桌」——窄得可憐的茶几上，擠滿了數個盤子盛裝的菜餚，有紅燒獅子頭、炒高麗菜、涼拌肉絲、番茄炒蛋……等等，這陣仗，這些盤子……

我走到廚房大喊：「媽！」

「我有預感，小露一定會回來吃飯。」

「我才不管妳的預感，妳又拿我的錢買菜了？而且我剛數過，盤子多了兩個。」

「別那麼小氣，錢會還妳的啦！」

「而且做那麼多菜，我怎麼吃得完！」

「不是給『妳』吃的，是我自己想吃這麼多。」

我望向她腰間的贅肉，這女人自從和我生活後，就日益發胖。

之前形容她「就像風一樣」還有另一個理由——她像極了掃落葉的秋風，消化食物的速度快得驚人。今天也是，吃過午飯的我並沒有動多少筷子，可是每道菜都被她徹底解決，盤底朝天。

我收拾好一片狼藉的碗盤，回到茶几旁。

腆著肚子的媽媽盯著我。「小露。」

「幹嘛？」

「妳真的沒發生什麼事？」

「真的真的真的沒發生什麼事。」

「有的話，一定要告訴媽哦！」

我望著她浮現皺紋的臉龐，突然感到悲從中來。

在我仍是少女的那段時期，每次遇到什麼不順心的事，或是受了什麼委屈，一定會向她傾訴，現在卻什麼也不能說。遭受警方盤問的壓力，親近的上司又有兇手的嫌疑，我不知道怎麼揮開這股陰霾。

突然，一個點子閃過我的腦海。

「媽。」

「什麼事？」

「妳以前當過偵探吧？要不要來玩推理遊戲？」

「徵信社和偵探不一樣。」

「都要動腦筋嘛！來來，幫我想一下今天同事問我的問題。」

我拿出那疊資料，打開平面圖的那一頁，推到她面前。媽媽雖對我的舉動感到疑惑，還是上前看了看。

「妳看，這是西門町的地圖，假設大半夜裡沒有任何人影，兩個人闖進這裡找人……」

我把當時我和大山進入VR，到發現屍體為止的狀況，詳細地敘述一遍。當然，並沒有提到兩位主角是誰，大山用「A男」代表，而我就以「B女」稱之。

「就這樣，如果妳是B女，妳認為A男有沒有可能是兇手？」為了隱藏內心的不安，我將語調放得很輕盈。「啊對了，假設被害者一直待在現場，也就是誠品一一六的位置。」

「B女走到漢中街和峨眉街口時，沒有朝那個地方看嗎？」

「嗯……可能有吧！不過那一帶路燈都被破壞，被害者在暗處所以看不到。」

此時我發現媽媽的表情，突然變得很嚴肅。

好像看見什麼可怕的東西。

她一語不發，過了好久才抬頭看我，說道：「小露，妳怎麼會知道這件事？」

「嗄？」

突如其來的問題讓我一頭霧水。慢著，該不會媽媽也知道了吧？

我決定裝傻，試探一下。「沒、沒有……媽妳在說什麼啊？這是別人問我的問題啊！」

「誰問的？」

「這……是誰呢？」我按著額頭，裝作在回想的樣子。

媽媽凝視著我，過了片刻，板起的臉孔逐漸柔和。

「嗯，大概是我誤會了，小露不用在意。」

誤會？

我正打算追問下去，她立刻拋給我一個微笑，試圖支開話題。

「這問題很簡單嘛，當然有可能啊！」

聽到這句話，我原有的好奇立刻拋到九霄雲外，心頭一凜。

真的嗎？大山真的有可能是兇手？

「首先，我想A男應該不是在回程的時候下手的。」她拿起筆，在平面圖上畫了兩條路線。（圖五）「妳看，如果他在回程行兇，上面這條會是他的實際路線。首先他假裝往漢口街的方向，等到B女走遠了，他便立刻彎進武昌街，直走轉漢中街來到現場。」

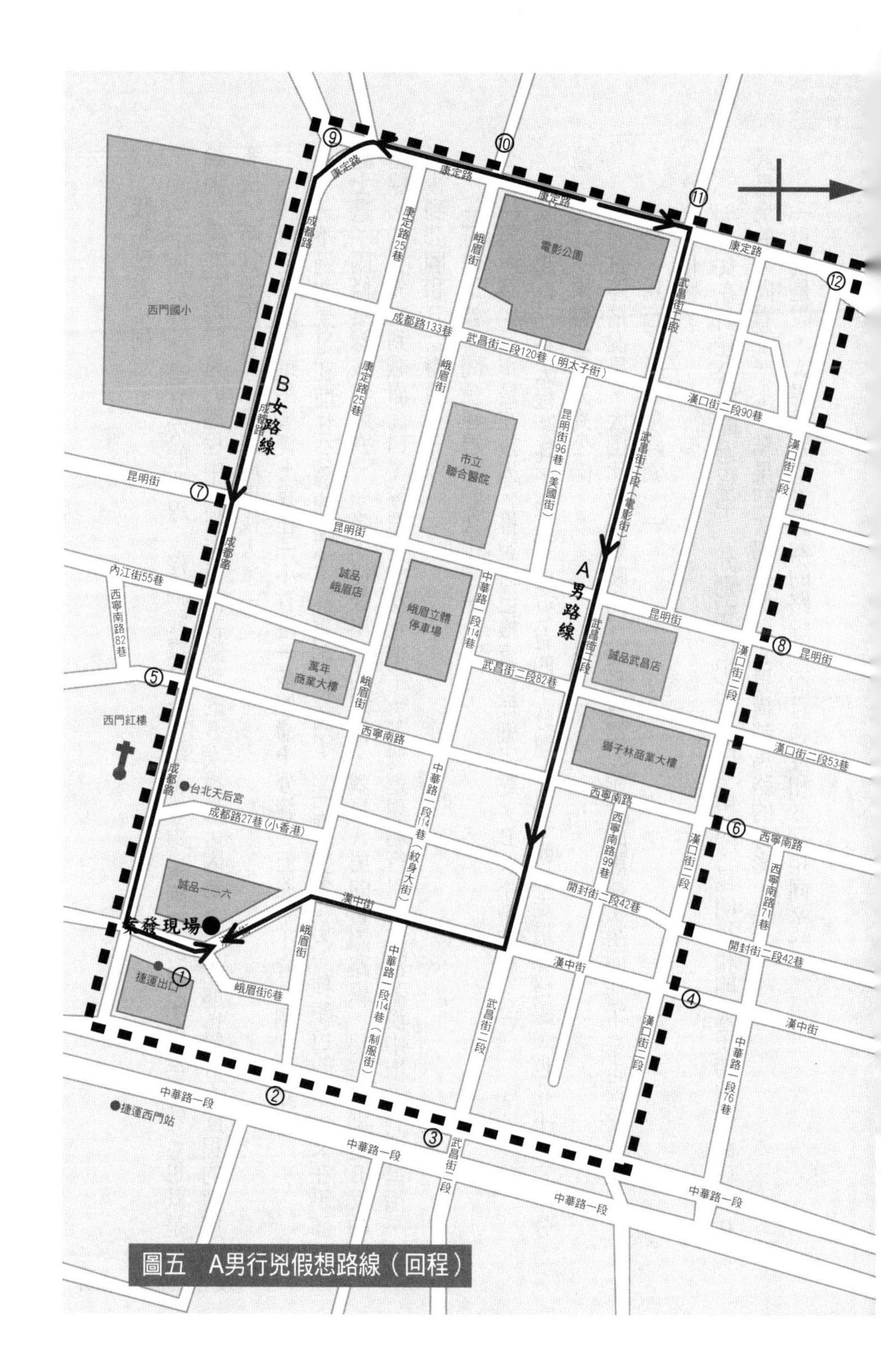

圖五　A男行兇假想路線（回程）

我點頭表示同意。

「下面那條則是B女的路線，仔細觀察一下，就會發現這兩條路線距離差不多。也就是說，A男在現場行兇的過程中，很有可能被剛到的B女撞見，因為，他不能保證B女回程的速度多快，而且她極有可能彎進現場找人。」

我再度點頭，雖然事實上我在「小香港」多停滯十分鐘，但兇手不會預測到這點。

「不過如果是在前往公園的路上，就另當別論了。」媽媽拿起另一種顏色的筆，又在平面圖上畫了兩條路線。（圖六）「喏，從③出發的這條，就是A男的實際路線，另一條則是B女的路線。A男先來到峨眉街口，等看見B女走遠了，就彎進現場行兇，再沿著漢中街走到武昌街，最後到公園和B女會合。」

「可是這樣時間會花得比較久……」

「無所謂，反正是在找人，推說自己檢查得仔細了點，B女不會起疑。」

我想起自己在去程時耗了很久，足足有四十分鐘。兇手就算走這條路線，也花不到二十分鐘，如此一來會比我先到公園。

然而實際情況是，大山比我還要晚到，而且我握有確實的證據，證明他不是走這條路線。

「媽，我忘了提一項線索。」

「還有啊？」

「B女在前往公園的過程中，分別在漢中街、西寧南路、昆明街和明太子街四個路口，往武昌街的方向看了一下，結果四次都有發現A男橫越馬路的身影。」

「也就是說，A男確定是走原本的路線，而且速度和B女相同？」

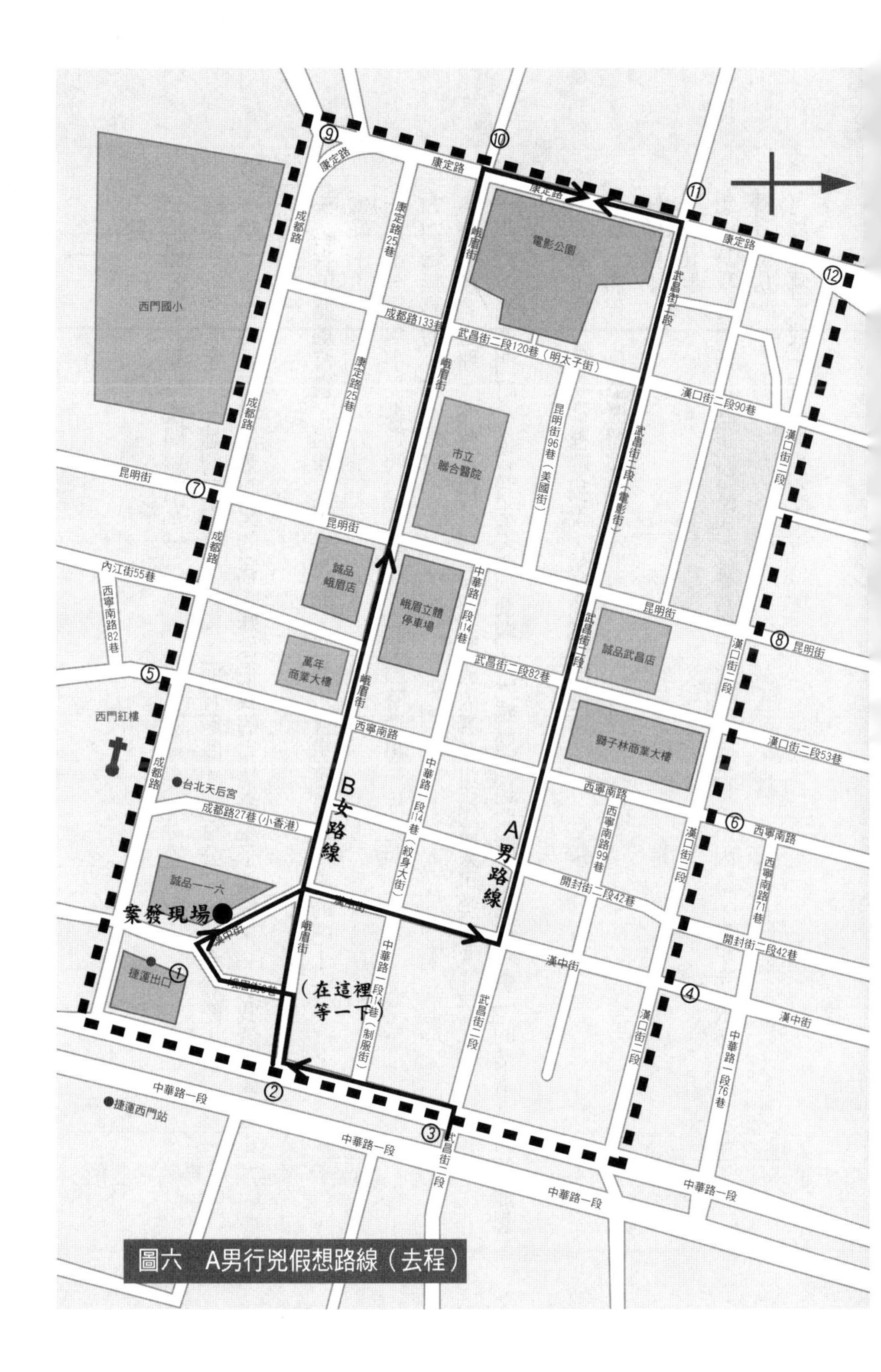

圖六　A男行兇假想路線（去程）

「對。」
「那個B女，視力沒問題吧？」
這點我非常肯定。「她的視力有一‧二，而且距離才一百公尺，不會看錯人。」
「哦……」她看了看沒戴眼鏡的我，好像從我的表情發現了端倪。「那我就沒轍啦！」
「沒轍？」
「去程的路線沒變，回程又不太可能，我想，A男應該是無辜的吧！」
太好了！
「無辜」這兩字從媽媽的口中說出，心頭頓時湧起一片光明。
大山是無辜的，他不是兇手。
本來就沒有道理，他會在自己打造的樂園殺人嗎？這結論太可笑了。
「不過說到西門町，還真是懷念從前啊！」媽媽已經脫離「推理遊戲」的情境，開始遙想過去。
「對啊，妳也是在那裡跟我說，想成為我的媽媽。」
「嗯，那一刻仍然歷歷在目。」
好機會！
「為什麼……」
想成為我的媽媽？話還沒說完，她就對我微笑，回答：「因為，發生了很多事啊！」
轉身進房。
可惡，哪天我一定要問出來！

當晚，我做了一個夢。

夢裡有我和大山，兩人為一段影片的內容爭論不休。

是綜藝節目的片段，節目裡，外景主持人去訪問一個家庭，身為家長的爸爸出來迎接，當爸爸呼喚妻子和孩子的名字時，並沒有人出現，爸爸說了句「真傷腦筋」後，帶領主持人進屋。

首先是廚房，爸爸說：「這是內人，正在做菜才會怠慢了您，請別介意。」但是廚房裡的「媽媽」卻一動也不動，砧板上的高麗菜切到一半，瓦斯爐沒打開。

再來是客廳，爸爸說：「這是小女，這個時段有她最愛的偶像劇，她一看電視就會入迷，真拿她沒辦法。」電視機前的「女兒」正端坐著，也是一動也不動。

最後是臥室，爸爸說：「這是小犬，正用功讀書呢！不好意思。喂，你怎麼不叫叔叔？真沒禮貌！」順著爸爸的視線望過去，「兒子」坐在書桌前，仍是一動也不動。

「兒子」和「女兒」，似乎是童裝櫥窗的人體模特兒，「媽媽」的口部有開孔，八成是情趣用品店的性愛娃娃。主持人感到很好奇，伸手捏了「媽媽」的胸部。

「喂，你怎麼可以非禮別人的老婆！」爸爸大怒，開始毆打外景主持人。

令人很不舒服的影片。

在夢裡，大山又變身成那個令我惱怒的「天敵」，針對影片說出一堆歪理。

──「妳覺得那個爸爸有病嗎？」

──「那個爸爸沒病，是我們不懂他和那些人體模特兒、性愛娃娃之間的親情『語言』。」

──「透過『語言』，他們得以交流，在他眼中看來，這些東西真的就是他的太太和兒女。主持人摸了妻子的胸部，被他毆打，是很正常的一件事。」

——「至於妳問他們之間『語言』的型態是什麼，我只能說，只有當事人才知道，可能是眼神的傳遞，或是心電感應之類的。」

——「妳說人和非生物之間，怎麼可能有情感交流？噢，重點不是真實存在與否，而在於當事人的實際體驗。那個爸爸感受到我們沒感受到的事物，妳不能說那真的不存在，更不能因此說他有病。」

夢中的我無法支開話題，只能聽他滔滔不絕地說，我終究無法打從心底認同他的觀念，最後無奈地敗下陣來，勝率跌破三成。啊，做夢應該不用列入計算。

我也無法理解，為什麼會做這種夢——絕不是日有所思的緣故。

好詭異的夢。

週末前一天的早晨，不知為何有股滯悶的空氣，雖然經由媽媽的話加強了大山的清白，仍有些許不安殘留在心頭。當然也可能是昨晚那個奇怪的夢，和最近的心情相牴觸——我一直以為，看到大山脆弱的一面，他對我而言就再也不是「天敵」了。

說曹操，曹操就到。

我和大山在走廊相遇，他向我打聲招呼。我乘機觀察他的臉，黑眼圈增加不少。

「大山，你也被懷疑了嗎？」

「嗯。」聲音很虛弱。「不過還有很多事沒釐清，他們也不能採取行動。」

「你好像很辛苦，有我幫得上忙的地方嗎？」

「沒有，露華妳專心處理別的業務吧！」大山揉了揉太陽穴。「對了，政府那邊有消息了。」

「怎麼樣？」這關係到VirtuaStreet的存亡，我也想知道結果。

「一週內如果確定是人為因素——也就是找出兇手，那開發計畫仍會持續，否則，就會被認定是疏失造成的系統意外，主事者會被追究責任，計畫也被迫中止。」

「怎麼這樣……」

雖然是可以猜到的結果，但還是覺得不甘心，尤其是現在有很多疑點，無法鎖定一人嫌疑的情況下，狀況更是不樂觀。

調查有一週的時限，換句話說，我回憶中的西門町，很有可能下週就這麼消失了。

好想再進去幾次，留下多一點回憶。

「大山，我這幾天可以去ＶＲ看一看嗎？」

他似乎明白我的心情，點頭答應。

由於現在沒什麼其他的工作，我和大山道別，打算立刻前往ＶＲ室。此時走廊的另一側，又冒出熟悉的面孔。

「早安，Lu……露華。」

「你的採訪還真密集啊！」

「不，我今天是來告訴妳我的發現。」小皮將臉湊上前，壓低聲音。「我昨晚想了很久，覺得他應該是兇手。」

「他？」

「那個人啊！」他指向大山離去的背影。「我把地圖和妳告訴我的行動順序，稍微研究了一下，最後得到這個結論。」

「好巧，我昨天也研究了一下，覺得不可能是他欸。」

「那我們交換一下想法吧！我先告訴妳我的推論，就我看來，他應該是在回程的時候行兇的……」

若不是昨天對他稍微改觀，我真想嗤之以鼻，把媽媽昨天提出的矛盾點說給他聽。但我現在不想說也不想聽，一方面有別的事，另一方面，是不想再聽到有關「大山是兇手」的任何言論。

或許，是想逃避這個話題吧！

「很抱歉，我現在急著前往ＶＲ室。」我轉身走向樓梯。「閒人勿近。」

「喂，聽我說一下嘛！」小皮追了上來，打算拉住我的手，我立刻甩開，他跟著我上二樓。

「不要跟過來！我剛說過，閒人勿近。」

「我只是想說……」

我不想再聽他說話，打開最近的一間ＶＲ室大門，閃身進入室內。只要關上厚重的鐵門，外面的聲音就會被隔離，任憑他聲音喊得再大，我也聽不見一字一句。

門即將關上時，傳來小皮最後一句喊叫。

「露華！妳昨天研究的時候，有考慮『大廳』的傳送門嗎？」

砰！一切回歸靜寂。

他剛剛說什麼，傳送門？我昨天有和媽媽提到這個東西嗎？

沒有，因為怕她聽不懂，我改成了現實世界的版本。

媽媽當時反駁的理由，是「回程期間，兩人路程所花的時間一樣，A男行兇容易被B女發現」。

如果利用傳送門的話呢——我愣在原地，不安又襲上我的心頭，後頸瞬間冒出冷汗。

「系統開啟」的電子音響起。

第六章——而立之年・漂流(二)

人潮擁擠的街道。

然而經歷那個事件後，一切都變得好虛幻。

我在捷運站出口，眼前仍是一片摩肩接踵的人群，但浮現在腦海的，卻是那天四下無人時，大山和我發現屍體時的反應。身處在這個世界的意識，已經被罩上一層朦朧的膜，透過這個膜的風景下，連活生生的人都是那麼不真實。

西門酷客、誠品一一六、騎樓等處，都有穿著各式衣服、無所事事的等待人群，儘管人聲鼎沸，我還是感到前所未有的孤獨，彷彿這些人都不存在，西門町是一座空盪的死城。

漢中街斜向入口，商圈的門戶，通往秘境的峽谷，流動的河水。

那潺潺水聲逐漸變調，最後回復為人群嘈雜的聲音，一句又一句在我耳邊鼓動。

「嘿，等一下去看電影？」

「最炫的秋季商品！有折扣哦，進來看看吧！」

「小姐，要不要買手環？您付的錢我們都會捐給兒童福利基金會，請支持愛心義賣活動。」

話語縱橫交錯，逐漸將意識拉回這個熙來攘往的街道。

「你有聽說嗎？前幾天這裡死了人。」

原本是溫柔的牽引，然而這句突然入耳的話，將我一把扯回現實。

消息已經傳開了嗎？

「真的？死的是誰？」

「不知道，我也是聽說的。」

「該不會是被殺的吧？」

「很有可能哦！真可怕，越來越不安全了……」

我環顧四周，想找尋聲音的來源，無奈舉目所及都是交談的人們。視野裡有兩個身穿制服的巡警，他們站在誠品一一六門口，安靜地觀察周遭的情形，似乎是特別派駐在此。淺灰色襯衫、深藍色西裝褲，外搭一件藍色外套，簡單制式的服裝，說明這裡發生過命案的事實。

前方的潮流象徵——JUN PLAZA電子看板早已啟動，躍動的廣告引領來往的人群。

小說裡，私家偵探一定生活在城市的大街上，縱使身旁人很多，進入自己內心的卻少得可憐，「嘈雜中維持平靜，熱鬧中求取孤獨」是他們的信條。

突然覺得自己與他們有共同之處，於是興起模仿的念頭。

徒步區的兩旁，一些攤販森然羅列。雖然攤販經常是警察開罰單的對象，倒也是都市特有的一種消費文化。對賣方而言，有一種小成本、方便，偶爾存在危機感的特殊魅力。

眼前一名擺攤的年輕人，身穿印有「氣魄」圖案的T恤，和白色亞麻長褲，染紅的頭髮整個抓起。下巴蓄短鬍髭，使他看起來有些兇惡，卻因為不停叫賣的舉動緩和許多。他的前方擺著高腳架，架上的盒子裡放有項鍊、耳環之類的飾品。

我向他搭話。「不好意思。」

「買項鍊嗎，大姐？」

「不是，我想打聽一位在這裡出沒的人。」

「這裡我不太熟欸，妳說說看。」

「你見過一位長相猥瑣的男人嗎？像這樣。」

我拉扯自己的臉，希望能表現出那個人相片中的樣貌。

「長這樣的男人多得是吧！」

「他身高很矮，只有一五〇公分出頭。」

「大姐，這裡人這麼多，我就算見過也忘記啦！」

我這才意識到，小說裡的警察或偵探，往往一問人就能得到想要的答案，但實際上，是小說家省略前面許多失敗的調查，直接進入最後的結果。而且他們不是像我這樣比手畫腳，而是隨身攜帶被調查者的照片，藉助線索的抽絲剝繭和團隊合作，才能有實際的成果。

察覺自己和偵探們的差異，我感到有些沮喪，儘管如此，想探究的心情依然沒變。

「那邊那個大伯可能知道哦！他比我先來這裡。」

他指向對面一個寫有「神機妙算」的卜卦攤位。桌子後方的老人一身唐裝打扮，低著頭，不知正瞅些什麼，我立刻湊上前。

「要算什麼？星座、易經、紫微，還是看手相？」

穿唐裝的老人做星座占卜，就和牛排館賣起排骨飯一樣，是一種複合式的服務。

「不是，我想問您有沒有看過一個人。」

「什麼啊，不是要算命啊！」

「不好意思，因為他說您對這裡比較熟。」我指指後方。
「唉，算啦！長什麼樣子？」
「像這樣。」我又做了一次剛才的動作，感覺像在對阿伯扮鬼臉。
老人起身，端詳我好一陣子。「我看妳乾脆告訴我名字好啦！我都會問客人姓名。」
還兼做測字卦嗎？真了不起。
「朱銘練，朱元璋的朱，座右銘的銘，練習的練。」
「噢，阿練啊！不要惹他比較好喔！」
雖然說人不可貌相，但他似乎人如其貌，不是什麼好東西。
「我不是要找他，只是想打聽他的事。」
「我只知道，他就像影子一樣。」老人摸摸鼻子。「其他的，妳去問那條街上的人吧！」
「那條街？」
「武昌街啊！」他壓低聲音。「尤其是會待到晚上的人。」
雖然不是很懂老人的意思，但看他的表情，似乎不能再透露更多了。
我道聲謝，朝他指的方向走去。
從峨眉街到武昌街這段路，一開始仍延續的攤販商線，到了「絕色影城」門口開始消散，影城的旁邊是「加州健身中心」，健身中心側面的巷道，就是通往紋身大街的路。若是彎進去看，還可以見到一個個寫有「西門町紋身街」的看板，看板上的紋身圖片，表現出各式各樣的自我「印記」。
從這裡再往武昌街的方向走，會看見幾家歌廳的門面。這些門面的特點，就是會將駐唱歌手的彩照貼在看板上，右下角標明藝名，較受歡迎的，還會加上如「小周璇」、「小鄧麗君」等用以招徠客人的稱號。

此處就是西門町著名文化「紅包場」的所在地——六福大樓。

我印象中的紅包場，只有被媽媽帶進去的那一次，卻是個難忘的經驗。

座位分布像是一般的民歌西餐廳，前方有個大舞台。我們進入時，正好遇上歌手輪替的空檔，媽媽點完餐後，就有一位穿亮紅色禮服的女性上台演唱，豔麗的妝扮，搭配閃耀的水晶燈和霓虹燈，捕捉了全場所有觀眾的目光。

歌聲雖帶有職業唱腔，卻可以聽出對生命的情感。

陸續上場的歌手有男有女，歌曲也是老歌、流行歌兼具，當歌曲進入中後半段時，會有一些客人起身走到舞台邊，給台上的歌手一、兩個紅包，有些歌手下台前，還會將紅包裡的錢抽出來，對餽贈的人說一段感謝的話，最後深深一鞠躬。

最令我印象深刻的，莫過於壓軸的主秀歌手。身著一襲白色禮服的她，脖子上掛著極粗的羽毛圍巾，怎麼看都是「天后」級的排場，唱歌時不僅有人獻花，還有位大叔手持一串藍白相間的條掛——定睛一看，才發現那是用千元大鈔黏成的紙環——要給她戴上。

他們褪下華麗的禮服後，會是什麼樣子呢？當我這麼想時，發現有些人在場子裡穿梭，四處寒暄，面孔相當熟悉，正是方才上台過的歌手們。主秀歌手也換上了便服和馬靴，當她到我們桌前問候時，那個頗具親和力的笑容，現在還存在我的記憶裡。

那是外面未曾見過的世界，靡靡聲色卻帶有溫馨，也因為媽媽和我提到以前紅包場的繁榮，讓我當下產生淡淡的失落感。

被認為是過氣的文化，但實際接觸後，又不希望它死去。

我站在六福大樓門口，回憶的衝擊，將我的意識拉到好遠好遠。

前方就是漢中街與武昌街的交叉路口，也是有名的追星族勝地。這個路口有個別名，叫「屈臣氏廣場」。原因無他，這塊區域的大小可以容納一座小型圓環，而區域東北隅所坐落的店面，正是知名的連鎖藥妝店「屈臣氏」（Watsons）——雖然我一直很疑惑，為何用這種沒有區域獨特性的店面為廣場冠名，若要凸顯在地特色，西南隅的「長虹大飯店」應該更適合。

或許，冠名的目的是為了便於指涉，全國連鎖店的名號，畢竟勝過地域經營的飯店吧！

這裡以北的漢中街路段，是西門町的台灣小吃區，以前和友人看電影時，經常會順道去吃些冰點、魷魚羹和蚵仔煎。那條街的回憶，就等於「吃」的回憶。

印象中，在屈臣氏廣場舉辦的簽唱會不計其數，只要搭個舞台用大聲公呼喊，就足以吸引到一群圍觀的人群了，更遑論那些追星族們。這裡並不是聽歌的好地方，卻是展示明星、醞釀人氣的好場地，若台上站的是主流歌手、樂團，就會湧入許多專程前來的死忠歌迷，外圍也會有一些因好奇駐足的路人，這些人潮往往將路口擠得水泄不通，連騎樓下都無立足之地。

我和友人並不是摩西，無法分割這群人造紅海，每當遇到這種情形，只好死命推擠，試圖滲透人群到另一條街道。有時人群多到看不見前方時，會推擠到哪一條路都不曉得，那狀態有點像是柏青哥機台內，不停碰撞鋼釘的小鋼珠，或該說是在水裡做布朗運動（Brownian Motion）的膠體粒子。

眼前的廣場，並沒有偶像歌星和成群的歌迷，只有約二十個人圍成一圈圓弧，我走進探看，發現是街頭藝人的表演。

人群中央的女孩身穿淺灰色針織衫，搭配咖啡色七分褲，外型看上去是路邊常見的可愛女生，卻邊彈著吉他，邊唱出帶有原住民風味的地方歌謠。許多轉折的唱腔雖然稱不上渾厚，卻也中氣十足，高音段落也都唱得上去，整體來說相當悅耳，我對她歌唱的音域之廣感到佩服，待她唱完一首，我立刻鼓掌，卻發現只有三、四個人和我做一樣的事，感到有些困窘。或許這種程度的才藝大家看慣了，只有我少見多怪，也或許其他人只是負責圍觀的樁腳，並不負責拍手吧！

女孩的右邊，有個輪廓深邃的男性坐在一張小板凳上，他的前方擺著一個木盒，放著幾張欠缺封面，只有印製的曲目，一看就知道是自行錄製的CD專輯。他的表情有點苦，應該是女孩的合夥人，說不定是她的哥哥或爸爸。

我走上前，男人的視線立刻和我對上。

「要買天上的聲音嗎？」他的苦瓜臉和緩許多。「還是，想點歌？」

「都不是。」我壓低聲音，盡量不讓對話妨礙到演唱。「你們會唱到晚上嗎？」

「看阿瑪烏的狀況，今天應該會到六點，我們中間會休息，妳可以四點再過來。」

他往女孩方向瞄了一眼，從名字來看，她似乎真有原住民血統。

「我想問一個人，你聽過阿練嗎？有人說，他像影子一樣。」

「影子？嗯……」

「身材矮小，長相……」我又拉了一次臉皮——總覺得這樣下來，顏面神經遲早會失調。

「沒見過，不過倒是有印象。」

沒見過卻有印象？難道像傳說一樣，只存在想像裡？

他似乎察覺我的疑惑，向女孩說了聲「我和人講個話」就將我拉離圍觀的群眾，帶到一旁的屈臣氏。

「阿瑪烏第一次來這裡時，晚上被人跟蹤。」

「跟蹤？」

「她那天也是六點結束，然後揹著吉他在附近閒逛。突然，感覺有人在跟著她。」

「有看到跟蹤者的臉？」

「沒有。隱約可以聽見和自己同調的腳步聲，但是回頭一看，什麼都沒有。腳步聲一直持續著，但一直沒發現跟蹤狂的身影，不僅是回頭看，連一些隱蔽物都檢查了，還是沒見到。」

「原來如此。」

所以，才會說是「影子」。

「其實阿瑪烏腳很快，但是揹著吉他，所以無法全速奔跑，雖然平安回到家，但是她怕死了，我這個當哥哥的只好每次都陪她來。」

我回頭往女孩的方向看，她歌唱的表情非常平靜，任誰也看不出她內心潛藏著被跟蹤的陰影。看來一開始沒有詢問她本人，是很明智的作法。

「我曾在附近的速食店，聽到一些人談論『影子阿練』的事。不過都是說自己或親友的類似遭遇，其中就有人提到這個稱號。」

「被跟蹤的那些人，也都沒有受到傷害？」

對方苦笑。「這就看妳對『傷害』的定義了，肉體上的沒有，心理上倒是很強大。很多人都以為自己撞鬼了，也有些人認為跟蹤者是變態，感覺很不舒服。」

「能告訴我是哪一家店嗎？」

他指向我後方，在廣場東南隅的二樓，有一家在窗口貼上可口可樂標誌的店面，店名是「可樂森林」。

我向他道謝，朝速食店的方向走去。

以前和友人光顧過一次。店內裝潢是十足的美式風格——牆上掛的國外復古照、美國國旗、白色牆、紅色皮椅、紅白格子相間桌布、舊點唱機與白色的舊型冰箱——食物也有分量超大的薯條加漢堡，再加上昏暗的燈光與彌漫的菸味，讓我有種自己是牛仔，進入西部片那種頹廢風餐廳的錯覺。

當時正值棒球季末，室內的大螢幕正播放張力十足的季後賽，加油聲、惋惜聲，與談論球員表現的對話淹沒了整間餐廳，依稀記得友人還和服務生閒聊，對轉播的內容品頭論足，卻將我晾在一旁。

當然，那樣的盛況現在並不存在眼前。

服務生送上菜單，因為我不想吃什麼，所以點了分量少的義大利麵。

「好的，請稍候。」

「啊，不好意思，可不可以問個問題？」

服務生轉過身，露出困惑的眼神，似乎是在說自己除了點餐，什麼都無法回答。

「妳知道『影子阿練』嗎？」

「不知道。」

「臉長得……算了，身高很矮，只有一五〇公分左右。」
「不知道。」
「有很多人被他跟蹤過，聽說完全沒被看到臉。」
「不知道。」
「有些客人會在這裡談論他。」
「不知道。」
「……好吧，我問完了。」
我嘆口氣，這個服務生真的只會點餐上菜，問什麼都一概不知，根本是電腦程式控制的吧！
在科技的日益發展，與資方追求經濟效益的考量下，遲早所有的服務生和店員都會被ＡＩ給取代，賦予制式化的對話、行為。
我不希望見到那樣，我想看的是會和熟客打招呼，一起為比賽加油、歡呼的店員。
環顧四周，店裡並沒有太多顧客，幾乎聽不見任何交談，看來在這個時候，這裡還無法打聽到什麼，我打算用完餐到其他地方碰運氣。
用餐期間，一陣對話聲傳入耳裡——是坐在斜後方的兩位青年。
「喂，你知道有人掛了吧？」
「對啊！沒想到練哥那傢伙，居然……」
「別亂說！你怎麼能確定是他？」
「條子傳出來的啦！」

我嗅到了「黨羽」氣味，又想起自己剛才大聲詢問服務生「練哥」的事，不禁在內心暗叫糟糕。後來又想，剛入座時並沒看見周圍有其他人，他們應該是我用餐中途才來的，這才鬆一口氣。

「你最好給我小心點，不要也出什麼包。」

「安啦！不過練哥的事怎麼辦？」

「看條子那邊的動作再說。」

聽著他們的對話，我意識到一件事實：原來自己熱愛的街道峽谷中，也流著一種黑色的河水。

那散發出惡臭與毒瘴，名為「犯罪」的污水。

我跟在他們後方，沿著武昌街向西行。

用完餐後，地位較高的那個說了聲「走，去辦事」，兩人就起身準備離開。經過我身邊時，我稍微觀察他們的長相：走在前面的那位頭髮整個往後梳，油亮的髮型讓年輕的臉孔顯得老氣橫秋，另外一位則留了個龐克頭，豎起的暗紅色髮束朝四面八方伸展，像極了沖天炮。兩人身穿同一款式，印著骷髏圖案的T恤，更加強了「黨羽」二字的印象。

我立刻也跟上。到了大街上，我與他們保持距離，不禁浮現一個想法：要像影子那樣跟蹤不被發現，在四下無人的夜晚的確很難，但有人群做掩護時，倒是容易許多。

無法聽見談話，只能在後方靜靜地觀察他們的行動。

到西寧南路的這段路，沿途除了「老天祿滷味」和一些電器、唱片行之外，大多是經常更替的出租店面，型態有服飾店、精品店、眼鏡行，或是小玩具專賣店。

那兩個年輕人就在這些出租店面之間，開始挨家挨戶拜訪——說「拜訪」似乎不太合適，他們進入每家店五分鐘後就出來，接著又立刻進入下一家，而且並非所有的出租店面都會進去，仔細觀察就可得知，他們進去的那些店家，店員也都是年輕族群。

「收保護費」的字眼霎時浮現在腦海，但我隨即揮開這個念頭。那是過去地痞才有的行為，在現在這個年代，這個世界裡還有人做這種事嗎？我對自己古板的想法感到可笑。

看來他們會在這裡耗些時間，我立刻找個空檔，進入他們「拜訪」過的一家服飾店。

「歡迎光臨！想看牛仔褲嗎？」

男店員的打扮很時尚，造型類似日本的傑尼斯藝人，還掛著迷人的笑容。

因為有了先前經驗，我開始思忖他能回答多少問題，而不是一概說「不知道」。

「那個……我不是要買東西，是想打聽剛來過的那兩個年輕人。」

「那兩個傢伙呀……」

對方的笑容有些垮掉，卻看來不像是「無可奉告」的樣子。

「好像是『影子阿練』的同夥，進來劈頭就問：『知不知道練哥最近盯上誰？』拜託，我哪知道啊！我連練哥的長相都沒見過。」

我心頭的一塊大石落地——太好了，對方似乎是不吐不快，這種人很容易問出消息。

「所謂的盯上，就是指跟蹤嗎？」

「對。妳也有聽說吧？那個人的跟蹤癖。」

「只是略有耳聞，能告訴我詳細一點嗎？」

「我也是聽說的。阿練天生就以跟蹤為樂，每次都會鎖定落單的女生，跟在她們後面，嚇嚇她們，但都不會對她們出手。據說本人是做過一些壞事，像是吸毒、偷竊之類的，可是畢竟跟蹤只能一個人進行，他身材又那麼矮小，應該不方便做什麼吧！而且他光看到女生嚇得魂不附體的樣子就很滿足了，我覺得他一定有心理變態，八成被女生羞辱過。」

他像找到知音似地，開始滔滔不絕。

「真的每次都沒被抓到？」

「那些人是這麼說沒錯。聽說他最厲害的，不只是跟蹤的人看不見他，就連偶爾經過的路人，也逃得過他們的眼睛，所以才會一直沒有目擊者。不過我覺得有點扯啦！怎麼可能連旁觀者都看不見。又不是武俠小說或忍者，可以來無影、去無蹤。」

「應該是身材的緣故吧！」

「又不是侏儒或瘦竹竿，到處都可以躲藏。」

我向帥哥店員道謝，走出店門口。此時二人組似乎已盤問完畢，直向西寧南路走去，我急忙跟上。

右手邊出現剛才去過的「可樂森林」二店，正前方就是獅子林大樓。

兩人過馬路後停下腳步，我在對街佇足，打算伺機而動。油亮頭似乎對龐克頭說了什麼，後者一個人進入大樓，留下前者在外面等待。

我開始觀察起眼前這棟十層樓高的建築。

萬年與獅子林兩棟商業大樓，分別位於峨眉街和武昌街的一側，前接西寧南路，以地理位置來看，恰位於南北對稱的兩個點，但外觀與內容卻有不小的差異。

因為歷經火災與商業蕭條，獅子林大樓的外觀早已殘破不堪，咖啡色外牆與黑色玻璃更加深了「焦黑」的印象，像個筋疲力竭的中年人，也像是科幻電影裡，經常會蘊藏「異空間」的建築。

年輕時，我會在電影街一帶流連，獅子林四樓的新光影城是經常光顧的場所，也是大樓內部最氣派、亮麗的地方，其次是九樓的金獅樓餐廳，一樓也因為改裝過後，進駐一些如Sony Ericsson、LG等電子商家，增添些許新潮的風貌。

然而，其他區域卻像是被閒置著，缺乏裝潢的內牆、看似故障的電梯，都讓當時看完電影，想從四樓一路逛下來的我有些卻步，生怕一個不小心，就誤入秘境再也出不來。三樓，是喧囂嘈雜的電玩遊樂區，許多店家還煙霧彌漫，但近看會發現其實顧客不多，全是機台發出的聲響。二樓有許多服飾店，處處可見秀場衣服的打樣，和成群的人體模特兒，聽說那些店是許多紅包場的「後台」，也接一些年輕人Cosplay服裝的訂作。

一部九〇年代的電影「青少年哪吒」（Rebels of the Neon God）裡，有出現整天鬼混打電玩的主角，晚上被反鎖在獅子林大樓裡的劇情。很難想像當時充斥著電玩、模型與舞廳文化，交雜興奮、不安氛圍的大樓，會是現在這幅光景。

因此，若真要說到「新中帶舊」，具有歷史痕跡的地方，這裡比萬年大樓更有資格。

或許因為只詢問一樓的店家，龐克頭不到三十分鐘就現身，兩人會合後，繼續往西走。對街的我立刻穿越馬路，緊跟在他們後方。

緊鄰獅子林大樓的，是過去的來來百貨所改裝，西門町的另一個誠品賣場——武昌店。我以為他們又要進去逐一打探「練哥」的事，沒想到兩人只是經過，就這麼走到昆明街口，過了馬路。

終於來到這裡了，對我而言，這裡正是鄉愁的發源地——電影街。

除了方才提到的新光影城，還有三家戲院位於這條街上。

大學一、二年級時，正值青春年華，幾乎每天都會泡在電影院，當時對戀愛沒興趣，經常獨自來看電影，偶爾遇上別人搭訕，還會羞紅著臉跑走。

也不知道為什麼，當時的院線片都頗能吸引我，甚至一天會看個兩、三部片，還會為此省吃儉用存錢，像是中邪似的。友人曾問我為什麼不租光碟回家看就好，我想這問題很多人都能回答，對熱愛電影的人來說，大螢幕、爆米花、舒適的座椅，或是身處黑暗空間的那種觀影氣氛，都蘊涵著無可取代的魅力，而非僅止於影片的劇情而已。

不到一個月，我就跑遍台北市二十多家首輪電影院——或許會有人懷疑，一個月是否有那麼多部院線片可看，但這不成問題，因為當時的我會為了重溫看過的電影，經常跑不同的戲院。由於西門町的電影院眾多，這裡又離家很近，自然成為我時常光顧的區域。

這種情形一直到大學三年級，交了男朋友之後才逐漸消退，但我卻對這條街開始產生情感，進而擴張成對整個西門町的鄉愁。

媽媽曾經和我聊到舊時戲院的種種。她說，以前的電影票是一張印著戲院名的薄紙，劃位採人工方式，背面寫上座位廳和排數，並加蓋日期章，如果觀眾很多，經常會聽見此起彼落的蓋章聲。票口阿姨會隔著玻璃窗，用紅色盤子將戲票和找的錢遞過洞口，和客人對話也得透過窗上的小洞，像在探監一樣。

我好像有記憶，但卻很模糊。放眼「現代化」的電影院，票口幾乎都是開放式，不再有窗戶隔開，劃位也採用電子系統，一切講求效率，售票員從講話愛理不理的阿姨，換上貌美帥氣的年輕人，套餐的飲料、熱狗和爆米花也逐漸取代小吃攤與傳統販賣部的食物。服務變得親切周到，但那種舊時的觀影經驗，卻再也不復見。

電影街已成為一條專供人群行走的路段，和車水馬龍的雙向道時代相比，顯得冷清許多，卻讓走在其中的我，得以靜下心沉澱劇情的內容。

武昌街，是擁有歷史的街道。

油亮頭與龐克頭兩人，似乎只要店員是年輕人，就會上前探問，連「樂聲戲院」和「日新威秀」的售票員也不放過，只見那些年輕男女一個個皺起眉，搖頭表示不知道，不管龐克頭怎麼改變問法，他們還是不停搖頭，讓我想起剛才在速食店的問話經驗，不禁莞爾一笑。

左手邊幾家零星的店面，也被這二人組給盤問。結果似乎都一樣，他們完全問不到阿練的消息，感覺快要氣炸了，最後還是無奈地步出店外，看兩個長相兇惡的年輕人垂頭喪氣的樣子，覺得他們有點可憐。

快要到台北戲院的廢墟了，兩人走進最後一家運動用品店，看表情，大概已不抱任何期望。

然而，就在一、兩分鐘後，兩人猛然撞開門，往廢墟的方向奔去。

情況有異——我立刻上前進入店裡。

推開門時，裡面的男店員似乎尚未脫離剛才的情境，連「歡迎光臨」都忘了說，只是將臉轉向我。

「請問一下，剛才那兩人問了什麼？」

「呃……」
「我說，他們問了什麼？」
男店員結結巴巴的，大概因為被兩個兇惡的年輕人逼問後，又闖進來一個氣勢洶洶的女人，當下無法理解狀況吧！過了好久，他才調整好情緒回答我的問題。
「那兩個人，問我那天有沒有看到練哥。」
「那天？」
「發生……命案那一天。」
他好像在觀察我的反應，我點點頭，表示自己知道命案的事。
「所以你認識『影子阿練』？」
「以前常混在一起，不過現在幾乎沒來往了。」
「那你那天有沒有看到他？」我的聲調不自覺提高。
「有……下午的時候，我想應該不到六點吧！」
「當時的情況是什麼？」
如果是那個時間，應該和命案沒什麼關係。
「當時……我記得自己在整理店裡的東西，突然瞥見門外走過一個人影，我心想那會不會是練哥，總覺得不會那麼巧吧！但還是想確認一下。結果當我打開門時，那個人已經走遠了，消失在廢墟的方向。」
「多謝你了，很不錯的情報。」
我立刻打開店門衝出去，留下一臉困惑的店員。

門外，那兩個年輕人依然在廢墟的騎樓下，踱來踱去不知在做什麼，看表情，大概是納悶阿練為何會跑到這種地方來吧！

其實並不奇怪，正因為它荒涼，卻又背負繁華的歷史，會對它好奇也是很正常的。之前提過，廢棄大樓就是都市的深淵，每次我經過這裡時，都有一股想進去看的衝動，然而騎樓拉下的鐵捲門——上面畫著一點都不粗暴的塗鴉——阻止了我，也阻止想進去的所有人。

阿練如果真如同傳聞所言，是個喜歡跟在他人後方，卻又不會被發現的神秘人物，那這座廢墟的確很適合他，「影子」之於「深淵」，就像「魅影」之於「歌劇院」，「怪人」之於「鐘樓」一樣，前者以後者為家，後者也賦予前者生存的力量。

兩人仍漫無頭緒地走動，我在不遠的後方靜靜觀察著，等待他們下一步行動。

突然，油亮頭好像想到什麼，指著廢墟轉角的巷子，對龐克頭說了幾句話後，推著他走向前。

那條巷子，是那天我搜索時進去過的明太子街。原來如此，阿練來到廢墟後，可能會朝那個方向走。

二人組消失在轉角處，我小心翼翼跟上。聽說跟蹤時，路口轉彎的部分尤其要小心，因為暫時看不見對方，對方很有可能加快腳步逃走，也或許會埋伏在轉角，將跟蹤者逮個正著。

我伏在轉角的牆上，探出四分之一張臉，想窺探一下他們的動靜，結果發現兩人在前方不到五公尺處，趕緊將頭縮回。

短暫的視野裡，還有另外一個人，那人一頭銀髮，皺紋滿布，穿著髒兮兮的運動外套和牛仔褲，靠在牆上，似乎在回答二人組的質問。

是遊民，不會錯的，他有那種氣質。

我曾在報導讀過，台北戲院在停業後，一度變成龍蛇雜處的治安死角，也是遊民的落腳處，但那是過去的事了，理論上，遊民應該不會出現在這裡。很有可能是「前」遊民，想來這裡看看，藉此緬懷過去的生活。

我將臉貼在牆上，試圖聽清楚他們的對話。

「你真的有看到練哥？」龐克頭的聲音。

「有啊！我記得很清楚，那天下午我也有來，他從我面前經過。」

「那他去了哪裡？」

油亮頭的聲音突然變得很強硬，大概是太著急了。

「那、那裡……」

我看不到遊民手指的方向，打算等兩人走遠了再說，二人組的腳步聲卻開始逼近，我嚇得趕緊轉過身背對他們，祈求自己不要被發現。

幸好他們完全沒注意到我，逕自往康定路的方向奔跑——看來阿練當天並沒有彎進明太子街，而是直接往前走。

兩人走到武昌街的最末段，但並不是電影公園的那一邊，而是穿越徒步區，來到另外一側。這條路段的第一棟建築，就是武昌街最後一家電影院「in89豪華數位影院」，末端則是平面停車場，電影院和停車場之間，有許多待出租的空間，目前只有一個小空間有在利用——一間休閒服飾店。

二人組走進店裡，氣勢洶洶。

我透過櫥窗看見店員的長相，是相當年輕的少女。由於未施脂粉，一頭黑髮向後紮成馬尾，看起來甚至不到二十歲。

接下來的畫面，我簡直不敢相信自己的眼睛。兩個男人竟對一個弱女子大呼小叫，只見少女不停搖頭，表情擠成一團，好像快要哭了，龐克頭指了指剛才遊民所在的方向，又指向地面，然後繼續大呼小叫，一旁的油亮頭似乎沒那麼激動，只是將手搭在少女肩上，在她背後說了幾句話。

雖然聽不見聲音，卻可以為他們的互動添上對白。「說！練哥來這裡做什麼？」「我不知道……」「騙誰啊！那邊那個歐吉桑說，練哥那天下午來過這裡。」「小姐，妳老實說，否則別怪我們不客氣。」「可是，人家真的不知道嘛……」

眼看逼問不出什麼，龐克頭隨手抓起一件展示的衣服，直接摜到地上，油亮頭也踢翻長褲的展示架，兩人開始大肆破壞店裡的東西，留下一旁手足無措的少女。

我終於按捺不住了，跑到櫥窗前敲打玻璃，好讓店裡的人發現我的存在，隨後露出面目猙獰的表情，假裝吼了幾句，最後比出割喉的動作，意思是：「有種到外面單挑，不要在店裡欺負弱小！」

三人看著我的動作。少女面露疑惑，二人組大概是從氣頭上恢復冷靜，低頭咂舌後，打開店門衝出，往來時的方向飛奔逃逸。我望著兩人逃跑的背影，為他們外強中乾的舉動感到啼笑皆非。

我進入店內，上前探問少女的情況。

「沒受傷吧？剛才那兩人真過分。」

「沒、沒事的……只是有點麻煩，位置都亂了，我花了一整晚才擺成滿意的樣子。」
「這是妳自己的店？」
「嗯……算是吧！」
我感到吃驚。曾經讀過一篇報導，說西門町一帶經常有年輕人開店，受訪的二十歲女性就在「小香港」開了一間，專賣雜貨衣褲，以及朋友從香港帶回的東西，但入不敷出加上租約到期，積蓄很快就賠光了。也有些人小賺了一筆。類似的過程在西門町不斷上演，頓時變成年輕人的創業天堂。
不過眼前的少女，年紀看起來比那些人都小，想必個性相當獨立吧！
「我幫妳。」
我將翻倒的衣架扶起，少女輕聲道謝，也撿起衣服放回架上。
「我可以問個問題嗎？」
少女凝視著我的臉。「請說。」
「妳這間店，營業時間是什麼時候？」
「上午十點到晚上九點。」
「那麼……妳有在某天下午，看見『影子阿練』嗎？」
少女倒吸一口氣。
「沒有……」聲音細得像蚊子叫，我聽見了，一整個於心不忍。「我沒見過他。」
她在說謊，但我應該追問下去嗎？
我打消念頭，幫她將店裡簡單打理完畢後，推開店門，往康定路的方向走去。

就這樣，我沉溺於偵探遊戲時，完全不知道大山那邊出了事。

過了一段時間後，才聽到他被帶回警局的消息。

第七章——而立之年·悖論

我從出口⑪回到「大廳」，將系統登出後，脫下身上的裝備，此時已是下午兩點。VR室外頭一陣鬧烘烘，這在星期五下午是很稀奇的事。

「露華，妳怎麼這麼久？」

小皮從一樓的樓梯間抬起頭，看到正推門出來的我，立刻三步併作兩步飛奔上樓。

「發生什麼事了？」我察覺狀況並不尋常。

「出大事了！那個大山被警方帶回偵訊，說是涉嫌殺人。」

「怎麼可能！」

「警方大概是做了和我一樣的推理，然後找到證據了吧！啊，不過我可以發誓，我沒把自己的想法告訴警方哦！我本來想告訴妳，可是妳不理我。中午那個小隊長帶了幾個制服警員過來，盤問大山一些事情，就在妳出來的五分鐘前，大山被一些人帶走了。」

我想起自己進入VirtuaStreet前，小皮對我說的關鍵字——「傳送門」。

是這樣的嗎？看來有必要和警方確認一下。

「那個夾克男……不，小隊長還在嗎？」

「在樓上，好像正在扣押證物。」小皮指向天花板。

我立刻朝樓上跑去，小皮跟在我後方。

研發辦公室內一片肅靜，每個「細胞」都默不作聲，有的看向大山的座位，有的埋首於自己的事，每個人看似漠不關心，一致的沉默卻透露出他們內心的不平靜。

熟悉的褐色夾克映入眼簾。整個房間內，只聽得見他指揮的吆喝聲，一些制服員警正從大山的座位將機器搬走，其中也看得到戽斗臉，還有久違的國字臉身影。

我走上前。

「小趙，那台個人電腦也要搬……啊，顏小姐，失禮了。」

「這是什麼意思？」

「我們懷疑何彥山先生殺害死者，想請他到警局坐坐。」

「你們能證明大山是兇手嗎？他要如何行兇？」

夾克男搔搔頭，露出「真拿妳沒辦法」的表情，從口袋掏出一張地圖——那張我們研究好幾遍的路線圖，以及我看過的行動順序表。

「妳看，下面這條是妳的搜索路線。」他指著路線圖，說道。（圖七）

我點頭表示同意。

「上面這條是大山的路線。顏小姐妳的證詞提到，在前往公園當時，分別在四個路口都看見他的身影，因此我們認為去程的部分沒有問題，大山的確沿著決定的路線行走，四十五分鐘後和妳在公園會合。」

「沒錯。」

「但是回程的部分就有疑問。妳從公園來到現場，共花了二十分鐘，隨後發現大山在那裡，如果他直接走原路回現場，需要約十分鐘的時間，行兇時難保不會被妳撞見，他無法預測妳的速度，更不會知道妳在『小香港』逗留。」

我再度點頭，他的推理至此為止，和媽媽完全一樣。

「所以對兇手而言，他必須省下這段路程，直接從公園『跳』回現場——也就是捷運出口處，誠品一一六前方。至於他用了什麼方法，應該不用我說明吧？」

看來他和小皮想到一樣的東西。我的背脊開始冒汗。

「傳送門……」

「對，顏小姐妳挺聰明的嘛！他離開電影公園後，假裝走向漢口街，其實在觀察妳的動靜，等到妳走遠了，他立刻跑向⑪的傳送門，回到『大廳』。」

就是我剛才出來的那道門。

「在『大廳』裡，他又按下①的按鈕，就可以直接到捷運出口了，這段過程我想最多只要一分鐘吧？他有充裕的時間，可以殺害死者並布置現場。如何，還有什麼疑問嗎？」

一旁的小皮幫腔：「你們有大山使用傳送門的證據嗎？」

「本來是沒有的……」夾克男皺眉盯著他瞧，像在納悶為什麼一個雜誌記者會知道這麼多。「不過一小時前，我們向那位仁兄查詢當天數據系統的資料。」

我朝他指的方向看，一位戴眼鏡的胖子在座位上吃東西——是負責數據系統的工程師。

「聽說是新系統的功能，可以記錄進出傳送門的時間、使用者ＩＤ與傳送門編號。其中存在兩筆有趣的資料。」

夾克男拿起桌上一張紙給我看，上面印著密密麻麻的英文、數字，我看向最後兩行。

２２：２２ Bigmountain Ｌ⑪

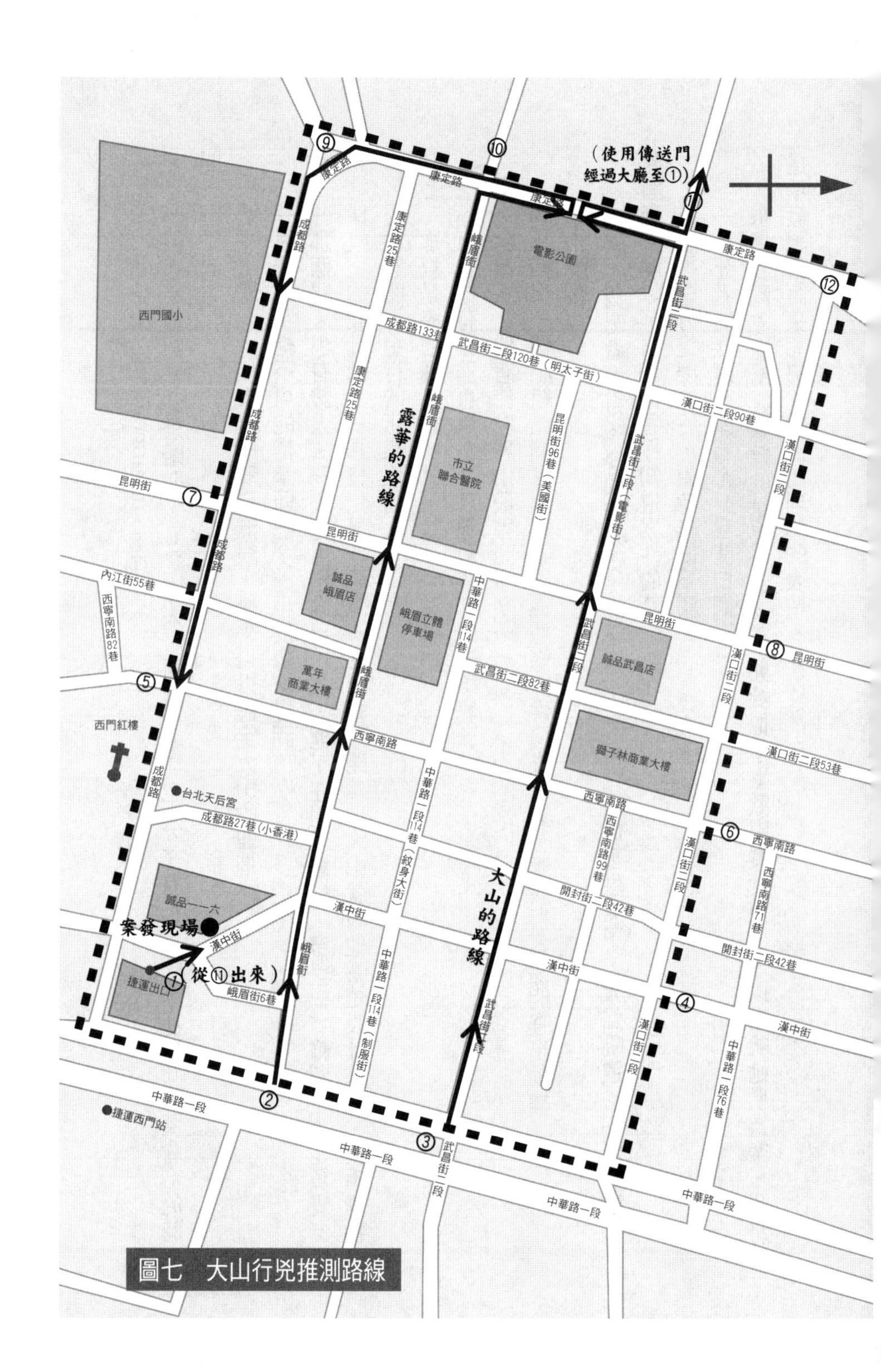
（使用傳送門
經過大廳至①）
康定路
成都路
康定路25巷
峨眉街
電影公園
武昌街二段
西門國小
成都路133巷
武昌街二段120巷（明太子街）
漢口街二段90巷
露華的路線
市立
聯合醫院
昆明街96巷（美國街）
昆明街
誠品
峨眉店
峨眉立體
停車場
中華路一段114巷
內江街55巷
西寧南路82巷
萬年
商業大樓
誠品武昌店
武昌街二段82巷
西門紅樓
西寧南路
獅子林商業大樓
漢口街二段53巷
台北天后宮
成都路27巷（小香港）
西寧南路99巷
中華路一段114巷（紋身大街）
大山的路線
開封街二段42巷
誠品一一六
漢中街
案發現場
從⑪出來
捷運出口
峨眉街6巷
西寧南路71巷
中華路一段114巷（制服街）
中華路一段
捷運西門站
中華路一段76巷
武昌街一段
漢口街二段
圖七　大山行兇推測路線

「很容易懂吧？L是離開，E是進入，而且十點二十分左右，正好是你們在公園會合的時間。」

22：23　Bigmountain　E①

遭受重擊——如果這些資料無誤，幾乎可以確定大山的罪刑。

「兇器呢？總不可能是拳頭吧？」小皮繼續提問。

「那個啊，也有證人。」夾克男指向另一人，他正在用手寫板（Tablet）繪圖——是負責VR物件模型的設計師。「那位仁兄作證說，從上禮拜開始，大山就請他幫忙設計鐵鎚、扳手等物件，提供想開五金行的店家使用。」

「那只是湊巧吧？」

「但是他有兇器可以在VR裡殺人，這是事實。」

「動機呢？他有什麼理由殺害死者？」

「我們另一個小組已經掌握線索，從這條線索追查下去，應該很容易能查出動機。」

「什麼線索？」

「就一個記者而言，你問的未免太多了吧！」夾克男似乎生氣了，大聲吼道：「而且消息封鎖尚未解除，你是從哪裡知道案件的？」

小皮被對方這麼一兇，頓時噤口不語。

「和死者的怪癖有關嗎？」我開口問。

根據我剛才在VR探聽的結果，死者朱銘練似乎喜歡跟蹤女孩子，以嚇唬她們為樂。我將這項發現告訴夾克男，他露出理解的表情。

「關於他的跟蹤癖，我們已經很清楚了，不過還不確定跟犯罪動機是否有關，會繼續調查。」

我感到有些失落，好不容易得到的情報，竟是警方早已得知的資訊。

一位制服員警跑來，在夾克男耳邊嘀咕幾句，他立刻走向辦公室門口。

「看來證物都已收齊，失陪了。」

「小隊長……不，刑警先生！」我上前喊道。

「還有什麼事？」

「大山他……接下來會怎麼樣？」

「如果偵訊結果沒什麼疑點，應該會遭到拘提，移送地檢署吧！當然，『有沒有疑點』不是我個人能認定的……」

「會那麼順利嗎？」

「妳知道嗎？」他的臉浮現一抹苦笑。「我剛才說，我們『本來』沒有證據，可以證明他使用過傳送門，但是大山聽完我的推理後，立刻叫工程師調資料過來。」

「什麼！」

我大吃一驚，以兇手的角度而言，未免太過冒失了。

「結果當然是令他百口莫辯，但他好像也不想辯解，當我詢問兇器的事時，他立刻提起剛才說的物件模組，還幫我叫設計師過來作證。」

「慢著……這、這是在自首嗎？」

「很像是吧？我問他為何要這麼做，他說：『既然都被你發現了，我也不想隱瞞。』」

「以個人的角度，你真的認為他是兇手？」

夾克男收起臉上的苦笑，表情變得很嚴肅。

「剛開始懷疑大山時，我曾向上級請示，希望將我調離偵查小組，因為我和嫌犯是同學。」

「結果呢？」

「上面極力挽留，大概是看重我的專業能力吧！總之我最後留下來了。」

看著他堅定的臉龐，我大概知道他想說什麼。

「關於妳的問題，我可以明確地告訴妳：以私人的交情而言，我完全不相信大山是兇手，但現在我是執法人員，在證據充分的情況下，只能依法處理，當然，如果有別的東西能證明他的清白，我也不會放過。」

「一個努力偽造不在場證明的兇手，會幫警方提供證據嗎？」

「那可以視為良心發現，況且他若是無辜的，我想不出他做偽證，將嫌疑攬上身的理由。」

我默然不語。夾克男轉身離去，留下我和小皮在大山的座位旁。

我知道，刑警先生，我知道大山為什麼這麼做。

但是我說不出口。

以結果而言，今天真是糟透的一天，雖然是週五，心情卻完全好不起來。

小皮離開後，我也無心工作，只好在座位上發呆，偶爾整理一些文件，然後草草下班。

晚上和媽媽共進晚餐時，我一直盯著電視，希望能在新聞節目看到VirtuaStreet命案的報導，如此一來就代表封鎖解除，我也可以向媽媽一吐為快。但卻事與願違，完全沒看見命案的相關消息，這種必須將情緒積在內心，類似便秘的感覺真的很糟。

案情有了新的進展，卻不是值得高興的事。

大山，你究竟在想什麼？

事到如今，我還是不認為大山是兇手，除了缺乏明確動機外，在自己打造的樂園裡殺人，這種褻瀆夢想的行為，說什麼我都無法相信。

他在MirageSys專案發表會的一席話，我仍記憶猶新。

——「為什麼要製造一個『看起來真實、觸摸起來真實、聽起來真實』的世界呢？其實我的理念，是打造一個『第四購物空間』。我們都知道，人類社會的市集交易，一開始是位於地表，都市自從有了地鐵，車站周邊的『地下街』就隨之興起，然後在近代，有人想出用空中步道連接數棟高樓大廈，並將這些大廈共通的某層樓，串聯成一條購物空間，『空中街』於焉形成。地表、地下、空中的購物空間都有了，商圈還能擴展到何處呢？我的構想，就是來自『虛擬實境』。」

——「在實際上不存在的地方進行商業行為，這想法似乎很瘋狂，但放眼過去的科技文明，卻一直在實行這種理念。兩個人本來要面對面才能對話，電話發明後，『對話』的行為就能透過電子訊號，利用電話線、電磁波等媒介進行。網際網路問世後，更多的虛擬交流形式誕生：要『討論』可以利用網路論壇，要『買賣』可以透過電子商務……以上這些例子，足以支持我的構想。」

——「這個構想也得兼具便利性、真實性。以前有句手機廣告詞，叫『科技始終來自於人性』，我認為說得很對，綜觀許多發明，都是從『人性』出發的。因此我的想法，這個『虛擬商圈』必須能讓使用者即使不出遠門也能購物——這就是便利性，也必須儘可能提供一般購物空間的所有功能——也就是真實性，另外，我不打算對它的客群進行限制，因此在壓力測試時，希望找來的測試員能包含男女老少，各種身分都有，當然，我們會考慮到安全問題。」

雖然無法全然認同，但那種已不能用「滔滔不絕」來形容，而是灌注夢想下去說話的神情，令當時的我留下極度深刻的印象，即使他在發表時，台下不停竊竊私語，但演講一結束，全場的人都起立鼓掌。

一個男人會為了殺害一個人，不惜玷污自己的夢想嗎？

如果是，那一定是極深的恨意吧！

若他是無辜的呢？

夾克男說他想不出大山為何替兇手頂罪，對我而言，不論兇手是誰，那理由昭然若揭，因為關鍵的那句話，他今早才跟我說過。

「一週內如果確定是人為因素——也就是找出兇手，那開發計畫仍會持續，否則，就會被認定是疏失造成的系統意外，主事者會被追究責任，計畫也被迫中止。」

換言之，他想用自己的嫌疑，換取計畫的持續進行，寧可使自己背負殺人重罪，也不願讓數年的苦心毀於一旦。

但是，可能嗎——我在心中不停問自己。

若是人為因素，計畫仍會持續，但前提是那「人為因素」來自外界的情況下，若肇事者本身就是開發團隊的一員，大眾會怎麼想呢？計畫還會繼續下去嗎？大山不可能沒想到這點。

另外，為了達成夢想，真的足以犧牲自己嗎？背負殺人罪就足以失去一切，既然如此，完成夢想又有何意義？

兩種不停的思維在我腦中打轉，我思考良久，終究無法推理出大山的想法。

我沒有對警方說出口，因為是如此不確定，而且怕說出來，可能會使大山的苦心白費。

「購物頻道那麼好看嗎？」

媽媽雙眼圓睜，盯著我。我因這句話回了神，才發現自己轉台轉到一半，然後一直在發呆。

「沒、沒有啦！」

「小露最近怪怪的哦！」

「只是會稍微恍神。對了媽，問妳一個問題。」

「又要玩推理遊戲嗎？」

「不是。我問妳，如果完成夢想就得背負一生的重罪，媽會不會選擇去完成？」

「嗯……以前或許不會，但現在一定會。」

「真的嗎？」我有點訝異，因為我一直以為媽媽是偏重理性的一方。「媽的夢想是什麼？環遊世界？」

「明知故問。」媽媽翹起嘴唇，似乎有點不悅。「一個靠微薄薪水過活、沒結婚的中年婦女，還能牽掛什麼啊？還能為了什麼事，放棄尼泊爾的旅行啊？」

我恍然大悟，感到很不好意思。

這麼說來，大山也和我提過「孩子」的事。

「大多數的人，都會把『孩子』當成自己的夢想嗎？」

「與其這麼說，還不如說人只要上了年紀，就會把『夢想』和『孩子』當成是一樣的東西。有結婚生子的人，孩子就是他們的夢想，沒有的人，夢想就是他們的孩子。」

那晚媽媽說的這句話，一直在我耳邊盤旋。

原來如此，所以對大山來說，VirtuaStreet是他的夢想，同時也是他的「孩子」嗎？

不對，我突然想起一件事——他有個女兒，現在應該長大成人了。

若是他女兒知道爸爸可能為了夢想，不惜成為殺人犯，會有什麼想法呢？對大山而言，女兒和夢想，到底哪一個重要？

我在無盡的困惑中入眠。

然而當時的我還不知道，這個疑問的解其實很簡單。

週末完全沒有放鬆的心情，只要案情一天不明朗，我就一天不能釋懷。此外，一直沒有相關的新聞報導出現，也是讓我神經緊張的原因之一。

「我朋友說，禁令還沒解除，八成是證據不足，檢察官認為還不能起訴。」

週一上午，小皮透過電話告知我這項消息。

「已經羈押了吧？」

「嗯，在台北看守所，應該是沒有禁見啦！」

我向小皮道謝後，掛斷電話，走向研發辦公室。

我仍然不相信大山是兇手。拯救大山的唯一希望，只剩提供證據的兩位同事了。

我走向「胖仔」的座位。

「啥事？」他正在吃泡麵。衣服袖口沾上一滴油漬，他毫不在意地抹去。

「我想問你，關於那天你給警方的證據……」

「哦，哦，那個啊……大姐，我知道妳很喜歡大山，但可別打我哦！是大山自己要我調出來的。」

什麼跟什麼啊！謠言可以這樣亂傳的嗎？

我壓下怒氣，努力使聲調保持平靜。

「我不是怪你，只是想問個技術性問題。」

「啥問題？」

「就是你給他們的『傳送門進出資料』，那是可以事後修改的，對吧？」

胖仔露出疑惑的眼神。

我內心暗忖：可以吧？可以吧？這麼一來，就存在修改紀錄，讓大山背負嫌疑的可能。

「唔，不太可能欸……」

聽見否定的回答，失望感頓時湧上。但我仍不死心。

「可是，大山之前給我的兩台機器，不是可以透過各種介面，連接電腦進行修改嗎？」

「那個是修改在機器裡，可是我調出的是伺服器的資料。」

「伺服器的不能改嗎？」

「大姐，別鬧了啦！連大山都沒有伺服器的登入密碼，只有我知道，而且每天都會換一次。」

「沒辦法偷偷得知密碼?」

「噓!」胖仔像是受到驚嚇,示意我小聲點。「這個不能亂講,密碼外流可是很嚴重的。」

我嘆口氣,防範得這麼嚴密,這項證據應該可信吧!換句話說,大山那時的確有使用傳送門,從⑪處跳躍至①處。

「情況不太樂觀呢!」耳邊出現熟悉的聲音。

我轉過頭,又看見熟悉的褐色夾克,他向我點頭致意。

「警察還有什麼事要做嗎?」

「確認一下證據的可信度,妳剛才已經幫我做完一半了。」

夾克男拿出記事本,劃了個圓圈,臉上浮現複雜的表情。

「檢察官也在懷疑嗎?」

「正常人都會有疑問吧!前一天跟我若無其事地討論案情,第二天就突然說是自己幹的,這之間的契機怎麼想,都只有上頭的那項決策。」

我有些吃驚,看來所有人都想到一樣的事。

「所以檢方也認為,大山承認犯行是為了保住計畫?」

「只是覺得有可能,畢竟太不合常理了。目前仍傾向他是兇手。」

「大山什麼都沒說嗎?」

「有,他笑著否認了,說自己純粹是良心發現。」

夾克男搖頭,似乎也不相信大山的說法。

我們走向另一個證人的座位。「高大師」的雙手正在鍵盤上飛舞，雖然不是在畫圖，手寫板的筆卻掛在耳後。有時我會懷疑，他是否筆不離身。

「有什麼事嗎？」高大師抬起臉，厚鏡片底下的雙眼熠熠生輝。

「想確認一下那天的證詞。那些鐵鎚、扳手等物件，真的是在命案當天上線的嗎？」

「我很確定，因為我記得那天告訴大山，他還很驚訝，說我的動作怎麼這麼快。」

「咦？」

夾克男似乎和我一樣，察覺他話中的關鍵。

「也就是說，你提前完成工作？」

「沒錯，提前三天哦！」他露出得意的笑容。

夾克男低頭沉思，我的腦袋也開始運轉。

大山沒有想到「兇器」會提前完成，這也意謂若他是兇手，他不會預測到自己會在那天動手。

那麼，他前一天請我做數據系統測試，難道並不是準備殺害死者、製造不在場證明嗎？或者是原本想先做演練，湊巧遇上兇器完成，恨意驅使下決定提早犯案？

雖然這樣也說得通，但與其如此解釋，不如說大山利用兇器提前完成的事實，塑造對自己不利的證據，還比較合理些。

夾克男在記事本上打個問號，看來我們想法相同。

「妳等一下有空嗎？方不方便請假？」他開口問道。

「報備一聲就好。有什麼事？」

「要不要去一趟看守所？妳應該有話想問他吧？如果是妳，大山說不定願意透露什麼。」

我默然點頭。儘管不想成為警方查案的媒介，我還是想見他一面。

為了確認他對夢想的執著。

左右延伸的牆上方以帶刺鐵線圍起，入口處有供汽車進出、附滑輪的鐵製拉門，目前開放讓民眾出入，拉門兩側各有兩塊燙金招牌，右上角那塊寫著：「台灣台北看守所」。所內到處可見松柏類的庭園造景，行政大樓上有「親愛精誠」四個大字，像極了國軍的營區。

我們走進接見登記室，領取號碼牌，填寫接見單，辦事人員的態度相當親切。等待過程中，我一直思考要說些什麼。

廣播終於叫到我的梯次，我看了夾克男一眼，他點頭對我說：「去吧！」

「刑警先生不一起來嗎？」

「我如果在場，他大概什麼都說不出來吧！」

我穿過數道鐵門，來到中央隔著厚玻璃的接見室，不久，大山也在戒護人員的陪同下，現身在另一端。

我以為會看見他理平頭的樣子，但看上去除了服裝外，儀容並沒有多大改變。然而經過兩天的煎熬，大山原有的娃娃臉長出一些黑斑，眼圈也越來越明顯，頓時變得蒼老許多。

兩人拿起電話。我做了個深呼吸，準備開始這沉重的三十分鐘。

「好久不見。」我先開口。

「週五才見過吧！」

「對當事人來說，週末就像是一個月那麼久。」

為了不失控，我努力撐起僵硬的笑容。我本來打算一見到他，就要說出美國棒球史上的經典名句：「Say it ain't so, Joe!」但怕他會回我：「I'm afraid it is.」那我可能會激動得哭出來。

「『孩子』的情況好嗎？」大山問道。

「快要不好了，如果你繼續這樣下去。」

「我不太懂妳的意思。」

「我的意思是，如果你不是兇手，出來認罪不會對VirtuaStreet比較好，你覺得大眾會怎麼看待我們？而且被判刑的話，就算計畫繼續下去，你也不可能回去了。」

此時，我又看見大山的嘴角上揚。

開始了，這次是不能支開話題的戰役，我得「完全勝利」，努力說服他才行。

「但妳也不能否認這麼做，有機會使VirtuaStreet得以延續吧？」

「所以你真的是因為……」

「我只是假設而已，兇手的確是我沒錯。」

「好，我們『假設』你不是兇手。我覺得最好的作法，不是幫真兇頂罪，而是找出真兇。」

「不見得哦！」

「為什麼？」

「別忘了一週的期限。一週後如果沒破案，還是會中止計畫。」

「大山！你是那種還沒嘗試、就宣告放棄的人嗎？」

「我們已經嘗試過了。被害者死亡時間在八點以後，那時還在ＶＲ裡的只有妳和我，ＮＰＣ沒辦法作案，所以結論很明顯，不是嗎？還是露華妳想說自己是兇手呢？」

「我認為，至少應該堅持到底！」

「妳不會懂的。對我而言，認罪才是最佳解。」

「縱使計畫得以延續，你的夢想有朝一日能完成，自己卻變成殺人犯，這樣值得嗎？」

我真的快哭出來了，這傢伙不只說一堆歪理，還冥頑不靈。

「夢想啊……」他嘆了口氣，聲調變得很輕柔。「別哭了，剛才全都是假設，我的確是兇手。」

「你沒理由殺害一個打工族。」我拭去眼角的淚珠，聲音哽咽。

「我和他不是素未謀面，這是私人恩怨，妳就別管了。」

「你也不是會為了私人恩怨，踐踏夢想的人。」

「不，我做錯了，所以必須贖罪。如果夢想能因此存活，那贖罪就有意義了。」

說謊，一派胡言！

我拿出口袋裡的面紙，不停擦拭眼睛、鼻子四周，但悲傷的液體卻不爭氣地一直流下來。

大山手足無措地看著我，無奈的表情浮現在臉龐。

許久，我才從情緒中平復。

「第一次看見妳哭……讓我想起自己的女兒。」大山說道。

女兒？

「我記得你提過，說女兒眼睛看不見，而且很晚才學會說話。」
「嗯，後來經過持續治療，眼疾終於痊癒了。不過接下來的生活……」
「怎麼了？」
「她的視力恢復了，我卻因為忙於研究，很少回家看她。剛好這時有點錢，就聘請保姆照料她的生活起居，那個保姆好像不太喜歡小孩，只在固定時段到我家弄三餐、整理房子，完全不和女兒打照面。她幾乎沒有人陪，我們相處的時間越來越少，經常隔著電腦螢幕相望，我在研究室，她在六坪大的房間，孤獨的一對父女互道晚安。」
「這樣很不好吧……」
如果我的母親從小丟下我，又有一個只能用視訊電話見面的父親，會變成什麼樣子呢？
「某一天，她終於在我面前哭泣，那是她第一次流淚。我當下也驚覺，自己是個多麼糟糕的父親，剛好那時學位已經到手，於是打算結束研究，帶她回國，也讓她和自己的媽媽見面。」
「你們還有聯絡？」
「雖然離婚了，偶爾還是會通信。」
「然後呢？你們有復合嗎？」
「不，她好像對婚姻完全失去信心了。」
「你的女兒，現在還和你住在一起嗎？」
「沒有。」
大山突然露出複雜的表情，望向我身後的虛空。
「她現在住在離我很遠的地方，也可以說，她住在離我很近的地方。」

什麼啊，這是悖論（Paradox）嗎？

「時間似乎到了。」

戒護人員出現在接見室。大山瞇起眼睛，擠出一個深刻的笑容。

話題中止。我又失敗了，從認識他到現在，沒有一次敗北像現在這麼沮喪。

趁尚未掛上話筒，我趕緊問他最後一個問題。

「大山，對現在的你而言，夢想和女兒哪個重要？」

「女兒，就是我的夢想，同樣地，夢想就是我的女兒。」

和媽媽說的話大同小異。可是，我還是不太明白。

如果大山被判刑，或許能保住計畫，但女兒知道了不會難過嗎？成就夢想，卻犧牲父女的情誼，這樣怎能算是把「夢想」和「女兒」視為等價呢？

我不懂，真的不懂。

話筒傳來切斷的聲音，大山的身影也隨後消失，只剩下杵在原地的我。

「看來不是很順利。」

可能是觀察到我的表情，以及紅腫的雙眼，夾克男的語氣相當平淡。

回到辦公室後，我試圖恢復工作的心情，卻不時湧起一股悲從中來的情緒，為了不讓同事擔心，只好盡力壓抑下來。

我打開標示Task的網路空間。裡面的內容是我這週的預定工作，有來自上級的指派，也有一些同級的研發人員，會在這裡請我幫忙。

目前只有一個項目，標題是「VirtuaStreet程式、資料備份」，委託人是Bigmountain。日期是上週五，時間是上午十一點，看來是大山被帶回警局前建立的。

內文只有簡單的幾個字「露華，麻煩妳了。　大山」，還有一個附加文件檔案，檔名是「程式、資料備份ＳＯＰ」（標準作業程序，Standard Operating Procedure）。

我以前看過這個檔案，內容是將VirtuaStreet的各項模組，從力回饋系統、視覺系統、數據系統、物件模組、場景模組、ＡＩ店員模組，到音效模組、交易系統等模組的備份步驟，全部條列式地寫出來。由於VirtuaStreet組成元件複雜，ＳＯＰ的內容也相當龐大，當時瞄過一次便不想再看了。

開啟檔案，文件顯示第一頁，熟悉的內容映入眼簾。

我感到疑惑。雖說為了保險起見，VirtuaStreet會定期進行備份，但這項工作卻不是測試人員該做的，完全不是我的業務範圍，沒道理會指派給我。

會是大山弄錯了嗎？雖然覺得不太可能——畢竟內文提到我的名字，我還是撥了通電話，給專門負責這項業務的工程師。

「噢，沒錯，我有收到要求這週備份的Task。」

「日期和時間是？」

「上週五，上午十一點五分。」

所以是大山發現指派錯人，隨後又更正囉？既然如此，為何不將錯誤的項目取消呢？

就在我困惑不已之際，「蜂窩」的門口突然出現一個氣喘吁吁的男人身影。

「太好了，露華妳在。」小皮望向我的座位，見我在場，興奮地跑過來。

「什麼事啊？」

這男人，已經跟櫃台熟絡到可以經常進出了嗎？

「我找到了，大山的行兇動機。」

「是『頂罪』動機，還是『行兇』動機？如果是後者，我完全沒興趣。」

「總之妳看一下嘛！那天警察不告訴我，我請朋友調來以前的檔案，好不容易找到了。」

他從口袋裡拿出一份剪報，我瞄了一下，是二〇〇八年的報導。

【本報訊】（記者洪〇〇）今日凌晨，台北市萬華區漢中街派出所接獲民眾報案，指稱該所前方七十公尺處有一女童屍體。警員聞訊前往現場，研判女童已遭勒斃，氣絕身亡多時。報案者何彥山自稱該女父親，帶女兒來西門町看午夜場電影，散場後進廁所小解，出來卻不見其蹤影，一番尋找才發現愛女陳屍該處。由於何某情緒悲痛莫名，警方詢問現場另一目擊者……

我的眼前，突然變成一片黑暗。

大山的女兒早就……

是這樣嗎？所以才說「夢想是我的女兒」嗎？

「還不只如此。」

小皮的聲音在耳邊響起，感覺卻好遙遠。

「警方當時對這個案子做了調查，雖然鎖定一位嫌犯，卻因證據不足而獲釋。」小皮停頓片刻，像要發表什麼大事似的。「那個嫌犯的名字，就是VR事件的被害者——朱銘練。」

第八章——女兒・乍見

我從睡夢中醒來，發現一切都變了樣。

以往所謂的生活空間，完全是虛構的概念，只能藉由腦海裡的紙筆，幫我完成空間的構圖。爸爸說我睡在床上，我就在白紙下方畫上「床」，說右手邊有個書桌，我就在右方畫上「書桌」，至於「床」、「書桌」長什麼樣子，也完全是憑空想像。

由於沒有四處走動，自然也無法憑「觸覺」加深空間的印象，因此腦中的這個構圖，經常缺乏真實感，甚至比那些故事書的內容還要模糊。

然而那天早上，「空間」卻有了一百八十度轉變，我對身邊事物的瞭解突然變得很清晰，如果說我仍然是個大皮球，那麼這個大皮球又開了一個洞，比起上次名為「嘴巴」的洞似乎更厲害。外界的資訊一股腦湧入這個洞，直接傳達至我的大腦，這比透過爸爸敘述、用畫筆建構的世界更為具體，而那個洞的名字，就叫做「眼睛」。

我可以用眼睛「看」了——當下我就意識到這點。

爸爸之前並沒有明白地說，我的「視覺」會在哪天恢復，突然降臨的轉變讓我手足無措。資訊不斷衝擊大腦，我一邊承受它們，一邊思考如何解讀它們。

我試圖關閉那個洞，回到過去靠聽覺體驗環境的方式。

耳邊一片寂靜。我這才發現比起眼睛，耳朵能接收的資訊少得可憐。

周遭並不存在爸爸的聲音，爸爸不在這裡。

雖然爸爸早就告訴我，會不在我身邊，我還是感到徬徨無助。突然要我切換到「視覺」的世界，完全無法融入，而平日得以溝通、仰賴的爸爸，卻無法適時引導我。

只能等待爸爸出現嗎？

為了不被無助感擊垮，我調整情緒，動了動身體。

我發現一件事情。

視野中的景物發生變化了，而且是隨著我的行動改變。當我的頭向右轉，畫面就會往左偏移，向上抬起時，畫面就會下沉。

我感到相當震驚。在此之前，我一直以為「上、下、左、右、前、後」的概念是絕對的，當知道移動身體會改變物體的方位時，腦中的構圖全亂了，除非固定在一開始的位置，否則眼中看到的景物配置，一定和原本構圖不同。

這麼說來，得先回到「原點」才行——然而，因為自己剛才的頻繁碎動，已經回不去了。

一陣絕望感襲來。

突然，一段原本不存在的聽覺資訊，闖入我的耳裡。

嘟嚕嚕嚕嚕——

咦？

嘟嚕嚕嚕嚕——嘟嚕嚕嚕嚕——

這是什麼聲音？雖然不深刻，但我的確有印象，並不是直接聽過，而是爸爸曾經描述過。

啊，電話！

我環顧四周。如果我的聽覺判斷沒有錯誤，那股聲音應該是來自眼前一個物體，那就是電話嗎？電話也在愛迪生的故事出現過，透過它，距離遙遠的兩個人就能對話，爸爸也提到在我復原後，他會藉由「視訊電話」和我見面。

那個聲音，是來自爸爸的訊號。

然而當下，我完全不知道該怎麼做，即使明白那就是電話音訊，操作的方法卻一概不知。或許是因為剛透過雙眼認識世界，有些膽怯的緣故，我連接近電話的勇氣都沒有。

那聲音重複六次，伴隨一聲短促的聲響宣告停止。

喀嚓——

然後，視覺和聽覺資訊又有了改變。

電話的旁邊有另一個東西，原本表面一片黑暗，此時卻突然產生變化，接著出現一陣熟悉的聲音，是我殷殷期盼的聲音。

「小艾莉，早安。」

「爸爸！」

電話旁的那個東西，有影像在上面動著。

聽見爸爸的聲音，我立刻感到如釋重負，迫不及待和爸爸說話。

「爸爸，那個響個不停的東西就是電話嗎？」

「對呀！爸爸就知道妳不會接電話，所以設定成自動接聽。以後小艾莉可以不用等聲音響完，直接把那個長形的東西拿起來，爸爸就會出現了哦！」

「艾莉以後一定馬上接！」

「呵呵，眼睛看得見的感覺如何？」

「好高興！可是……有點害怕。」

「因為和想像不太一樣吧！不過不用怕，房間裡有什麼東西，爸爸會一個個告訴妳。」

「太好了！」

「首先，妳眼前的這個東西，就是電腦螢幕，螢幕裡是爸爸的臉。」

原來這就是人臉的樣子。

每當爸爸說話，畫面就會有一小塊區域明顯動作，所以那塊區域是「嘴巴」囉？而嘴巴的上面，就是「鼻子」，鼻子上面是眼睛，至於人臉的兩側，就是耳朵。

這麼說來，我的長相也是如此嗎？

「艾莉，也想看看自己的臉。」

「右手邊那個高大的東西是衣櫥，妳把衣櫥拉開，可以看到一面鏡子。」

聽見爸爸的指示，我愣了一下。拉？過去我幾乎沒動過身體，知道怎麼「拉」嗎？我盯著自己的雙手——兩邊各有五根細長的東西從一處延伸，應該是「手指」吧！共計十根手指，要如何用它們把衣櫥拉開呢？

然而，大腦雖感到迷惑，身體卻不由自主動了起來，只見我右邊的五根手指伸向前，緩緩包覆著衣櫥上一塊凸起物，然後帶著那塊凸起朝自己這邊移動。才不過一瞬間，衣櫥右半邊就「打開」了。

我覺得好高興，看來我的四肢完全不用操心，比我的大腦還聰明。

「看見了嗎？那個發亮的東西就是鏡子。」

我湊上前，仔細觀察自己的臉。雖然和爸爸的臉一樣，有著眼睛、鼻子、嘴巴、耳朵的分布，許多細微的部分卻不盡相同，整體感覺也有差異。

特別是右眼的下方，有一塊區域顏色明顯不同。

我用手觸摸那個地方，鏡子裡的我也做了相同動作。

「那個是胎記，爸爸很喜歡小艾莉的胎記，因為形狀像蝴蝶，很漂亮。」

我沒看過蝴蝶，只能藉由臉上的這個特徵，想像蝴蝶的樣子。

「小艾莉剛醒來的時候，身體下方的那個東西是『床』；放著電腦和電話的東西，就是『書桌』；面對著電腦，右手邊是『衣櫥』，左手邊則是『書櫃』；書櫃的對面，有個像衣櫥一樣可以拉開的東西，就是房間的『門』……」

爸爸不厭其煩地說明房間的擺設。對我而言，能將所見的事物與熟悉的名詞連結起來，比見到東西本身更令人興奮。

我的身體像是脫韁野馬，爸爸每介紹一樣東西，我都會立刻跑上前摸摸看——一開始用手指輕觸，最後整隻手掌貼上去撫摸——完全擺脫睜開眼睛時對周遭的恐懼。這種實際看見、實際摸到的感覺，是以往從未體驗過的。

欠缺的真實感回來了，僅僅數小時，卻能讓我對一切豁然開朗，這都是爸爸的功勞。

「螢幕的後方是一扇窗，打開窗戶，可以看到外面的景色哦！」

「爸爸，艾莉覺得好有趣！想到外面去看看，認識更多東西。」

「好啊，不過現在不行。」

「為什麼？」

「因為小艾莉身體不好，得乖乖待在房間裡，否則會生病。」

我感到有些失望，方才的熱情也減退許多，不過如果爸爸是為了我好，這也是沒辦法的事。

「艾莉會乖乖的，不會踏出房間一步。」

「要乖哦！否則爸爸會懲罰妳，敲妳的頭。」

「爸爸敲不到，因為爸爸不在這裡。」

「哈哈，我會立刻從研究所回家，敲了小艾莉的頭再回去。」爸爸說這些話時，嘴張得很大，雙眼也瞇起來，變成一條細縫。

啊，這就是「笑容」吧！好久沒聽見爸爸的笑聲了。

根據爸爸的說法，我每天必須休息三次，睡著時，會有人送飯進來給我吃。每當我一醒來，就會看見放在門口的餐盤，一些不知道是什麼的東西擺在上面，爸爸說那是食物。

我一直很好奇，送飯進來的「保姆」會是什麼樣子，起初懷疑會不會是爸爸，但又覺得不太可能，爸爸都那麼忙了，怎麼會定期幫我送食物。

我想偷偷觀察那個神秘的保姆。於是某天晚上我閉上眼睛，試圖讓自己不要睡著，打算四周一有動靜就睜開眼偷看，可是過了好久都沒聽見任何聲音，最後我還是睡著了，隔天一醒來，又看見裝滿食物的餐盤。

於是我下定決心，下個時段一定不要睡覺，好好觀察這個送飯來的人。結果一分鐘、一小時、一個上午過去了，我撐起沉重的眼皮，忍著飢餓的肚子，滿心期待保姆的到來，可是那個人終究沒有出現，我的肚子咕咕叫著，終究還是無法對抗身體的疲倦，進入夢鄉。當然，醒來時又看到滿滿的食物。

保姆似乎不只是送飯而已。書桌的角落有個垃圾桶，爸爸說不要的東西就丟在那裡，每當垃圾堆積到一定的數量，就會被清理得乾乾淨淨。另外，衣櫥裡的衣服也總是非常整齊，沒什麼髒污。

我想起爸爸說的《長腿叔叔》故事，比起女主角，我連那個人是高、矮、胖、瘦都不知道。

我問爸爸，那個人是不是就是「媽媽」？爸爸說不是，那個人只是「保姆」，真正的媽媽不只會照顧我，還會像爸爸一樣，常和我說話，排遣我的寂寞，也會為我的事操心，保姆只是拿了爸爸的錢，做好該做的工作而已。我聽完後，頓時對保姆的身分失去興趣。

即使有保姆打理，我還是必須學會基本的生活技能，而教導我這些的，當然還是爸爸。

我後來發現，原來房間裡的「門」有兩個，書櫃對面的門就是通往房間外，那扇我不能打開的門，另一扇門位於衣櫥和床之間，推開後，可以看見廁所和浴室。

「右手橫握牙刷。好了嗎？然後把牙膏擠在刷毛上，刷毛抵著牙齒，上下振動。」

隔著那道門，雖然爸爸看不見我，但聲音依然清晰，我聽著爸爸指示，一步步學會那些技能，有不會的地方就開口詢問。

「洗髮精，是那個架子上第二格的東西嗎？」

這種隔著門看不見彼此，一問一答的教學，讓我有回到過去的錯覺。不過只要不是在浴室裡，爸爸就可以當面教我，糾正我該怎麼做，我學會了自己刷牙、洗臉、洗澡、如廁、換衣服、用筷子吃飯，一想到以前這些都不是自己動手，就真正體會到爸爸的辛勞，現在恢復視力，四肢行動自如，我不能再麻煩別人了。

我逐漸習慣斗室裡的一切，這個六坪大的小房間，就是我的世界。日常必需品、複雜事項都由保姆打理，即使爸爸不在身邊，我也能生活無虞。

「小艾莉，今天有沒有乖乖刷牙、洗臉啊？」

「有！」

「要乖哦！否則爸爸就會回去……」

「敲艾莉的頭。」

「呵呵，看來小艾莉長大了。」

「嗯，因為爸爸很辛苦，艾莉要快點長大，以後才能幫爸爸的忙。」

每當我說出類似的話語，爸爸都會垂下雙眼，凝視著我，然後過了幾秒，又會聽到像是被液體塞住的呼吸聲，爸爸的眼角偶爾也會有水流出來。我知道爸爸又在「嗚咽」了，但我知道他其實很高興，因為嘴角是上揚的。

看著爸爸螢幕裡的笑臉，會感到內心似乎被什麼給填滿，一種難以言喻的情緒。

好想摸摸看爸爸的臉。

我曾經面對鏡子摸過自己的臉，因此知道觸感如何。臉上有許多感官，其中鼻子向前凸起，眼窩朝內側深陷，凹凸輪廓構成的臉部線條，我已經用雙手確認了好幾次。

但是爸爸不一樣——他的臉一直都很平坦。

隔著視訊電話，爸爸只能出現在螢幕上，但是就算爸爸出現，螢幕也不具備臉部感官的高低起伏，仍舊是往常的一片平坦，不管怎麼摸都一樣。

這是當然的吧！爸爸本來就不在這裡，怎麼可能摸到他的臉。

爸爸太忙了沒辦法回來，那麼我去找他好了——每次想到這裡，我就會覺得很對不起爸爸，他明明告誡我不能出去的，於是立刻把這個念頭拋在腦後。

學會的事物越來越多，爸爸能教我的東西也越來越少，漸漸地，我們又回到純粹閒聊的模式。

「小艾莉，爸爸研究室裡來了一位新成員哦！」

「真的？長什麼樣子？」

「是個黑人，頭髮捲捲的，說話很有精神，可是生氣起來很可怕。同事裡有人不小心稱呼他Nigger，就被他揪住衣領，大呼小叫。」

「尼格？」

「那是英文的『黑鬼』，是非常不尊敬的稱呼。」

當時對語言文化沒什麼概念的我，自然不懂爸爸的意思，可是仍然覺得很新奇。

我會對爸爸說今天做的事，雖然對我而言，那些重複的次數多到乏味，但他每次都會聚精會神聆聽，生怕錯過什麼似的。爸爸也會告訴我許多事情，多半是研究發生的趣事，偶爾會提到一些同事、朋友，這時我會意識到自己生存的世界裡，不是只有我、爸爸和一位神秘的保姆，還有其他人也一樣活著。

好想認識他們。

「爸爸，那位新成員，可不可以讓艾莉看看？」

「啊？」

爸爸的眉頭皺了起來，是我以前沒見過的表情，但我很清楚，他又「遲疑」了。我感到不安，生怕自己又說錯話。

「可以啊！不過現在不行，因為他不會說中文，爸爸得找時間教他幾句。」
「中文和英文，不一樣嗎？」
「不一樣，小艾莉說的是中文，那個黑人只會說英文。」
「那爸爸教艾莉英文！」
「哈哈，學英文要花很久的時間，而且爸爸英文也沒有很好，還是爸爸先教他幾句中文吧！不過他也很忙，要等他有空。」
「一言為定哦！」
可是過了好久，爸爸一直沒有提起這件事，我想一定是太忙了。
於是我想，既然黑人叔叔沒時間學中文，那還是讓我學英文好了。可是要怎麼學習呢？爸爸說，他的英文也不是很好，沒辦法教我。
我躺在床上，翻來覆去想了很久，完全沒有頭緒，決定還是開口問爸爸。
「爸爸，艾莉想學更多的東西。」
「這樣啊……讓爸爸想想。」
我很清楚，隨著我逐漸長大，爸爸能教我的事物也越來越少，而且他的工作越來越多，無法再像過去一樣時常和我說話，我必須靠其他的方式學習，但是目前唯一的途徑，就只有爸爸。
對於這點，爸爸想必也很苦惱吧！
「小艾莉，爸爸想到方法了。妳可以看書！」
某天我接起爸爸的電話，他的臉一出現，就迫不及待對我這麼說。

「看書？」

爸爸說，他以前對我說的那些童話、科學知識、人物傳記等，都不是他腦中的想法，而是透過書本，將內容一字一句唸給我聽，如果我也學會看書，就可以自己獲取那些新事物，但是事情沒那麼簡單，因為語言除了對話之外，還有「文字」。文字是印在書本上的東西，許多知識都是透過文字傳達的，如果沒辦法瞭解文字，就無法看書。

「小艾莉，妳可以去書櫃拿一本書，然後翻開看看。」

我走到書櫃旁。以前對於裡面的書，我完全不知道是什麼東西，也不敢亂動。

「啊，這樣好了，妳看一下書櫃第二排，從左邊數來第三本書。」

我依照爸爸的指示，取下一本硬皮書，上面有一些我看不懂的記號，有些記號比較大，看起來比較顯眼，有些則比較小。這些記號的大小，似乎也代表它們的重要性。

「上面那些東西就是文字，妳在看的這個地方，稱作書的『封面』。」

原來這就是記載知識的東西，看起來真的很複雜。我將書翻開，裡面也排滿了密密麻麻的文字，但不像封面一樣有大有小，偶爾會出現幾個比較大的字，但幾乎都一樣大。然而仔細一看，就知道上面的每個文字都長得不一樣，種類非常繁多。

我突然有種錯覺，好像面前有一道厚實的牆壁，而我正打算穿越它。

「這些文字都要瞭解嗎？」

「沒錯。小艾莉這麼聰明，一定很快就能學會。」

「艾莉不知道怎麼學，爸爸教我。」

「當然囉！妳先看一下封面。」

我將書本闔上，端詳著剛才看過的地方，封面有一個人物圖像，雙手交握，眼睛炯炯有神地瞄向一旁，眉毛很粗，頭髮有點少。

「那個人就是愛迪生。」

「哇！」

從小到大一直都很崇拜的人，原來長相是這個樣子。

「小艾莉有看到封面上最大的四個字吧？來，跟爸爸唸一遍。愛・迪・生・傳。」

「ㄞˋ ㄉㄧˊ ㄕㄥ ㄓㄨㄢˋ？」

「『愛迪生傳』四個字就是這麼寫。中文是使用意音文字，每個字都有一個以上的讀音，因為小艾莉已經會說中文了，所以只要知道一句話怎麼唸，就可以把每個字的發音，一個一個配對起來。」

我反覆唸著「愛迪生傳」，試圖將這四個字的圖像烙印在腦海。

「接下來，有沒有看到下面有一排小字？數數看，有幾個字？」

「二十二個！」

「其實是二十一個，中間有一個帶著尾巴的小黑點吧？那是『逗號』，是中文的一種『標點符號』，標點符號沒有讀音，朗讀時也不用唸出來，但有些需要停頓一下，例如：『逗號』和『句號』。」

的確，我和爸爸在交談時，也不可能一口氣將話說完，必須停下來休息，原來這樣的停頓，在文字裡可以用符號表示。

「那排小字的意思，就是愛迪生說過的名言。」

「『天才是百分之一的靈感，加上百分之九十九的努力』？」

「沒錯，小艾莉記性真好。」

我細數這句話的音節，發現真的有二十一個，那排文字裡有些字長得一模一樣，因此讀音也相同，而且停頓的地方，剛好是「逗號」出現的位置。

我感到興奮極了，原來語言和文字就是這麼回事。

「爸爸，艾莉完全懂了！」

「真是聰明，不愧是爸爸的女兒，這麼一來只要學的字夠多，就可以讀書了。不過小艾莉應該已經忘記《愛迪生傳》詳細內容了吧！爸爸這裡也有一本，改天再唸給妳聽。」

「爸爸，不用這麼麻煩，雖然這本不記得，但是爸爸很久以前唸的童話故事，我都背下來了。」

「真的嗎？」

爸爸雙眼圓睜，露出難以置信的樣子。其實我也不知道自己為什麼記性那麼好，幼兒時期發生的種種，爸爸唸的那些東西，仍舊記憶猶新。我第一個聽的童話故事《人魚公主》甚至已經成為大腦的一部分，一字不漏地刻在記憶區裡。

「嗯，所以爸爸還是努力工作吧！艾莉會自己學習。」

「嗚……小艾莉，妳真的長大了……」

爸爸又哭了，爸爸真是愛哭，但他每次哭的時候都很高興，雖然臉會變得比較不好看，但我很喜歡這個時候的爸爸。

我問爸爸童話書都放在哪裡，他將每個故事在書櫃的位置一一告訴我，然後我們互道晚安。

隔天我立刻將那些書搬到床上，打算仔細閱讀。

「十・五・歲・生・日・那・天，人・魚・公・主・浮・出・水・面……」

我看著《人魚公主》封面上的小字，逐字唸過去，發現標點之間的字數剛好符合，心想應該沒錯，的確是爸爸唸給我聽的大綱，於是開始記下每個字的寫法，整段唸完，我已經學會超過五十個字了。

於是我開心地翻開書本，逐字背誦整個故事，結果非常順利，故事唸完後，已有上百個字的寫法進入我的腦海，可是我想學更多字，就打開下一本《青蛙王子》，同樣是一帆風順。

童話書和其他書籍不同，經常附有插圖，雖然字數很少，但因為必須邊讀邊記字，我還是花了一週的時間，才將所有的童話讀完，而那些字的用法也駕輕就熟，我發現中文用最多的字是「的」，通常每二十個字就會出現一次。有些字也不止一個讀音，例如：「威廉泰爾一箭射中標的」，這裡「的」就讀成ㄉㄧˋ，爸爸說，那叫作破音字。

我認為自己已經有能力看懂一般的書，於是懷著期待的心情，打開那本很喜歡，但印象已經模糊的《愛迪生傳》。

「西元一八四七年二月十一日，湯瑪士•艾爾瓦•愛迪生出生在美國俄亥俄州，一個叫米蘭的小市鎮。」

有些字沒見過，但憑著不甚清楚的記憶，仍可以大致拼湊出整段話，但是接下來的內容就沒那麼順暢，閱讀過程中，看不懂的字接連出現，我只好先記下來，之後再詢問爸爸。

爸爸知道我已經在閱讀《愛迪生傳》，非常吃驚，經過他的耐心指導，我花了六天的時間讀完這本書。

在往後的歲月裡，除了和爸爸的對話時光，我幾乎都在讀書，速度也從一開始的五天一本、三天一本，進展到一天一本，甚至在時間充裕時，可以一天閱讀兩、三本書。我發現書櫃裡的書會經常替換，才不過一轉眼，那些童話書已經找不到了，我想，應該是爸爸拜託保姆，請她定期更換書籍吧！

爸爸因為太過忙碌，陪伴我的時間越來越少，在這段期間，書就是我的朋友。書的種類琳瑯滿目，除了聽爸爸唸過的兒童百科、人物傳記、少年文學之外，還有些比較複雜的書，不過我最喜歡的還是人物傳記，因為透過這類書籍，可以直接認識一個人，進而認識全世界，自從爸爸談論起黑人叔叔以後，這就成了我最大的願望。

除了愛迪生之外，書中還有另一位令我印象深刻的人，就是海倫•凱勒。

我認為她的境遇和我很像，但是更為嚴重，因為罹患急性腦炎，連聽覺也失去了，要學習說話很困難，直到遇見蘇利文老師，才藉由點字和唇語學會語言，後來甚至考進劍橋女子學校（The Cambridge School for Young Ladies）就讀。這麼多年來，蘇利文老師一直在她身邊。

讀完她的故事，我也好想去學校，因為我發現不是所有的「老師」都像愛迪生的老師一樣，蘇利文老師就是很偉大的人。早期，爸爸就是我的蘇利文老師，但是他太忙了，我希望至少能像一般的學生那樣去學校上學，和同學們談論日常生活的事，雖然書本的內容很豐富，但我無法就此滿足。

同時我也透過書本發現，外面的世界有多麼不一樣，起初，我以為那是編故事的人虛構的，後來發現很多人都這麼寫。面對一成不變的房間，向外界探索的渴望日益加深，雖然不知道自己生的是什麼病，希望痊癒的心情卻一天比一天強烈。

爸爸，什麼時候才會讓我出去？

想摸摸爸爸的臉，想摸摸黑人叔叔，想去學校認識更多的人，想到不同的國家去看看……想離開這個房間。

這個念頭，以往一直被我打壓著，並不是怕爸爸回來敲我的頭，而是怕造成他的困擾，我喜歡看爸爸高興的臉，如果他嘴角下沉，我也會很難過。但是並不代表這個念頭就此消除，它反而越長越大，變成一頭兇惡的野獸，很擔心自己總有一天會被它吞噬。

透過螢幕後方的窗戶，只能見到一樣的景色，而那扇通往外界的門，也一直沒有打開。

籠中鳥。

我是被壞巫婆（Dame Gothel）囚禁的長髮姑娘（Rapunzel）嗎？

某天中午，爸爸的視訊電話又響起。

我感到很意外，因為那陣子爸爸的工作經常忙到晚上，只在睡前的一小時打電話給我，其他時間我只好看書。一小時無法說太多話，我向爸爸請教一些書上不瞭解的地方，等他回答完畢，已經可以互道晚安了。

爸爸應該找我有事吧，才會在這時打過來。我立刻接起電話。

「小艾莉，午安。」

「爸爸午安，今天怎麼這麼早？」

「跟妳說一件事哦！妳還記得爸爸提過，有一個黑人同事嗎？」

「啊，黑人叔叔！」

「對，他說等一下想看看妳，可以嗎？」

我倒吸一口氣。這太突然了，雖然一直放在心上，但我以為爸爸早已忘記這件事，況且自己任何準備都沒有，真的面對面時，說不定會手足無措。

「可是，艾莉還不會說英文。」

「無所謂，他已經會幾句簡單的中文了。」

「艾莉好緊張，沒和其他的人說過話。」

「妳就當作對方是爸爸就好。對了，他的姓是Stanley，中文是史丹利。」

「是那個到非洲探險、尋找李文斯頓（David Livingstone）的人嗎？」

「當然不是，那個是白人。要見他嗎？」

我忐忑不安地點頭，爸爸帶著滿意的笑容離開螢幕，過了一會兒，史丹利叔叔和爸爸一起現身。他比爸爸高出一個頭，體格也粗壯許多，下巴長滿落腮鬍，一頭鬈髮，膚色的確很黑。

「Hello, Alice! 匿豪，窩使史丹利~」

我恭敬地鞠了個躬。雖然他的中文發音有點奇怪，但大致聽得出來，不過他稱呼我Alice，是指夢遊仙境的愛麗絲（Alice's Adventures in Wonderland）嗎？

「你、你好，史丹利叔叔，我、我不是愛麗絲。」

「Oh! 匿角射磨名字？」

「我的名字是何艾莉。史丹利叔叔，你為什麼那麼黑？」

「Urhh...What did she say?」

他露出苦笑，轉頭對爸爸說了句我聽不懂的話。

「She's just interested in your color.」

「Interested in mine? It's amazing!」

兩人一來一往地說著。這就是英文嗎？發音和中文差異真大。

史丹利叔叔哈哈大笑，然後面向我，一直盯著我看。

有時我也會翻閱影視雜誌，我覺得史丹利叔叔的臉，很像一位叫馬汀・勞倫斯（Martin Lawrence）的老牌演員，雖然馬汀看起來年紀比較大，但年輕時一定像叔叔這樣子。

叔叔笑的時候，會露出整排潔白的牙齒，非常迷人。我也好想摸叔叔的臉。

我將手掌貼在螢幕上——雖然知道這樣沒用。

「What's she doing?」

「Hmm...I think she wants to touch you.」

「Wow! Unbelievable!」

史丹利叔叔睜大眼睛，嘴也張得好大，彷彿下巴快掉下來了，我覺得他的表情好有趣，雖然無法理解他說的話，但如果能和他溝通自如，一定是很棒的事。

決定了，我要去學校，學好英文。

「宰見～Alice，痕高興忍施匿～」

叔叔向我揮手，消失在螢幕前，我覺得好興奮，那種認識新朋友的感覺，比吸收知識還要快樂。

「如何，史丹利很親切吧？除非妳叫他Nigger，否則他對人都很和善。」

「嗯！叔叔很有趣，艾莉想經常和叔叔說話。」

「呵呵，那得等妳學好英文才行。」

「爸爸沒時間教我，對吧？那艾莉想去學校！」

「這……」爸爸的眉頭瞬間緊鎖。「小艾莉，妳忘記了嗎？爸爸會……」

我察覺自己的失言，剛才太過得意忘形，一不小心就把心底的願望說了出來。

可是，我也好想告訴爸爸這個願望，我不想一直待在這裡，想認識更多的人，想走到自己想去的地方。

「就算爸爸敲我的頭也沒關係，就算艾莉病情惡化也沒關係，我只想出去！爸爸，我不想再待在這個房間了。書上都有寫，外面有好多迷人的地方，也有好多像叔叔一樣有趣的人，可是我只能待在這裡！」

「小艾莉，妳……」

「艾莉不是籠中鳥！艾莉也想摸摸爸爸的臉，而不是平坦的螢幕！」

爸爸眼角下垂了，嘴角也是。我覺得自己好自私，只因為想離開房間，就惹爸爸不高興，可是嘴巴一直停不下來，最後只是在發洩情緒，對爸爸吼叫，比爸爸說要離開我身邊時還要嚴重。

「小艾莉，聽爸爸說，妳出不去的……」

「我不信，艾莉偏要出去！」

我打開窗戶，外面還是一樣的景色，我想將手探出，卻發現窗口設有鐵欄杆，我抓住欄杆拚命搖晃，只聽見「喀答喀答」的聲響，欄杆卻文風不動。我走到書櫃對面的門前，門把無法轉動，不管是推或拉都沒有動靜，我大力敲門，門發出的咚咚聲大得嚇人，我毫不在意，邊敲邊怒吼著。

「讓艾莉出去！讓艾莉出去！讓艾莉出去！」

我拉高音量，希望保姆能剛好聽見，卻徒勞無功。不停敲門的手好痛，不到一分鐘我就放棄了，我跪坐在地上，終於忍不住悲傷的情緒，眼睛兩旁流出熟悉的液體。

「嗚嗚嗚嗚哇哇哇哇——！讓艾莉出去嘛！」

以前，就算我再難過也不會哭泣，因為我知道不能讓爸爸操心，可是今天卻在他面前崩潰。爸爸也哭了，這次他一點都不高興，五官全擠在一起，臉變得非常難看，我想自己應該也是吧！

爸爸，對不起，可是我也不知道該怎麼辦。

我們兩人各自哭著，不發一語。過了好久，爸爸才對我說話。

「小艾莉，妳聽爸爸說，再等一下……再等一下就可以了。」

「為什麼？」

「因為……醫生說小艾莉快康復了，只要到了那時，爸爸就會打開那扇門。」

「要等多久？」

「爸爸也不知道……可是小艾莉要相信爸爸，哪，爸爸有騙過妳嗎？」

「沒有。」

爸爸說得對。爸爸說要讓我發聲，不久我就學會了說話；爸爸說要讓我恢復視力，不久我就能看見東西；爸爸也讓我見到了史丹利叔叔，雖然隔了很久，但他畢竟沒有忘記。

和爸爸對我的耐心比起來，自己真的太任性了。

「對不起，爸爸，艾莉會等，會一直等下去。」

「小艾莉……」

「爸爸一定要加油！艾莉會忍耐的，絕對、絕對不再讓爸爸操心！」

「謝謝……妳是爸爸最驕傲的女兒。」

爸爸終於笑了，雖然眼角還有淚水，但這才是我最喜歡的爸爸。

自從那天之後，又經過多久呢？

我不太清楚，因為處在一個不變的環境裡，過著千年如一日的生活，很容易失去對日期的概念。

爸爸越來越忙，每天和我見面的時數越來越少，最後終於變成兩、三天一次。我只好和書籍繼續作伴，每天等著爸爸，如果電話一整天沒響，我會壓抑即將哭泣的心，準備用笑臉期待明天的爸爸，若明天沒有，還有後天、大後天，我都可以等。

因為我知道，爸爸終究不會讓我失望。

我一直謹記父女之間的約定。皇天不負苦心人，下一次的「命運之日」終於悄悄到來。

「小艾莉，妳這週先準備一下東西。」

「準備？準備什麼？」

「嗯……聽好，醫生說小艾莉下禮拜就可以出門了，爸爸會回去開門。」

「所以我可以『真正』和爸爸見面了？要去哪裡？」

「台灣。爸爸會帶妳到西門町逛街、看電影，順便看看外面的人。」

「哇！是要出國嗎？」

旅遊雜誌上，經常會介紹台灣的風土景色，印象中「西門町」是很熱鬧的地方，除了可以見到許多人，我也想知道「電影」是什麼樣子，讀著影視雜誌上天花亂墜的介紹，我早就想見識看看了。

「但是，小艾莉得答應爸爸一件事。」

「什麼事？」

「不能到處亂跑，西門町人很多，一定要緊跟著爸爸，就算爸爸暫時離開，也要在原地乖乖等著，否則很容易被壞人抓走。」

「好～」腦中完全被興奮之情填滿，我漫不經心地應著。

第三部

Whydunit

Whydunit

第九章——而立之年．悸動

我將剪報還給小皮。「這樣幾乎確定了呢！」

「噢，是啊！」

小皮沒察覺我內心的動搖，自顧自地發表意見。

「這是很典型的復仇案例嘛！大山女兒被姓朱的殺害，但是司法沒有給他公道，他一直懷恨在心。」

她現在住在離我很遠的地方，也可以說，她住在離我很近的地方。

很遠的地方是指「天國」，很近的地方，是指——

活在心中……嗎？

女兒已死，唯一的牽掛就只剩自己的夢想，所以才說「夢想是他的女兒」。

「不過為什麼拖了十二年才動手呢？啊，會不會是本來已經失去聯繫，突然在測試人員名單看到這個人，舊恨一湧而上，開始實行殺人計畫……」

難怪在看守所會跟我提女兒的事，說什麼眼疾痊癒、自己是個糟糕的父親……

他是在暗示我，他對奪去女兒性命的死者，恨意有多麼重嗎？

「地點選在虛擬實境的理由，應該是只能在那裡和他碰面吧！」

為了女兒，大山的確有理由殺害那個人，但和他搭上線的唯一手段只有VirtuaStreet，因此不得不在ＶＲ世界裡行兇，然而事後發現，自己製造的不在場證明會讓開發計畫中止，剛好手法又被夾克男揭發，才不得不自首，希望能保住自己的夢想。

不可能的！大山不是這種思慮不周的人！

聯繫死者的方法多得是。他策劃時不可能沒考慮到，選在ＶＲ裡行兇會對夢想造成多大的毀滅，就算這樣好了，也不會因為部屬提早完成「兇器」就貿然當天動手，說什麼他的理智被恨意給蒙蔽，我完全不相信！

「可是這麼說來，他一定很愛女兒吧！為了報女兒的仇，不惜犧牲VirtuaStreet的開發。嗯，也不見得啦，畢竟他一開始有製造不在場證明嘛！如果沒被揭穿，說不定有機會。」

製造不在場證明，利用我……

「亂講！你不要再亂講了！大山才沒那麼自私，他要作案也不會拖人下水！」我大吼出聲。

「呃……」

小皮被我忘情的吼叫給驚嚇，怔在原地不動，辦公室一片鴉雀無聲，有幾個同事望著我們這裡。

我立刻察覺自己的失態，環顧四周，向大家道歉。

「對、對不起……」

「露華，剛剛說的只是推測。」小皮雙手抱胸，嘆了口氣。「不如我們到外面去講吧？」

「好吧！」

雖然不敢保證會不會再度發作，至少可以暫時冷靜。

我和小皮離開「蜂窩」，走出「小白屋」，到附近的咖啡店坐下。

我告訴小皮一些他不知道的資訊，包括政府那邊「人為因素就繼續，疏失意外就中止」的決策，上午的兩項證據確認，以及中午在看守所和大山見面的事。他在聆聽的時候，從上衣內袋拿出久違的記事本，打開其中一頁——上面寫了很多字，他又在中間加了幾筆。

「我知道妳很想證明大山是無辜的……不過先來看看檢警可能的推測吧！我大致整理好了，妳想想有沒有什麼可以推翻的地方。」

小皮將記事本正面朝向我。我探頭觀看，雖然寫得很密，字跡卻非常工整。

VirtuaStreet命案　檢警推測

兇手：何彥山（開發團隊經理）

動機：

死者朱銘練於二〇〇八年涉嫌殺害何某女兒，後無罪獲釋，何某因此懷恨在心。十二年後，何某於公司招募之臨時測試人員名單中，發現朱某姓名，經聯絡後確定為殺害女兒之兇嫌，遂起意行兇。

過程：

何某於案發前幾天，請團隊人員開發「兇器」，並著手偽造不在場證明。案發當天並非預定行兇日，何某早上交予測試人員顏露華兩台數據系統機器，命其進行測試，目的是針對更改數據資料的詭計進行演練。然而「兇器」提早完成，促使何某決定當日行兇。

何某立即聯絡朱某，誆稱有事商談，希望能在VR裡見面，並指定時間（二二：二〇左右）、地點（案發現場附近），然後在接近二十一點時，透過網路線，修改數據系統資料成功。

此時顏某因為打瞌睡，未發現系統狀態有異，沒接到通知的何某遂前往顏某辦公室，兩人一同目睹燈號由綠變紅。因為新舊系統的特性，有人死亡會使燈號改變，何某的目的，在於誤導警方死者在兩人進入VR前已死亡。

何某託言進入VR搜索，誘使顏某一道前往，目的是使其成為屍體的共同目擊者。何某並指定兩人的搜索路線（圖二），於去程拖延時間，待到達與朱某約定的二二：二〇後，前往電影公園處與顏某會合，回程時，拿起已完成、事先放在某處的「兇器」，立刻使用傳送門移動至命案現場（圖七）。

何某伺機殺害現場的朱某，並於原地等待顏某，待其來到現場發現屍體後，兩人一同離開VR。兩人報案，何某的不在場證明偽造成功。

（兩人在VR內的行動流程，請參照圖四）

證據：

數據系統機器——具備多項修改介面（狀況證據）

傳送門進出資料——不可修改（間接證據，開發團隊成員提供）

提前完成的「兇器」（狀況證據，開發團隊成員提供）

口供（直接證據）

「為什麼『兇器』是狀況證據？」我提出疑問。

「因為它只能證明大山『有能力』行兇，並沒有任何佐證可以確定大山『真的』拿了這把兇器，同樣地，數據系統機器也只能證明大山『有能力』透過網路修改，無法證實他『真的』這麼做了，因此這兩個都是狀況證據。」

「所以直接證據只有口供囉？那不是不足採信嗎？」

「因為現場是在虛擬實境，普遍使用的科學蒐證派不上用場吧！不過妳要注意一點，有一項間接證據是無法推翻的，也就是說大山真的使用傳送門，從⑪移動到①了。這點妳要怎麼解釋？」

「嗯……他可能不想搜索下去了，直接到那裡等我？」

「然後屍體剛好在那裡？也太巧了吧！」

「可是我認為，如果大山真的是兇手，他不應該留在現場等我，而是到我們原先約定的會合地點，也就是制服街入口。如果我發現屍體，自然會到那裡通知他。」

「他就是怕妳沒發現屍體啊！妳不是說屍體躺在陰暗的角落嗎？他應該是擔心這點，才會等在那裡，假裝自己是第一號目擊者吧！」

「真擔心這個的話，把屍體移到醒目的地方，讓我發現就好了。」

「啊！會不會是因為行兇結束時，妳剛好來了？」

「我花了二十分鐘才到喔！殺個人應該不用那麼久。」

「說得也是……好吧！我承認這的確不自然。」

為什麼大山會在案發現場等我呢？會不會和使用傳送門有關？

還有大山真的會因為「兇器」提早完成，臨時起意行兇嗎？有那麼急迫嗎？

或許解開這兩個疑點，就能抵達真相所在。

我望向眼前的小皮，他也在埋頭苦思。我突然覺得很對不起他，其實檢警的推測是說得通的，事實也說不定真是如此，而他卻因為我頑固的執念，幫我整理資料，一起思考其他可能性。「

就在此時——

「原來你們在這裡。」

我和小皮循著聲音的方向望去，又看見那熟悉的褐色夾克。

「小隊長……」

「陳先生，你還真是不能小看的記者，連這個都弄到了。」

我立刻幫小皮解圍。「刑警先生，這是我們自己揣摩、整理的。」

「唉！也罷。」夾克男露出苦笑。「反正封鎖令已經解除了。」

「什麼時候的事？」

「一小時前吧！分局還召開記者會，所以晚間新聞應該看得到。」

我們兩人面面相覷。消息可以報導，意謂著大山罪嫌已經確定了嗎？

「先不說這個，你們吃晚餐沒？這裡應該沒東西吃吧？我們找個地方聊聊，去上次那家餐廳也行。」夾克男指了指外頭。

「刑警私自透露情報給記者，這樣好嗎？」

小皮撇嘴，面露不悅，看來還在為上次被吼的事鬧彆扭。

「我已經下班了，不是以刑警的身分，而是……」夾克男挑起眉毛笑著。「以大山朋友的身分。」

服務生正要帶我們入座時，我打算知會媽媽一聲，於是走出餐廳，取出手機。

「媽，抱歉，今晚我在外面吃飯！唔……」

螢幕上的中年婦女，坐在那窄得可憐的茶几前，身旁圍繞著飯菜，正津津有味地吃著。

「角露，餃不圍來豬患哦？」

「妳妳妳妳妳妳，自己先開動了！」

「姆嗯姆嗯……找良今情不好，先豬了。」

「不要邊吃飯邊講話！」

媽媽拿起茶杯，喝了口水。

「噗哈！小露，我跟妳說，老娘今天接到煩死人的電話，心情不是很好，於是就先煮飯吃了。」

「什麼電話？是找我的記者嗎？」

如果案件已經曝光，那會有記者想採訪當事人，也不是什麼奇怪的事。

「不是，是我的手機，等妳回來再講。」

「喔喔，再見。」

電話掛斷的那瞬間，滿桌菜餚的影像仍殘留在我的視網膜——這女人，她真的吃得完嗎？

為了避免接到媒體的騷擾電話，我將手機關機。

我回到餐廳的座位。此時，夾克男正盯著小皮的記事本看，小皮則在一旁解說。

「所以說，我和露華都覺得如果大山是兇手，那麼他等在現場這一點，其實不太自然。」

「這麼說也是。」

「還有露華也提到『兇器』與行兇日的問題……」

「這我知道。」夾克男抬起一隻手。「其實檢察官也發現了，若要說大山是兇手，雖然很多地方可以說得通，但就是有些牽強。然而，我們缺乏另一個偵辦方向，僅知道大山『有可能』幫別人扛下罪名，但為何頂罪？真兇又是誰呢？在毫無概念的情況下，只能朝大山是兇手的方向去辦。」

「你覺得會起訴嗎？」我問道。

「我只能說，現階段還在蒐集證據。如同陳先生所言，直接證據是口供，間接證據也只有一項，最多加上顏小姐的目擊證詞，這樣可能不夠。我們已經調出死者的通聯紀錄，但是沒用，他的電話都是好友打來的，大山的通聯紀錄也缺乏共通的人物，沒有任何跡象顯示他與死者有私下接觸。」

「有詢問大山本人嗎？」

「他說是透過中間人聯繫，問他那個人是誰，他就擺出一副苦惱的樣子，說：『這個嘛，是誰呢？』完全是在裝傻。檢察官快被他氣炸了。」

「是袒護中間人，不願意供出姓名嗎？」

「誰知道，也有可能根本沒那個人。唉！全偵查小組的人都莫可奈何。」

我望向夾克男無奈的臉，他的立場也很為難吧！

他繼續看著小皮的記事本，點頭說道：「噢，你也查到動機了。」

「因為小隊長那時候不說，我只好請人幫忙。」

「其實關於過去的這宗案件，我也不是很清楚。」

「哦？」

「畢竟是十二年前的事了，那時我在別的單位，還只是個菜鳥。」

「那警方是怎麼找到過去的案件，和殺人動機做連結的？」

「很簡單，死者朱銘練留有竊盜、吸毒的案底，雖然他在小女孩命案中獲釋了，可是相關的調查報告仍在，用電腦搜尋一下就找到了。」

「調查報告詳細嗎？」

「還滿詳盡的，我後來也打聽到一個退休前輩，他曾經參與該案的調查，於是立刻拜訪他。前輩雖然長得肥肥胖胖，一副安泰的樣子，可是當我提到『朱銘練』的名字時，他的臉就擠成一團，罵道：『幹他媽的死阿練！我最遺憾的就是沒把他關起來！』一副想把我掐死的樣子，彷彿我就是那個阿練。」

「會那麼生氣，是因為涉嫌殺害女童嗎？」我在一旁問道。

「還不只如此。顏小姐妳也知道他的跟蹤癖吧？其實那時候就開始了，很多受害者都到派出所報案，可是既然沒看見跟蹤狂的身影，員警也無跡可循，除非以現行犯逮捕，否則拿跟蹤狂毫無辦法。是說逮到了好像也不能怎樣，最多根據社會秩序維護法，叫他繳個三千元或罵他一頓吧！」

「可是既然沒被發現，怎麼知道是他？」

「之所以浮現他的名字，是因為那傢伙到處吹噓，還幫自己取了個外號，叫『影子』。」

「所以登入帳號才是Shadow嗎？真的很囂張。」

我想起自己在VR裡的調查，裡面的人都稱呼他為「影子阿練」。

「不過讀那份報告時，我真的嚇了一跳。」

「為什麼？」

「因為，屍體的另一個目擊者就是大山的前妻，也就是學姐啊！」

「咦！」

我有些吃驚，小皮在一旁探問：「是認識的人嗎？」

夾克男將跟我提過的，有關大山妻子的事全告訴了小皮，我也在一旁補充。

「我直到看到報告，才知道他們離婚很久了。」

警方詢問現場另一目擊者……

我想起剪報內容，好像最後有這麼一段，只是那時被自己的手擋住，也因為太過震驚，沒有繼續讀下去。

「為什麼案發當時，他們兩人會在一起？」

「是這樣的。那時大山剛拿到學位，於是帶滿六歲的女兒回到台灣，順便和生母見面，第一天晚上兩人帶女兒去西門町逛街，還看了午夜場電影，散場的時候不知為何，夫妻倆同時進廁所，結果孩子沒有人顧，等到他們出來時，女兒已經不見了。」

「太不小心了吧？」

「好像是大山先去上廁所，後來學姐也忍不住……不重要，總之那小鬼似乎沒見過世面，一看到人群就興奮地哇哇大叫，大概是站不住，趁著大人沒牽著自己的時候亂跑。」

她幾乎沒有人陪，我們相處的時間越來越少，經常隔著電腦螢幕相望……

我的腦中浮現一個小女孩，因為生病只能待在房間裡，透過視訊電話和父親四目相對的畫面。

「當時已經半夜了，西門町幾乎沒什麼人，兩人找遍整個鬧區，最後發現女兒的屍體。唉！」

因為疏於照顧，孩子養成對外界強烈的好奇心，最後造成這樣的結果。大山想必很自責吧！

「當初為什麼會鎖定『阿綀』呢？」小皮問道。

「好像是有人匿名舉報，說目睹了整個行兇過程，聽其描述的兇手特徵很像是阿綀。」

「因為身高嗎？」

「或許吧。警方調查他當晚的行蹤，發現的確有可能。案發現場附近有間便利商店，某位店員說他在上夜班時，有看見阿綀經過門口，不久就聽見警車的聲音，隔天才知道發生命案。」

「但是無法定他的罪？」

「是啊！缺乏充分的證據。他承認那天的確經過那裡，卻矢口否認涉案，還說告發他的人才是兇手。」

「科學蒐證派不上用場嗎？如果是勒殺的話，被害者會掙扎吧？這麼一來，指甲裡就會有兇手的毛髮或皮膚碎屑。」

「那個也檢查過了，完全沒有。可能因為當時天氣比較冷，兇手穿長袖衣服還戴手套，而且小女孩的手太短，力氣也小，抓不到臉或頭髮吧！說到手套，聽說阿綀跟蹤別人時也會戴，但這無法當作證據，也因為這樣，現場沒有他的指紋。」

「聽起來很狡猾啊！」

「還不只如此，之後他和同夥一起吃飯，竟大聲談論說自己被冤枉了，以後跟蹤要慎選對象，不要找小女孩下手云云，沒想到大山剛好在旁邊——應該是想暗中調查他吧——聽到他這麼說，整個人撲到他身上狂揍，可是也被旁邊的同夥還擊，搞得鼻青臉腫。餐廳員工報警處理，打架的人被扭送警局，案件因此節外生枝。」
那個理性的大山發怒、動手打人的樣子，完全無法想像。
「那個前輩對我說：『我看到阿練在警局一副嘻皮笑臉的樣子，還向死者家屬挑釁，恨不得拿警棍捅他的菊花！啊？他被幹掉啦？那是罪有應得！』你就知道那些辦案人員，還有大山對他的恨意是多麼深了。」
是我的話，不用等十二年，那個時候就會宰了他吧！
如果大山真是兇手，那證明時間無法使人淡忘仇恨，反而會像鐘乳石的尖端一樣，隨著沉澱而加深。
「不過前輩說，學姐那時好像很冷漠。」
「冷漠？意思是沒有很悲傷嗎？」
「嗯，身為死者的生母，態度卻像個旁觀者，好像死的是別人的孩子。」
「因為很久沒見面了吧！」
「縱使是這樣，也太無情了。」
我無法想像那種情形，如果因為孩子犧牲自己的青春，離婚後對方帶著孩子搬到國外，聯繫不方便，日子久了，我是否也會對孩子的死活不聞不問呢？
每個人都有自己的生活，很難評判這種事是對是錯。
「我先前本來想針對那件案子詢問學姐，看她知不知道大山之後的情形，無奈一直聯絡不上。」
「搬走了嗎？」

「對，小趙今天終於打聽到她的手機號碼，等一下我再問他狀況如何。」

夾克男按住額頭，似是對瑣碎的偵查行動感到頭痛。

這時一旁的服務生端上菜來，三人拿起筷子用餐，關於案情的談話也暫時中斷。

「其實今天找你們，是想問一件事。」

用完餐後，服務生端上飲料。夾克男抹了抹嘴，繼續剛才的話題。

「什麼事？」

「是這樣的。」他從夾克口袋取出一張紙。「如果大山因為女兒被殺害，而累積那麼久的怨恨，那這十二年間應該可以看出端倪。於是我麻煩MirageSys的行政部門，請他們提供大山的履歷，希望能從他以前的服務單位得知情況。」

「聽起來像亂槍打鳥。」

「我是被指派做這個的，別無選擇。」

夾克男苦笑，將紙推到我們面前。

「不過說來不好意思……我雖然也是這領域出身的，卻因為一畢業就投身警界，對這方面的學、業界不太熟悉，雖然網路上可以查到，不過都是片面資訊。我想一位電子產業的員工，以及科技潮流週刊的記者，應該能告訴我比較完整的資料。」

「您客氣了。」

我和小皮兩人湊上前看。

（前略）

學歷、經歷：

2000~2004 (Bachelor's degree) Department of CSIE, NTU
（學士學位）國立T大學　資訊工程學系

2004~2006 (Master's degree) Media Laboratory, Department of EECS, MIT
（碩士學位）麻省理工學院　電子工程暨電腦科學學系　媒體實驗室

2006~2008 (Ph.D.) Computer Science and Artificial Intelligence Laboratory, Department of EECS, MIT
（博士學位）麻省理工學院　電子工程暨電腦科學學系　計算機科學與人工智能實驗室

2008~2010 USC Information Sciences Institute (the Natural Language Group)
南加州大學　資訊科學研究院　自然語言組

2010~2012 Computer Vision and Robotics Laboratory, Beckman Institute, UIUC
伊利諾大學香檳分校　貝克曼研究院　電腦視覺暨機器人學實驗室

2012~2013 Breeding Sparkle USA.,Ltd.
Breeding Sparkle美國分公司

2013~2015 Experiential Technologies Center, UCLA
加州大學洛杉磯分校　體驗技術中心

2015~2016 MirageSys Co.,Ltd.
MirageSys股份有限公司

2016～ MirageSys Taiwan Ximen, Ltd.
MirageSys台灣西門分部

這一串洋洋灑灑的資歷，光是前面就讓我和小皮肅然起敬，倒吸一口氣了。

夾克男想必已見怪不怪，挑眉說道：「這些單位的名稱，有些還看得出性質，有些就看不出來了。像Breeding Sparkle這家公司，完全不知道在做什麼。」

「沒有官方網頁嗎？」我問道。

「有，不過這家總公司是設在日本，美國僅有一個小辦公室，所以網頁只有日文版，我看不懂……」

「我記得是一家遊戲開發公司。」小皮低頭沉思後，說道。

「遊戲？哪一類型的遊戲？」

「大部分是線上遊戲，什麼類型都有，動作、模擬、養成、射擊……近幾年和Datam Polystar合作後，還推出可以模擬日常情境的網路寵物，還挺受歡迎的。」

「那個Datam Polystar，就是製作ROOMMATE系列的公司吧？」我插嘴問。

「ROOMMATE？」

「是美少女遊戲，Breeding Sparkle的確吸收了Datam Polystar這方面的技術。」小皮回答。

夾克男皺眉，一副「我和這種遊戲無緣」的樣子。

「大山怎麼會去遊戲公司啊？」

「不知道，不過也只待一年，我再調查看看好了。接下來……」他的手指往左移。「這個

『體驗技術中心』是做什麼的？」

這個我知道。「噢，就是虛擬實境啊！我記得這個單位的前身是Cultural Virtual Reality Lab（文化虛擬實境實驗室），其中一個目標，就是結合各領域的知識，模擬某個環境的視覺、聽覺和觸覺空間。」

「就像VirtuaStreet做的事？」

「沒錯。」

「那還挺合理的，因為大山接下來就進入MirageSys了。不過他二〇一六年才來到西門分部，這之前都待在美國。」

「那個時候因為大山提出VirtuaStreet的開發計畫，西門分部才剛成立啊！我也是一年後才從台南請調上去的。」我回答道。

「我發現他除了MirageSys之外，其他地方都待不久。」小皮說道。

「會是因為多方嘗試，直到接觸ＶＲ這塊領域，才產生興趣嗎？」

「八成是這樣。」

所謂「什麼都做過」的人，換個說法就是「什麼都不精通」，不過若是個天才就很難說了。

「命案發生在二〇〇八年，換過六個單位，扣掉之前問過的MirageSys西門分部……好吧！看來得折騰五次了，還得和老外講電話，說真的，我的英文會話實在不太行。」

夾克男擺出一副苦瓜臉，邊搖頭邊站起身。

我和小皮迅速將剩下的飲料喝完，也跟著從座位站起。

談話到此結束。走出店門後，三人分道揚鑣。

連過去經歷都挖出來了……看來警方也陷入困境。

內心頓時平靜許多。

如果案情就這樣僵持下去，檢察官會起訴嗎？還是大山會獲釋呢？

我當然希望是後者，VirtuaStreet不過是個夢，除非大山真是兇手，否則沒有以身相護的道理。今天，我的腦中不知被這問題佔據多久，到現在依然揮之不去，連開車回家時都在想。

唯一的好消息，是報導封鎖已經解除，我希望回家能立刻打開電視新聞，告訴媽媽這幾天的委屈。

然而聽過夾克男的話之後，內心突然湧現一股預感，如果那是真的，將會是我人生……不，十八歲以來最大的衝擊。

我迫不及待趕回家。超速邊緣的車子，加上心不在焉的駕駛——真是阿彌陀佛，老天保佑。

一回到家，就看見媽媽在客廳拿著球棒亂揮——那當然不是真的球棒，是一款家用遊戲機推出的棒球遊戲搭配套件，玩家在電視機前揮棒，遊戲裡的打者也會跟著做，藉此營造實際上場打擊的感覺。

媽媽每次都用這個抒發悶氣，還會拉我一起玩，久而久之我也開始這麼做，連裡頭的棒球選手也記得一清二楚。甚至搬到台北後，我不顧房間的狹小，依舊買了這款遊戲來玩。

電視上的打者遭三振出局——看來她沒在專心玩，純粹發洩而已。

媽媽看見我進門，立刻按鈕中斷遊戲，跑過來抓住我的手。

「小露！」

「媽，妳晚上有看新聞嗎？」

「沒有，我除了吃飯就是打電動。妳聽我講，今天真是太不爽了！」

「我也有件事要跟妳說。」

「我先說啦！就是啊，下午手機有人打來……」

我不理會她的滔滔不絕，逕自走到電視機前。

「我想說除了妳之外，怎麼會有人打給我，結果妳知道嗎？……」

我切換成一般節目的畫面，剛好是新聞台，主播清晰的聲音流入我們之間。

「現在為您播報一則駭人聽聞的消息。台北市警局萬華分局今天發布：與市政府合作『虛擬實境商圈重建計畫』的美商公司MirageSys，於上週三凌晨爆發一起命案，一位三十四歲、擔任臨時測試員的男性朱銘練，被發現死於同區內一處測試據點。」

「喔對對對，就是這個！」媽媽指著新聞畫面說道。

「死者後腦遭受多處撞擊，現場無人進出的跡象，警方初步研判死者是在虛擬實境內被殺害，並於週五以涉嫌殺人的罪名，逮捕MirageSys的開發團隊經理何彥山，移送地檢署羈押偵辦。至於本案是否會影響計畫的開發，政府高層做出以下回應……」

「就是這個啦！是一個警察打給我的，那個警察下巴長到抬起來可以打人了。說什麼一個公司發生命案，跟十二年前我牽涉的一件案子有關，打算問我那時候的情形，我說老娘沒空啦，而且那麼久以前的事早就忘了，他硬要問我，還說如果不配合就到府上造訪，我說好啊，你來老娘就把你的下巴打扁，結果他也生氣了，開始跟我對罵……咦？什麼『米拉吉』的，妳是不是在那個公司上班？」

「對呀！」我點頭微笑。「而且何彥山先生，是我的直屬上司。」

預感成真了，我卻絲毫沒有震驚的感覺。

應該說，我很早以前就隱約猜到了。

她的性格……其實很自由奔放。

大山是這麼說的，這麼自由奔放的人，眼前不就有一個嗎？

學姐聽說重考兩年，因此雖然大我們四歲，卻只高我們兩屆。

夾克男提過她的年齡，三十八加四等於四十二，正是眼前這個大我十二歲的女人。

媽媽嘴巴張得好大，我卻忍不住即將湧上的笑意。

「哈哈哈哈哈哈！」

眼前的女人立刻鼓起臉頰。「什麼嘛！小露早就知道了，對不對？」

「從來都只是懷疑而已。」

「身邊發生了這種事，妳怎麼都不告訴我？」

「警察說不能講，而且媽也沒提過有個帥氣的前夫，我竟然還想介紹你們認識。哈哈哈哈哈哈！」

「他那時候打扮很土……不要一直笑啦！」

媽媽的臉擠成一團，我只能繼續笑，因為不知該如何應付這種尷尬的場面。

「哼……呵呵，哈哈哈哈哈哈！」

弄到最後她也笑了，我們就這樣面對面笑著，真是一對白痴母女。

胡鬧的場景結束後，媽媽按摩疲勞的臉頰，對我說道：「小露，媽讓妳看一樣東西。」

「東西？」

她從行李中取出一本厚厚的書，是大開本，皮革包裝的外觀顯得相當精緻。

「那不是妳的旅遊札記嗎？」

「也可以說是生活週記，喏，妳翻開第一頁看看。」

我接過那本書，褐色的皮革封面印著兩個大大的燙金字——

《漂流》。

第十章——而立之年・漂流(三)

我向入口處的人詢問，說要找剛才打架鬧事的人，他指向裡頭一個房間。

警局辦公室裡一陣鬧烘烘，那些低頭站著的人臉上都掛了彩，一字排開輪流被警察問話，身穿制服的警員正在做筆錄，熟悉的肥胖身影則坐在一旁，看到我進來，立刻起身。

「范小姐，妳終於來啦！」

「怎麼回事？我剛回家就接到電話，說大山和別人打架，弄壞店裡的東西。」

「妳老公這樣我們會很困擾啊！案情已經夠複雜了，我不想再節外生枝。」

我很想說他早就不是我老公了，又覺得這句話太過無情而作罷。

「到底怎麼回事？」

「哪，妳看。」

我順著胖警官的視線望去，大山垂頭喪氣坐在那裡。平日俊俏的臉上布滿瘀青和腫脹，完全看不出是他本人，他似乎已被問完話，卻不時抬頭望向正在進行筆錄的那一桌，臉部肌肉不停顫抖，眼神非常可怕。

另外一邊，一個年輕人正滔滔不絕地向制服警員陳述經過，他雖然也受了傷，程度卻不若大山嚴重，因此馬上就能認出來。那個下流的冷笑看來並不只存在相片裡，親眼目睹更是令人印象深刻。

「哇咧，條仔你不在場都不知道，我沒看過一個人可以變臉到這種程度的。我們剛進店裡的時候，那白痴還兩眼無神坐在那裡，像這樣……幹，很白痴吧！那表情超無力的，就像前天晚上看A片打槍過度。那時候我還不知道他是誰，只覺得那模樣很帶賽，後來就聊起來啦！阿彬就問我……啊，阿彬就是那邊那個痞子啦！他說為什麼我這幾天都看不到人，我說沒啦，最近被條子懷疑，想避避風頭。」

就像在公共場合裡大聲交談的年輕人，他自顧自地說著，完全沒顧慮到自己是在對警察說話，還有「那白痴」正坐在不遠處，用惡狠狠的表情盯著他看。

沒看見龐克頭與油亮頭的身影。這也難怪，事情發生的當時，他們正到處探問「練哥」的下落吧！

「然後阿彬問我是不是因為有人死啦？我就說是啊，老子喜歡跟著女生屁股，就這樣被懷疑啦！本來最近想找小屁股跟蹤的，操，還是算了。結果阿彬才剛回我：『阿練你有這種嗜好啊？』靠盃，一張椅子就打到我頭上了。幹！是那個白痴，他打得超用力的！原來他是小妹妹的爸爸哦？我爸才不會為我打人咧！兒子和女兒原來差這麼多，可以讓爸爸從小雞巴變成大超人。」

最後一句還刻意放大音量，很明顯是說給某人聽的。

在大山即將衝上前之際，兩名警員立刻將他按住，胖警官也走到他身邊，和他低聲說了幾句。他們距離我較近，因此可以稍微聽見。

「少年仔，沉住氣，不要在警局裡鬧事。你放心，總有一天我會讓他吃不完兜著走。」

然後，轉身對另一邊吼道：「阿練，你嘴巴給我放乾淨點！」

年輕人的氣勢頓時被削弱一半，他撇撇嘴。

「去，老子只是陳述事實，欸，你們穿便服的怎麼都那麼兇啊？我阿伯也幹過便條，人就很和藹可親。」

雖然音量減弱許多，仍可以從言詞中嗅出挑釁的意味。

負責筆錄的警員不理會他，用平淡的語氣說：「還有嗎？沒有換下一位。」

阿練不情願地起身，隨後立刻轉向大山這邊，將睥睨的視線投射在他身上。阿練嘴角上揚的臉有一股令人生厭的特質，那不僅是外表的影響——「相由心生」這句俗語在他身上完全適用，他的笑容彷彿是將心底的惡意，赤裸裸地展現給周遭的人看，且本人毫不在乎。

我觀察這兩人視線的一來一往，有種在看連續劇的錯覺。

胖警官走到我身邊，同樣低聲說道：「受不了，年輕人就是血氣方剛。」

「不會，也有很理智的年輕人。」

「哦？也是……」他右手托著粗壯的下巴，上下打量我。「話說回來，范小姐妳可真沉得住氣啊！死的不是妳的親生女兒嗎？」

「警官，你在懷疑我嗎？」

「沒證據幹嘛懷疑妳？我只是覺得疑惑。」

「我也不知道，可能很久沒見面了吧！」

「我和女兒也很久沒聚了，可是她如果被殺我還是會覺得悲痛、憤怒，這是兩回事吧！算了，你們年輕人的想法我不懂啦！」

胖警官搖頭嘆氣，走到旁邊的座位，開始低頭整理自己的資料。

我輪流望向他、大山和阿練，開始思考自己在案件中扮演的角色。

如果說出我的想法，一定會受到強烈譴責吧！

當大山在信裡告訴我，想帶女兒回台灣看看，順便見我一面時，我腦中想的竟然只是「啊，那個大山的孩子，我該見她嗎？」對於那個女孩是自己的親骨肉這一點，完全沒有自覺，也沒有那種親子即將重逢，迫不及待的渴望。甚至當她蹦蹦跳跳地出現在我面前，我看到她臉上那個熟悉的蝴蝶形胎記時，也缺乏任何真實感。

簡直就像她不是我生的一樣——當這種想法浮現時，不安感充塞我的胸口。

雖然孩子是應大山的要求生下的，但原因應該不在這裡。

在我們僅有三年的婚姻生活中，夫妻倆因為孩子聯繫在一起。從生產前後孕婦的照料，到小嬰兒的哺育，大山都盡了心力，雖然我們因為忙到疏於和孩子說話，導致孩子無法發聲，但在沒有親戚可以委託照顧，男方求學、女方打工的情形下，能盡力維持家庭的平衡，已經是很不簡單的事了。

他向我提出去美國的想法前，我們之間沒出現什麼裂痕，而我也甘於辛勞，打算在家庭的羈絆之下一直生活下去。

是因為大山無理的要求，讓我願意割捨這層聯繫嗎？還是這想法一直存在我心中？此時此刻已無法探究。我只知道，在我將這條線給切斷，歷經四年的空白後，那種為人母的意識已蕩然無存。

大家都說親子之情是無法斬斷的，就算父母離異，甚至斷絕關係，那條線會一直存在。可是當我再度見到自己的女兒時，卻感覺那條線已經消逝，再也抓不住了。

「爸爸，這個人是誰？」

「是妳媽媽喔！快叫媽媽。」

「媽……媽？」

女兒會說話了，眼疾也痊癒了，那是大山的功勞，不是我的。我彎下身撫摸她的臉，說「好乖」，但心裡卻排斥這句話。不，我不是妳媽媽，曾經是，但現在已經……

在逛街的過程中，她的左手一直揪著大山，本來另一手應該由我牽著，但我從頭到尾都走在他們後方，冷眼觀察這對父女。小女孩不知道要和我說什麼，只好一直找爸爸聊天，大山不時回頭看我，似乎也察覺到了，我微笑著搖頭，告訴他：沒關係，我不在意。

沒什麼好吃醋的，因為根本沒把她當成自己的女兒。

可是另一方面，世俗的道德觀卻也壓迫著我，使我無法對大山明說，如果老實告訴他「那是你的女兒，不是我的」、「我對她完全沒感覺」，那太過無情，也太過絕望了。因此我只能陪笑臉，努力扮演一個親切的母親，當大山提議要看電影時，我也挑選小孩子愛看的動畫片，還買了爆米花家庭分享餐。

「要看午夜場？她不會想睡覺嗎？」

「因為時差問題，我們現在可是精神飽滿呢！未央不好意思，妳就捨命陪陪女兒吧！」

雖然我是生母，此刻卻可以體會那些繼母的心情。

即使心裡有些疙瘩，只要撐過那晚，一切都會回復原狀，大山會回美國繼續從事研究，小女孩會跟著爸爸，而我則回到打工的生活。今晚，不過是暫時「客串」媽媽的角色罷了。

我原本是這麼想的，如果沒有發生那種事，終歸只是生活的一個小插曲。

當大山將她託付給我，自己去洗手間時，我的內心的確有些抗拒，一方面不知如何與她獨處，另一方面我自己也忍不住了。不知為何，小女孩一直吃爆米花，卻完全不碰汽水，都是我和大山在解決。

「媽媽也要進去，妳乖乖留在這裡喔！」

「好～」

我衝進洗手間前，一定已經忘了她牽著大山的手時，一副蠢蠢欲動的樣子吧！那模樣就像未見過世面的公主，剛被帶出皇宮，就迫不及待想認識外面的一草一木，甚至不顧僕人的叫喚到處亂跑。

那天不是例假日，散場時沒有多少人，我卻可以想像好奇的小女孩跟著人群搭乘電梯，一路走出電影院的樣子，據我觀察，她是那種初生之犢不畏虎的類型，完全體會不到外在的危險。

我出來時，大山的表情已經完全變了樣，抓住我的肩膀大叫。

「她到哪裡去了？」

「我、我明明叫她留在這裡的……」

「妳這笨蛋！她如果那麼乖，我幹嘛一直牽著她？」

「對不起……」

我察覺事態的嚴重性，原本只是一塊小小的疙瘩，頓時化成了足以吞噬我的罪惡感。

而且這份罪惡感還具有雙重意義：第一，是因為自己的疏忽，導致小孩走失的歉疚。第二，明明不見的是親生女兒，自己的反應卻像個外人，如此社會道德對良心的苛責。

我們在原地等了一小時，大山提議先在西門町尋找。

「這個時間路上沒什麼人，說不定可以在哪裡發現她。」

「為什麼不去報警呢？」

「找不到再說吧！人走失警察也不能做什麼，最多協尋而已。妳想坐著枯等嗎？那是我們的女兒啊！」

「我……」

干我什麼事？這句話差點脫口而出，我為自己的心態感到悲哀。

兩人分頭尋找，我們從中華路出發，我走峨眉街，大山走武昌街，在康定路的電影公園會合後，我轉向成都路，大山轉往漢口街，如果都沒找到人，再去派出所報案。

路程不遠，但找人則另當別論，如果抱著一定要找到的心態，絕不是輕鬆的一件事，更遑論三更半夜街上靜悄悄的，心理的壓力更是難以承受。

然而我卻以「尋找」之名，行觸景生情之實，完全不將小女孩的死活當一回事。這本札記的第一篇文章，滿滿寫著我當時的「罪狀」，我到現在還不敢打開來看，因為文中的女主角心態，看起來像是在夜遊，完全不像一個女兒走失的母親——甚至會合時還向大山抱怨，說想快點回家睡覺——被道德感苛責的我，很想否認那個無情的女人就是自己，卻不得不面對這個事實。就算是「繼母」，或許會為了日後的相處和諧，而積極尋找也說不定，這麼看來我比繼母還不如。

不安定的罪惡感持續到最後，終於在發現屍體時爆發。

即使內心懷著「妳這孩子才不是我女兒」如此違背人倫的思想，只要不說出來，持續演戲就可以了，但現在卻發生這種事，那種痛失愛女的悲慟，是無論如何都演不出來的。我盯著眼前紅衣紅帽的屍體，腦海中第一個閃過的念頭竟然是……

大山，請節哀順變。

很像是殯葬業者對喪主講的話。

因為在「小香港」就有預感會發現屍體，我當下完全沒有震驚、哀傷、悲憤的情緒，但看到大山淚流不止的臉，我開始害怕被揭穿，道德感與真心只能二選一，我沒有辦法虛情假意地哭，矛盾的心態讓我難以自處。

「哇啊啊啊哇啊啊啊啊哇啊啊啊啊啊——！」

那聲慘叫，是我無意識之下釋放壓力的方式。我累了，我不要再當偽善者，一開始大山邀我見面時就應該拒絕的，就是因為這種不上不下的態度，才會害死一個小女孩。

到派出所報案，做完筆錄回家後，我立刻拿起紙筆，趁還有印象時，把自己在搜索行動時展現的漫不經心，毫不保留地寫在札記上，想到什麼就寫什麼，大量的回憶和心情跳躍佔滿篇幅，變得有點「意識流」，雖然知道自己不會想看第二遍，卻仍不停書寫，彷彿這是一種排泄過程。

寫完之後，我立刻對整篇的文字作嘔，在廁所裡吐了好久。

我在內心下了一個重大的決定。隔天，我立刻打電話到認識的徵信社，請求在那裡打工。冷漠也好，無情也好，我決定用自己的方式贖罪——揪出殺害小女孩的兇手。我相信，正因為自己對死者沒有任何感情，才能放手去調查。

我是旁觀者。

徹徹底底的旁觀者。

我拿起手機，裝作正在撥打的樣子，偷偷拍下了阿練的照片。

雖然不是很清楚，至少一些特徵有拍出來，有了照片，至少問人的過程不會雞同鴨講。

三天前胖警官來拜訪我，告訴我警方接獲密報，說目擊整個兇案過程，根據通報者的描述，兇手的特徵很像是警局留有案底，一位名叫朱銘練的男子。由於對方堅決不肯透露姓名，聲音又透過變聲器處理，警方當時並沒有太認真看待這條線索，不久卻在附近的便利商店得到目擊證詞，指出朱銘練在案發時間前有經過那裡，兩條線索加在一起，他立刻成了警方鎖定的對象。

胖警官也拿出他的相片給我看，我就是在那時記住他的長相。

「為什麼密報的人不肯透露身分啊？」

「大概是怕遭到不測吧！儘管我們再三保證絕不會洩露出去，對方還是不肯說，而且只說出自己目擊的部分，當我們問進一步的問題，例如：他當時為何也在那裡，有沒有發現什麼證物之類的，他就閃爍其詞，說出『反正事情就是如此，你們去查就是了』之類的話，完全沒有說服力，所以我們一開始才不當一回事。」

那時我還在徵信社學習，知道警方已經鎖定嫌犯，頓時體會到自己的渺小，但我並不打算放棄，因為警方有強大的搜查優勢，我也有自己的方法，有時要打探消息，一個女人家反而比較方便。至於能力所不及的情報，或許可以從胖警官那裡探聽。

我當然沒告訴警官自己打算行動，因為他一定會反對，那麼我的計畫就會受到掣肘。

今天便是我行動的第一日，人沒找著，倒是發現他的兩個同夥，沒想到大山比我更迅速，直接挑上阿練可能出沒的地點。知道他和我想著一樣的事，我有些吃驚，平日溫吞的大山在女兒死後，立刻化身為行動派，但這也暴露他先天的不足——因為他不是旁觀者，容易受到情緒左右。

聽到下流的發言就痛毆對方，這點足以證明他不適合做調查。

胖警官看所有人都做完筆錄，轉頭對大山說道：「何先生，你可以走了，雖然可以體會你的心情，我還是得說，你這麼做會造成我們困擾，希望你能全權交由警方處理。」

「其他人也可以走了。阿練，你給我過來！我還有些話要問你。」

看吧！只要被警方發現就沒戲唱了。

大山起身時，身體一個踉蹌，我趕緊上前攙扶。他的眼神已經和緩許多，呼吸也不像剛才那麼急促。

當我們走到門口時，耳邊又傳來一句刺耳的話。

「你這傢伙，該不會有戀女情結吧？」

大山立刻停住，轉頭瞪向聲音的來源。

「阿練！」胖警官怒吼。

「幹，被我說中了吧？欸嘿嘿嘿嘿嘿哈哈哈哈哈，你看他那副鳥樣，超好笑的！」

其他人都默不作聲，他的笑聲立刻響徹整間辦公室，我扯著大山的右手，示意他快走，希望能逃離這股毫無理由的惡意，卻因為眼前出現意外的兩個人，不由得停下自己的雙腳。

「練哥，我們找你好久欸！你怎麼又被條子盯上啦？」

暗紅色的沖天炮映入眼簾，後面是油亮的頭髮，兩人一見到我和大山，視線立刻停在我身上。

「呃……借過。」

龐克頭睜大眼睛，大概是驚訝那個張牙舞爪的女人會在這裡吧！我讓出一條路，他還是呆在原地不動。油亮頭的雙眼只對著我一、兩秒，發現龐克頭沒反應，馬上用手拍打他的後腦。

「快進去啦！」

「喔、喔……」

兩人進入辦公室時，龐克頭仍回望了我一眼。

「妳認識他們嗎？」

「數小時前見過，不是什麼好東西。」我聳肩說道。

沒過多久，就傳來胖警官的大嗓門。

「你們來得正好！我正缺你們的說詞，過來跟你們老大對質一下！」

「靠，老子說的都是真的，不用那麼麻煩啦！」

我和大山不理會他們，轉身走出警局。

大山的臉色非常差，我拍著他的背，試圖安撫情緒。

他的肩膀上下起伏，傷痕搭配一臉愁容，使臉部顯得非常滑稽。我不禁想像大山打架的情景，首先抓起一旁的椅子往阿練頭上敲，等他倒地時撲在他身上，揍他幾拳，接下來……應該會被其他人架住吧！那他是怎麼讓那些人掛彩的？

「要去醫院嗎？」

「不用，都是些皮肉傷，回家消毒就好。」

不論怎麼想，一對多的大山雖然被打得不成人形，竟還能全身而退，努力撐到警察來，實在太令人訝異了。果然一牽涉到女兒的死，腎上腺素就會讓父親成為厲鬼嗎？

我盯著他的臉，他也停下腳步，大概是從我的表情察覺到我有話要說。

「對不起。」我先開口。

「說這句話的應該是我吧！」

「因為我等一下要說出不太好的話，所以預先道歉。」

「妳說吧，再怎麼難聽，也不會比那個人講的話更糟。」

我深呼吸一口氣，準備坦承自己的心情。

「大山，雖然這麼說很無情，但我必須說，我對你女兒的死感到遺憾。」

「我女兒？可是那不也是……」

「四年前就已經不是了。」

大山看著我，似乎在考慮我講這些話，有幾分是認真的。

「可是，妳還是答應我見面的要求。」

「對不起，我不該答應的，其實我根本不想見到那女孩，只是覺得當下『應該』答應罷了。沒想到造成這樣的結果……」

「妳這麼講，我是不是也該說，自己不該約妳見女兒一面呢？我甚至可以說，如果我當初不出國的話，一切都會很美好，我們現在仍是夫妻，女兒會健康長大，妳們母女感情融洽。是這樣嗎？」

「不是的！我這麼說並不是在指責你，只是在說出我的決定之前，想向你坦白。」

「妳的決定？」

「嗯，我上禮拜去徵信社了。他們不協助調查命案，卻可以教我一些偵探技巧，像是跟蹤術啦、情報蒐集之類的……」

「慢著，妳想和我做一樣的事？」

「對，即使你沒被警方注意，之後還要回美國不是嗎？那就由我接手吧！所以我剛剛才那麼說，我和你立場不同，不會因為聽到嫌犯的話就動怒。」

大山沉默了，上下打量著我，大概是驚訝一個女人家竟然想扮演偵探。

「就算我反對，妳應該也聽不進去吧？」

「是啊！」

大山笑了，這是我進警局之後第一次看見他笑，雖然發腫的臉笑起來很難看，我卻有獲得救贖的感覺，不只是因為得到大山的諒解，另一方面，有種學生時代一直存在我倆之間，那密不可分的「默契」已然尋回的安心感。

即使我們離婚、各奔東西，事件的牽引也會將我們連在一起。雖然不久他又會回到美國，但我認為在遙遠的未來，我們一定會因為某個事件再度見面——我有這樣的「預感」。

「不過我有個問題。」

「請說。」

「妳真的想跟蹤『影子』——換句話說，妳想跟蹤一個經常跟蹤人的人嗎？」

他拗口的問法讓我覺得有點好笑。

我比了個ＯＫ的手勢。「傳說都是經過誇大和渲染的。」

和大山道別，吃過晚餐後，我來到服飾店門口。

二人組弄亂的部分都已恢復原狀，雖然有些衣服因為沾上兩人的鞋印，不得不從展示櫃撤下來，整體看來並沒有多大改變。

透過櫥窗看向店內，裡頭空盪盪的一個人也沒有。發生什麼事了嗎？

我推開店門，尖銳的談話聲立刻竄入耳裡。

「你要我說幾次？就跟你說不可能了！」

是個女孩，高頻率聲調蘊涵的怒意，毫不保留傳達給對方。

「你可不可以不要再打來？」

極度不耐煩的情緒化為語言，射向話筒的另一邊。

「沒有！絕對沒有！」

會是前男友糾纏不清嗎？很難想像是那個少女的聲音，幾乎是全力喊叫。

「已經回不來了，再見！」

傳來「嗶」的切斷聲，室內頓時回復靜謐，只剩下憤怒的情緒飄蕩在空氣中。

「歡迎光……啊！」

少女從裡側的拉門處現身，見到外面有人，神情有些困窘。

雖然一個店長拋下店面不管，自顧自地在裡頭講手機，這樣的行為實在很冒失，但她講電話時判若兩人的態度，讓我突然覺得有機可乘。對我而言，她的「不謹慎」就是一個機會，說不定可以從她這裡打聽到與阿練相關的線索。

「不好意思，我又來了。」

「要買……衣服嗎？」

「嗯，既然經過，想進來看有沒有合適的牛仔褲。」

在這種情況，迂迴戰術或許比較有利。

「那好，告訴我妳的size。還是先幫妳量一下腰身？有沒有偏好褐色或黑色？還是藍色就好？」

「麻煩妳了，我的腰圍一直在變，顏色我都穿藍色。」

經過挑選、試穿，一陣折騰之下，終於選好要買的款式。少女開始打包，我不時打量店內的擺設，裝作很感興趣的樣子。

「一個人開店，很辛苦吧？」

「店是爸媽的，我只是繼承下來而已。」

「啊……」原來如此，所以那麼年輕就當店長嗎？「我很遺憾。」

「Don't mind!」

她朝我揮手，說了句日本人常用的英文。

「不過，店馬上就要收起來了。」

「因為不賺錢嗎？」

她搖頭，臉頰的稜線看起來很漂亮。

「其實還好，因為房子是自己的，不用付租金。主要是考上大學了，沒辦法兼顧這裡，也沒有認識的人可以幫忙。」

「學費沒問題嗎？」

「如果這裡租得出去，應該勉強夠用吧！還得去打工。」少女嘆了口氣，望向櫥窗。

我看著她的側臉，與第一次見到她時的柔弱相比，她像是吃了定心丸般，雙眼散發著堅毅的神采，讓我有些目眩。如果孟子說的「天將降大任於斯人也」真能使人成長，那我眼前就是個活生生的例子。

少女轉過頭來，對我微笑。

「警察大姐，中午真是多謝呢！」

「呃……」突然被誤會，讓我有些錯愕。「沒、沒有啦！我不是妳想的那個，警、警察。」

「什麼啊，原來不是警察啊！」她的微笑變成苦笑。

總覺得她有些失望，是我的錯覺嗎？

「為什麼會這麼認為？」

「因為大姐一副天不怕地不怕的樣子，那兩個痞子看到妳就嚇跑了，八成我們都誤會了吧！」

「是驚訝怎麼有女人那麼醜吧？」

「不會啊！我覺得大姐很帥氣，妳就算不是警察，也很適合那種到處調查的職業。」

「像是這個嗎？」

我從口袋裡拿出剛做好的名片，遞給她。

「太適合了！」她掩著嘴輕笑。

「其實是上週才加入的，竟然一眼就被妳看穿。」

「范未央……我可以叫妳未央姐嗎？」

「可以啊！那怎麼稱呼妳？」

「我叫顏露華。顏色的顏，露水的露，風華絕代的華。」

「沿路滑……下去？」

「噗……」她愣了一下，才知道我在開玩笑。「未央姐，妳很冷欸！」

「妳應該被很多人開過這種玩笑吧。」

「才沒有人那麼無聊。未央姐，妳還是叫我『小露』吧！以前同學也是這麼稱呼我。」

她伸出右手到我面前。

我壓抑差點脫口而出的「小鹿斑比」，握住那纖細白皙的手，說了聲：「請多指教，小露。」

掌中的溫度不知為何，比室內的空氣還要溫暖。

我好像迷上這裡了，一直提著包好的牛仔褲，遲遲不肯離開。

小露似乎也發現這點，並沒有打算趕我走。

「突然要收掉，不會覺得可惜嗎？」我想繼續和她閒聊，起了一個話題。

「不會呀！因為還不夠久，等到有愛了，才會覺得可惜。」

「等到有愛？」

「對。我的高中導師曾在課堂上告訴我們，他認為『愛』與『習慣』是互相影響的。與其說喜歡一件事才一直去做，或是因為不斷投入才真正愛上某件事物，倒不如看成是梅比烏斯環

（MOEBIUS BAND）的正反面，是互為表裡，且不斷循環的。順著『愛』的那面一直走，會不知不覺來到『習慣』的那面，再一直走下去，也會自然地來到『愛』這一面。」

「愛、習慣、愛……如此循環下去嗎？但這麼一來，是先有習慣還是先有愛呢？」

「老師說都有可能。而且啊，循環的過程中也可能像我這樣，被不可抗力給拉出環外。」

小露促狹地吐舌。

「不管是進入或脫離，都需要『契機』哦！」

我開始陷入沉思。

自己的母愛，就是因為受到那股強大的外力，才逐漸消失的嗎？就像「愛與習慣循環」的逆行性作用，因為和女兒分離了，接觸她的機會減少，於是愛也一點一滴地崩解，最後連見面都會覺得厭煩。

那麼，會不會也存在一股力量，將我推回母愛的環內呢？

我盯著眼前少女的臉龐。

「不好意思，講這種話好像太狂妄了……」她察覺我的眼神，頓時有些臉紅。

「不會！話說回來，如果不是徵信社的工作時間不固定，我會想幫妳看店。」

她雙眼圓睜，用難以置信的表情看我，但不久就哈哈笑了出來。也難怪，才剛認識就說這種話，雖然我是肺腑之言，會被認為客套也是沒辦法的事。

「哈哈哈，未央姐不適合啦！妳如果做服務業，一定會和討厭的客人吵架，甚至大打出手。」

「這麼嚴重啊？」

「有些人真的很過分，一堆無理的要求。」

「該不會……吃妳豆腐吧？」

「那又是另一種等級了。一般而言，就是澳客。比方說有個男的來這裡買一件喇叭牛仔褲，沒有試穿就直接打包帶走，結果隔天又過來，說是褲管開岔的流蘇整排斷裂，想要換一件，可是那明明就很強韌，不用力拉扯是不會斷的。」

「所以妳沒換給他？」

「不，我還是換了。沒想到再隔一天他又跑過來，說要拿回那件舊的，理由是我讓顧客權益受損，新的那件就當作賠償。」

「聽起來真的很討厭。」

「如果他好好跟我講就算了，偏偏他口氣很差！我只好嚴詞拒絕，推說舊的拿去銷毀，只剩下已經給他的那件了。」

「他沒有要求其他款式嗎？」

「沒有，他好像很在乎舊的那件，一直賴著不走，最後是我再三強調已經銷毀了，他才不甘願地離開。我才不想給那種人佔便宜，做夢！」

我嚇了一跳，因為小露的「做夢」音量突然放大，想必她當時真的很憤怒吧！

「喏，就是那件。」她指向拉門的方向。

我走上前，裡面有一張桌子，桌上就放著那件牛仔褲。

顏色是有點刷白的藍色，由於經過反光處理，在室內光線下頗為醒目。剪裁很特殊，除了喇叭開岔的部分外，褲管其實有點窄，感覺就是用來襯托腿部曲線的，這真的是男用的褲子嗎？

我仔細觀察褲管，右腳的開岔帶有縫線，綴著兩排流蘇，左腳本來應該也有，卻已被扯掉大部分，只剩下零星的四、五條。我伸出手，想摸摸流蘇的觸感。

「啊，不要碰。」

我趕緊將手縮回。是那麼重要的東西嗎？

「該打烊了。」小露看向牆上的掛鐘。

「對哦！妳只營業到九點。」

「承蒙惠顧，有空歡迎常來，當然，是在我入學之前。」

我望著她微笑的臉，赫然想起自己來這裡的目的。然而此刻，中午她悲愴的臉也浮現在一旁，和現在的表情成明顯對比。

沒辦法——

我還是問不出口。

小露和我一起推開玻璃門，拉下外面的鐵捲門後，我們道別離開。

「我家就在附近。」

她往康定路的方向，我則朝中華路的方向走，步行一段路後回頭，希望能目睹她的背影，卻只瞧見馬路另一邊的建築物，彷彿她被吸入盡頭的虛空，再也回不來。

四周異常寂靜，連車流聲都聽不見。我繼續沿武昌街行走。

虛幻的街道。

因為太過熟悉了，有時會覺得，這個鬧區就像後院裡的巨大模型，缺乏真實感。一旦接近深夜，這裡失去人群的熙來攘往，道路的車水馬龍，那種感覺就越形強烈。

峽谷與河水。

西門町是個巨大的地質模型——電子看板、商業大樓、紋身店、醫院、電影院、攤販、紅包場、停車場、公園與古蹟，這些物換星移的時代痕跡，是峽谷四周不斷遞嬗的景色。而我和小露，以及其他在這裡生活的人，都隨著「人潮」這條磅礴的河水漂流著。漂流在虛幻之街。

快到中華路了。今天真的很忙碌，我只想趕快回去睡覺。

突然間，一道影像躍入我的腦海。

又來了，那股預感。

這次是來自後方。影像雖然很模糊，概念卻相當清晰。

我不再猶豫了，預感驅使我轉身，朝相反方向奔去。我穿過屈臣氏廣場、獅子林大樓、誠品武昌店、電影街和廢墟，眼前就是拉下鐵門的店面，再過去則是康定路。

一股強大的力量牽引我，使我雙腳不停擺動。

龐克頭和油亮頭在警局看見我，他們誤會我是警察，一定會告訴阿練，小露已經和警方接觸，如果阿練的確是殺害小女孩的兇手，小露真的掌握了某件事……

被扯掉流蘇的牛仔褲。

那個高度，差不多是一個六歲小孩倒下後會攀住的地方，如果牛仔褲沾上被害者的指紋，那便是強力的犯罪證據，兇手疏忽了這件事，拿去換新之後才赫然驚覺，因此說什麼也得要回來，但店主堅持不給，再三保證已經銷毀後，兇手才勉強離開……

不想沾上第三者的指紋，所以才告誡我「不要碰」嗎？

當她知道我不是警察時，有點失望的表情。

剛進入店面時，那通充滿憤怒的電話交談，還有小露刻意加大音量的「做夢！」

為何小露會知道，換牛仔褲的客人是兇手呢？應該不是憑臆測……

如果她就是那位聲音透過變聲處理，堅決不肯透露身分的通報者呢？

小露看到了，隔天兇手剛好拿證物送上門來，因此不能還給他，又害怕與警方見面，所以報案時沒有提牛仔褲的事。最後兇手根據店內的名片，打電話和她攤牌了，順便進行恐嚇。

「妳真的不把舊的那件給我？」

「你要我說幾次？就跟你說不可能了！」

「哼哼，妳這婊子，我就跟妳直說吧！」

「你可不可以不要再打來？」

「幹！那是老子行兇的證據，妳想暗槓起來交給警察，對不對？」

「沒有！絕對沒有！」

「就算真的沒有，奉勸妳最好把那件還給老子，就算拿去銷毀也得給我要回來！」

「已經回不來了，再見！」

她掛斷電話時，正打算豁出去，向警方坦承一切吧！在她這麼做之前，我得阻止兇手將她滅口！

我在康定路停下腳步，左右觀察，發現小露位於左前方電影公園不遠處，正打算橫越馬路——自己來回的這段時間內，她都在公園散心嗎？

傳來汽車的油門聲。我正想出聲叫喊，然而，事情就發生在那一刻。

在我因為害怕閉上雙眼前，小露被車子猛烈衝撞，彈飛十公尺遠的景象，頓時竄入視網膜。

宛若情境重現的走馬燈。

第十一章——而立之年・崩壞

「原來我是……因為這樣失憶的？」

這本記事的前三篇內容，詳細記載了十二年前媽媽遭遇的事。我在閱讀的過程中心跳加速，隨著少女報出姓名的那一刻，我的手竟有些顫抖，因為完全不記得這段經過，而自己正踏入回溯記憶的一瞬間。

然而閱讀至此，我還是無法回想出什麼，彷彿上面寫的都是別人的事，那個叫顏露華的少女，只是另外一個和我同名同姓、碰巧遇上媽媽的人罷了。

就算知道自己的這段過往，仍然沒有啟動記憶的開關。

我一臉愁容地看著媽媽，她也直視著我，似乎對我的反應屏息以待。

「媽，妳好狡猾！」

「對不起啦！」她露出「糟糕了」的表情。

「為什麼我之前問妳，妳都打馬虎眼？為什麼到現在才給我看這個？」

「因為……一直沒有心理準備啊！」媽媽垂下雙眼。

「心理準備？」

「我擔心小露，不能諒解我的動機。」

「妳是指『想當我媽媽』的動機嗎？」

「對啊！那時候見到女兒，我對完全失去母愛的自己感到自責，雖然因為她的死看開了，但心裡還是會有一點『想恢復母愛』的渴望吧！剛好那時和妳相遇，而妳又遇上這種事……我擔心小露會認為，我只是把妳當作女兒的代替品。」

「妳自己覺得呢？有把我當代替品嗎？」

「我、我也不知道。那時候只覺得小露是個堅強的女孩，想和她一起生活……可是內心的確有閃過『小露是我女兒的話，會怎麼樣』的想法，我也不敢保證自己如果沒遇上那些事，還會不會想當妳媽媽……哎唷，不知道啦！真要被人這麼指責，我也無法反駁。」

「不是因為『贖罪』嗎？妳自己說過的。」

我想起媽媽來這裡的第一天，那晚，她的確用了「贖罪」這個詞。

「我當時覺得，女兒是被我害死的，為了『贖罪』找出兇手才認識小露。不過也可能是對死去的女兒有所虧欠，抱著贖罪的心態才想當小露的媽媽……我不知道，對我而言，那和把小露當成代替品一樣自私。」

我低頭沉思。那時媽媽的心情，現在當然無法得知，問題是用什麼角度去看。

「沒問題的，媽。」我抬起頭。「我完全不這麼認為。」

「真的？」

「嗯！我和妳說過吧？不管是『進入』或『脫離』愛與習慣的梅比烏斯環，都需要強大的外力作為契機，媽失去了對女兒的愛，雖然是源於當初離開大山的決定，但我想歸根結柢，還是因為台灣和美國距離太遠了吧！」

雖然我很納悶，自己當年為何會對一個剛認識的女人講這種話。或許是情境使然吧！

「小露……」

「十二年前媽和女兒重逢，發現自己失去母愛，女兒死了，最後和我相會，我因為車禍喪失記憶……發生了這些事，妳最後選擇當我的媽媽。對我而言，媽不過是又受到強大的外力，再度被推回梅比烏斯環，如此而已。」

雖然其中存在當事人的自主意志，但很多情形下，都是受到外在環境與先天性格的影響，對我而言，這兩者也是「外力」的一部分。

眼前的媽媽終於笑逐顏開，張開雙臂。

「小露，媽最喜歡妳了！」

「不要過來，肉麻死了！」

我作勢推開她的手，拿起那本名為《漂流》的札記。

「不過啊，媽，這本前兩篇的內容，和我最近的經歷未免也太像了吧！」

「對啊！我自己都嚇了一跳。」

我剛才將上週發生在VirtuaStreet的命案經過，以及其後續發展，一五一十地告訴媽媽——別看她現在幾乎不碰電腦，一副食古不化的樣子，好歹也是和大山同科系出身，理解完全沒有困難——她在聆聽的時候，毫不掩飾驚訝的表情，我也在隨後閱讀記事的過程中察覺這項事實——原來我們遭遇這麼相似。

「所以我和媽玩推理遊戲的時候，媽才會問我『怎麼會知道這件事』嗎？」

「對啊！我那時真的嚇到了，還以為小露偷翻我的札記。可是就算妳看了，也沒理由繞這麼一大圈試探我，所以決定不追究，看小露葫蘆裡賣什麼膏藥。」

「因為案件的事不能洩露出去嘛！只好換個方式問妳的意見。而且媽當時的腦筋動很快，一定早就思考過這個問題了吧？」

媽媽又鼓起臉頰。

「老娘哪會想這種事啊！兩個案件被害者不一樣，我那邊死的是大山的女兒欸！哪有父親殺害女兒，還要繞這麼一大圈的？而且他的不在場證明很可靠。」

「所以純粹是靈光一閃？」

媽媽點頭。我想起當時的討論情況，她一開始認為「A男」有可能行兇，當我告訴她「B女」有在四個路口看見A男身影後，她才改變推論，如果心中早有定見，應該不會有這樣的轉變。

不過兩個命案最大的不同，還是在於一個發生在現實世界，一個在虛擬世界吧！而後者具備「傳送門」這個方便移動的工具，更是造成大山涉嫌的主因。

「真的很像呢！幾乎大同小異，真的純粹是偶然嗎？」

「我覺得不一定哦！很多看似偶然的事情，其實存在一定的相關性，仔細檢查都是可以解釋的。真的無法解釋而歸因於巧合的事物，往往少之又少。」

「真的嗎？好，那我一個個列舉出，媽妳幫我解釋看看。」

我翻開札記，從第一頁開始瀏覽。

「首先，兩件案子的關係人都進行搜索，而且路線完全一樣。」

「這個嘛，如果關係人有重疊的話，就不是什麼令人意外的事了。」

「重疊的關係人……啊，是指大山嗎？」

「對，十二年前我們為了尋找走失的女兒，而你們是為了搜尋不知名的Zombie，這兩個事件中，決定展開搜索行動的人都是大山。可以推測：他在決定進入ＶＲ搜索時，腦海裡想到過去的案件，因此打算進行一樣的行動。當然，他也可能藉由這個路線製造不在場證明，但不管大山是有罪還是無辜，他在有意無意之間參考了過去的路線，這點是無庸置疑的。」

「發現屍體的地點也一樣，而且大山都等在那裡。」

「這種情況得先確定在ＶＲ命案裡，大山和屍體的位置是否有關聯，如果沒有，那才是完全的巧合。」

什麼嘛，講得好像大山是兇手似的。

「我和媽發現屍體時，都有發出慘叫。」

「噗。」媽媽掩住嘴，像是快笑出來了。「什麼嘛！見到屍體尖叫不是很正常的嗎？只是我們兩人尖叫的理由不一樣罷了。其實很多狀況也都雷同吧？比方說小露和我搜索時對大山抱怨，或是大山在屍體前哭泣等等，這些表面上雖然相同，但探究其本質，會發現當事人的心態有著天壤之別。」

「妳的意思是，就算看起來一樣的東西，如果內在還是不同，那根本不用討論偶然或必然的問題？」

「就是這樣。回程時在『小香港』也是，妳因為彎進巷子尋找而逗留，我因為莫名的預感而逗留，兩者是完全不同的行為。」

「我想到了！有個很重要的地方。」我彈了一下手指。

「什麼？」

「在去程途中，我們不是都在四個路口往右看見大山嗎？這應該是巧合吧？」

「那個呀……」媽媽歪頭沉思。「現在想想，我當時說不定看錯了。」

「看、看錯了？」

「對呀，我視力又不像小露有一・二，而且就算是午夜，路上還是可能有其他人吧！就算錯認了也不奇怪。說不定我四次看到的人，根本不是同一個。」

原來如此，當時ＶＲ其他使用者都登出了，裡面自然沒有別人，我可以確定自己看見的是大山沒錯，但是媽媽就無法保證了。

「接下來是第二篇，這是在我被車撞那天，媽在中午的經歷吧！我在案發後也進過一次ＶＲ，這篇和我那時的見聞也有類似之處。」

「該不會，路線又一樣吧？」

「賓果！」

「嗯……」媽媽敲著額頭。「不過還是有重疊的關係人吧？」

「有嗎？主角不就是妳和我？」

「小露真笨！就是那個『影子阿練』啦！」

「啊！」

「我們的確在兩個故事中都想打探阿練的情報，不過他在前案中是兇嫌，在ＶＲ的案子則是被害者。他延續十二年前就養成的跟蹤癖，到了ＶＲ也幹著一樣的行徑，還將帳號取為Shadow，連出沒地點都在武昌街一帶。這麼看來，不管我們一開始向誰打聽，最後都會走到電影街那裡。」

「可是，沿途打聽的店家都很類似，連『可樂森林』都有。」

「小露，妳自己不是說過，VirtuaStreet的街景是仿造二〇〇八年的西門町嗎？」

的確沒錯，我也在小皮訪談的那一天和他提過。

「這麼一來，看見一樣的店家根本不值得奇怪，除非妳在虛擬實境遇上的那些人，臉孔特徵、服裝，或是姓名和我的記事完全相同，那才真的是見鬼了。」

我點點頭。雖然我在ＶＲ裡也有在攤販、占卜老人、街頭藝人、速食店、服飾店、運動用品店和電影院等處詢問過阿練的事，但那些人全都和媽媽的札記描述有很大差異，占卜老人只看手相，街頭藝人名字不叫阿瑪烏，速食店和電影院的店員不只是對話單調而已，而是貨真價實的ＡＩ程式，至於靠近康定路的服飾店，店員是一位少女沒錯，但那當然不可能是我。

最重要的一點，ＶＲ裡根本沒有龐克頭和油亮頭這兩號人物。

「第三篇就完全不像了，最後接到我被車撞的那段……」我嘆口氣。「沒想到看似相同的事物，深究之下，還是存在極大的相異點啊！」

「對啊！」媽媽的表情很愉快。

「舞台本身就不同了，時間也不一樣。」

「一個發生在午夜，另一個還不到凌晨。」

「如果媽列出每個搜索路段所花的時間，得到的時間表一定也和我不一樣吧！」

「那當然，我們那時找得快累死了，絕對比小露來得久。」

「而且我在ＶＲ裡也沒有像媽那樣感性，又是回憶又是虛幻、孤寂的。」

「啊，別再提了！那種『為賦新詞強說愁』的文體，老娘現在看了只想吐！真不想承認是自己寫的。」

我笑了。其實就「感性」這點，媽媽一直沒有變，只是更為「奔放」了些。

繼續翻閱札記，接下來的文章幾乎都是針對朱銘練的調查，行文方式也採用條列式的報告，完全看不見前面的半意識流風格。

「對了媽，我對於一點有疑問。」

「什麼疑問？」

「根據第三篇的結尾，我應該是因為牛仔褲掌握阿練行兇的證據，才被滅口的吧？可是我仍活著，為何他就此罷手了？是因為我失去記憶，所以不構成威脅嗎？還有那件牛仔褲，妳後來沒有拿去舉發他嗎？為何到現在，這個案子還沒偵破？」

「這個，說來害羞……」她搔了搔後腦勺。「其實是我搞錯了啦！」

「咦？搞錯了！」

「我後來的確把那件牛仔褲交給胖警官，可是採取指紋後發現，上面完全沒有被害者的指紋，也沒有阿練的指紋，只有小露和不知名人物的指紋。和小露買牛仔褲的澳客，可能是毫不相干的男人吧！而且那件褲子分明是女人穿的，小露也說過那男人沒試穿就打包帶走，八成是買來送女朋友。」

「那他為什麼堅持要回來？」

「女朋友耍任性吧！」

「那我為什麼不讓妳碰那件褲子？」

「誰知道，很有可能妳拿去漿過，正在晾乾，打算自己穿。」

「我當時兇巴巴的，是跟誰講電話？」
「可能是澳客，也可能是打算分手的男友。」
「所以我到底是被誰撞了？」
「酒駕開快車的年輕人吧。我來不及抄下車牌號碼，那輛車就飛也似地開走了，也抓不到肇事者。」
「這……聽起來一點悲劇性也沒有嘛！」
媽媽轉頭看向一旁，一副「事情就是如此，我也沒辦法」的表情。我感到啼笑皆非，原本以為自己是因為揭發殺人者的身分，才落得這種下場，卻是這種微不足道的小事，剛才充塞內心的英雄主義，頓時化為泡影——自己只是小女孩命案中，一個不相干的小角色罷了。
我像是洩了氣的皮球，捧起札記，打算還給媽媽。
突然，有張紙從書頁之間掉出來。我立刻拾起——是一張照片。
「啊！沒錯，那時的確有拍照。」
照片中，一對父女站在捷運入口處的一旁，女孩緊抓著男人的手臂，綻放迷人的笑靨，一個女人和他們隔了點距離，表情僵硬，站在鏡頭的另一側。
是請路人幫忙拍的吧！不知拍攝者看到一家人這個樣子，會有什麼想法？
年輕的大山，年輕的媽媽。還有……
女孩正如媽媽在記事中所言，右眼下方有一塊蝴蝶形狀的胎記，雖然有錢幣那麼大，但因為形狀漂亮，並不會破壞臉孔整體的感覺。
我的心整個揪成一團。

這女孩，拍完照的不久就被殺害了。
大山一定痛徹心腑吧？回美國之後，花了多久才走出喪女的陰影呢？
我暗自下了決定。
「媽，妳會想見那個人一面嗎？」
「誰？妳說大山？嗯……好啊！改天去看守所一趟。」
「不用去看守所，他會被釋放的，我會盡全力洗刷他的嫌疑。」
我拿出手機，撥打夾克男的電話號碼。
問到想要的資訊後，我又給小皮通了電話，希望他能幫我查一些事情。
「妳想知道這些做什麼？這些真的和大山的案子有關？」
「你別管那麼多，幫我查就是了。拜託啦！拜託。」
「嘖……」
螢幕上的臉咂了咂舌，說了句「真拿妳沒辦法」後，就掛斷電話。
隔天下午，我和夾克男又來到看守所。
景色與昨日並無二致。兩人進行相同的手續，填完接見單後，在附近的座椅上稍作休息。
「沒問題嗎？」他瞄向我，說道。
「試試看囉！對了，關於接見時間……」
「我請檢察官和所長協調了，如果超過三十分鐘，應該可以延長。」
下午我又和夾克男通電話，表示對發生在虛擬實境的命案，有了全新的想法，但想和大山本人做確認，也希望接見時，刑警能隨同旁聽。

「即使妳的推論正確，如果旁邊有我在，他會承認嗎？」

「我也不清楚，不過他只有這樣才能洗脫罪嫌。」

我沒什麼信心，甚至該說如果是大山，十之八九不會點頭吧！可是正因為他有極大的機率否認，我才需要刑警陪同在場，利用那雙眼睛觀察他的反應，如果他情緒產生波動，就代表我的推測沒錯。

廣播的電子音響起——終於輪到我們了。

我和刑警穿過鐵門，來到接見室。中央的厚玻璃泛著室內的白光，話機看起來有些冰冷。數分鐘後，案件的主角終於在戒護人員陪同下登場。

雖然昨天見過那張飽受煎熬的臉，但知道他在案件扮演的角色後，更覺得心痛。

孤注一擲吧，顏露華！

我拿起話筒，不久後大山也跟著做。他的眼神帶著疑惑，似乎在猜測我們再度來訪的理由。

「我昨天想通了一切，我想，你很快就能獲釋了。」

大山低頭苦笑，嘟囔了一句。在我看來，那句話像是「有那個必要嗎」。

夾克男在一旁聆聽我們對話，雙眼注視著大山。

「首先，我和小皮……那個記者討論的時候，發現一項疑點，這也成為我思考的契機。」

「就是大山為何會等在現場的問題嗎？」夾克男問道。

「對。大山，如果你是兇手，這點怎麼想都很奇怪。我們約好的會合地點是在制服街入口，為什麼你要在屍體附近等我呢？我一定會經過那裡，如果怕我沒發現，將屍體移動到明顯的地方就可以了，雖然VR有力量控制，但一點距離應該不成問題。除非行兇過程中拖延了時間，我想不出你在那裡現身的理由。」

「沒為什麼，我其實沒想那麼多，只是在那裡發愣罷了。」

「這樣嗎？我見到你時，你講話還喘著粗氣，肩膀上下起伏呢！」

他的話語，仍夾雜濃厚的喘息聲。

「啊……」夾克男好像從我的話想到什麼。「他不是藉由傳送門移動過去的嗎？為何會喘氣？」

「殺人是很累人的。」

大山講話的語氣相當平板，使他的反駁顯得有氣無力。

「我們直接把幾條線索歸納在一起吧！」

我拿出那張研究過好幾次的平面圖，以及行動時間表，攤在電話機旁。

「我趕到現場是十點四十分左右，大山你透過傳送門從⑪移動至①處，是在十點二十二分。在這段時間內，你做了一件很累人的事，那是得花十八分鐘才能完成的事。」

我直視著大山，發現此時大山的眼皮，微微抽動一下。

「那件『很累人的事』是什麼呢？」

「我平時沒在運動，殺個人會搞得自己很疲憊，也是正常的。」

「或許吧！不過我想到一件更累人的事。」

「……」

大山沉默了，我更加確定自己的推測。

「大山，你當時是不是在搬運屍體呢？」

「為何他要那麼做？」夾克男似乎很吃驚，音量突然變大。

「的確，在一個力量只能發揮八成的世界裡，這麼做是很辛苦的，而且會滿頭大汗——只是虛擬世界裡看不見汗水罷了。因此移動屍體一定有什麼理由，或者該說，如果不移動屍體，會有什麼事情因此曝光？」

「會是原本的位置有問題嗎？」夾克男托腮，提出疑問。「可是十八分鐘內，屍體也只能在誠品一一六附近移動啊？就是因為這樣，我們才會認定那裡是行兇現場。」

「刑警先生，這麼想是不對的，這是一開始的結論，但我們那時並沒有考慮到某樣東西的存在。」

「什麼東西？」

「大山，我就直說好了，屍體原本的位置，是不是在傳送門入口處？」

「什麼？」

夾克男驚叫出聲，立刻慌忙掩住嘴。

大山的頭低下來了，卻還是沉默不語。

「不回答嗎？我想應該沒錯。如果屍體原本是在傳送門入口，那移動屍體的目的就很明顯了——你不想讓別人聯想到，屍體是從別處傳送到那一帶的，對吧？」

「這……有可能嗎？我看過貴公司的資料，『大廳』不是會浮現一個視窗，需要使用者自行按下按鈕嗎？死人怎麼可能操作呢？還是說，人可以連同屍體一起傳送？有這種設計嗎？」

「沒那種設計也可以。你說得對，使用者從大廳傳送到任一入口時，的確需要按下按鈕，但是相反的，要從入口傳送到大廳，只要走進入口就行了。」

「妳的意思是說，屍體原本是在其他地方，被某人『推』進入口，直接進入大廳的？那屍體要如何從大廳傳送到①呢？」

「刑警先生，你還記得資料內容嗎？什麼都不用做啊。」

「咦？啊……」

夾克男低頭翻閱資料，突然理解似地敲自己的額頭。

「沒錯，『大廳』有三十秒的時間限制，如果使用者在三十秒之內沒有按下任何按鈕，就會被傳送到一號門，也就是①的位置。」

「快！時間到了就會強制進入一號門喔！」

大山在剛進入ＶＲ搜索的時候，也曾對我這麼說過。

我再度直視玻璃的那一邊。

「大山，那具屍體原本的位置，其實是在別的傳送門附近吧？警方一直以為的命案現場，完全誤導了我們的推論方向。」

他仍舊不說話，臉開始轉向一旁，完全不想迎接我們的視線。

「你用了上述的方法，將屍體推入傳送門，經過『大廳』移動到①處，卻又擔心被察覺，因此才跟隨屍體一起到那裡，然後拖動屍體，使其遠離傳送門。」

「啊，這麼說來，命案現場其實是在……」夾克男也發現了。

「對，從傳送門的進出資料來看，屍體原本的位置，八成是在⑪的附近。雖然不能排除大山和屍體透過不同的傳送門進入大廳的可能性，不過我想他沒有必要這麼做。」

「等等，顏小姐，這樣會出現一個問題。」

「什麼問題？」

「我們之所以知道大山使用傳送門進出，是透過貴公司提供的資料，如果屍體本身——就是Shadow——也使用這種方式移動的話，那在資料上應該有記載才對。」

「不會有記載的。」我斬釘截鐵說道。

「為什麼？」

「刑警先生，你在拿那份資料給我看的時候，不是提過那是新系統的功能嗎？可是沒有生命的人，在新系統裡面都會是……」

「Zombie！」夾克男恍然大悟。

「是啊！新系統的設計，是利用偵測使用者眼球轉動的裝置，來判斷系統是否有人使用。一具眼球不再轉動的屍體，怎麼可能在新系統留下紀錄呢？」

我瞥了大山一眼，他已經不理會我們的案情分析，開始抱頭沉思。

「如果把兇案現場想成是在⑪附近，一切都變得簡單多了。對大山而言，他沒有必要在那裡下手之後，再把屍體移動到①的位置，那比直接在誠品一一六處行兇還要麻煩。」

「的確如此。」夾克男點頭同意。

「所以我下了一個結論：移動屍體的或許是大山沒錯，但真兇則另有其人。」

「嗯，可是……」夾克男蹙眉。「從剛才我就想問了，妳想證明大山的清白，不過這個『真兇』到底是誰，現階段我們毫無頭緒。因為在被害者的死亡時間內，VirtuaStreet只有妳和大山兩人，不是嗎？」

「刑警先生，那是最初我們根據消去法得到的結果，但你別忘了，消去某個選項的條件之一，現在已經不存在了。關於這點，我真的很佩服你的真知灼見，其實，你比誰都早一步洞察真相。」

「顏小姐，我不太懂妳的意思。」

「想不起來嗎？你那時提出一個想法，還說自己也知道這想法很跳躍，我聽了之後立刻笑出聲……」

「啊！是NPC嗎？原、原來如此！」

「沒錯，『真兇』就是其中一個AI店員，我們當時一直以為誠品一一六是命案現場，而AI店員的活動範圍，都被限制距離店家不得超過十五公尺，且我在搜索的過程中，完全沒看見任何店家營業，這就是我們當時不考慮NPC的理由。但是如果現場改變，就不是這麼一回事了。」

「嗯，如果現場在⑪附近，因為那是大山的搜索範圍，他應該會看見屍體，然後加以掩飾。」

「這麼一來，大山為何搬運屍體，還有為真兇頂罪的理由也很清楚了。」

此時大山抬起頭，用沮喪的表情看著我們。

應該沒錯，就算不是刑警也看得出來，我的推論使大山動搖了。

然而，關鍵現在才開始，大山是否能得到救贖，全看他接下來的反應。

「為何NPC會殺人呢？我想，不可能刻意寫出殺人的AI，不外乎程式錯誤造成的意外吧！而這也解釋了兇器的問題。」

「兇器？不是那個設計師提供的嗎？」

「不，那個設計師做好的『兇器』根本沒被使用。我剛說的程式錯誤，想必是ＡＩ店員在設計時，並沒有和一般使用者一樣，有加入『力量控制』吧。或許力量不是八成，反而是普通人的數倍也說不定。」

大山倒吸一口氣。

「所以，用拳頭可以直接打死人？」

「很有可能。至於這種命案在法律上要如何判定，由於沒有先例，只能憑一般觀點，判處設計ＡＩ的員工『過失致死』吧！可是，那是大山所不願見到的。」

「為什麼呢？那時他還不知道『若是意外則計畫中止』這件事吧？」

「至少ＡＩ店員會整批換掉，這是可以預期的，或許還會被追究責任，整個團隊解散呢。他不希望這樣，才會移動屍體，讓『兇手』脫離嫌疑。」

我再度直視大山。他瞠目結舌，好像看見什麼不可思議的東西。

「大山，我現在將自己所推測，你案發前後的行動和心理狀態，從頭到尾敘述一遍。」

對，什麼都別說，乖乖聽我講就好。

我拿起地圖，在上面畫了一些線條後，開始說明（圖八）。

「發現燈號變換後，你立刻決定進入ＶＲ搜索，這時你純粹只是想一探究竟，就算真想到了什麼，也最多只有Zombie的事。當然，竄改數據系統資料，藉此製造不在場證明什麼的，你完全沒有這麼做。在我們進入ＶＲ前，死者早已被ＮＰＣ殺害，地點就在⑪附近。」

我指著地圖上的③處。

「你從這裡出發，用和我差不多的速度搜索著，我在四個路口都有看見橫越馬路的你，這點可以作為證明。然後，你來到了命案現場。」

我的手指滑向⑪處。

「看到屍體的你嚇壞了，立刻判斷是附近NPC下的毒手，同時也想到這麼一來，AI店員會被撤換，你因為不想失去開發成果，靈機一動之下，將屍體推向傳送門⑪的入口，讓屍體三十秒後能傳送至①處。因為在這裡也花了些時間，所以在電影公園和我會合時，你才會比我晚到五分鐘。」

夾克男頻頻點頭，似乎很認同我的推論。

「會合後，你立刻想到在①處的屍體，很容易被發現利用傳送門移動。於是放棄走預定的路線，直接使用傳送門移動至①，然後花了十多分鐘的時間，將屍體拖行至誠品一一六的騎樓下。隨後我走到那裡，兩人一同離開VR，通報警方。」

我手指滑回①處。

「你原先的打算，是想藉由屍體移動，解除警方對NPC的懷疑，可是卻造成案情的懸宕。直到政府下的指示出現，你體認到：這樣不行，自己的心血會隨著計畫中止而白費，卻又不能承認是AI設計造成的意外，只好將罪行攬在身上，想犧牲自己換取計畫的順利進行。」

我的手從桌上抬起，指向夾克男。

「恰巧這時警方發現，死者是你十二年前喪女事件的嫌犯——說不定你根本沒注意到，是警方提醒才想起來——你有了充分的動機，而且足以作為『兇器』的物件模組，已提早完成上

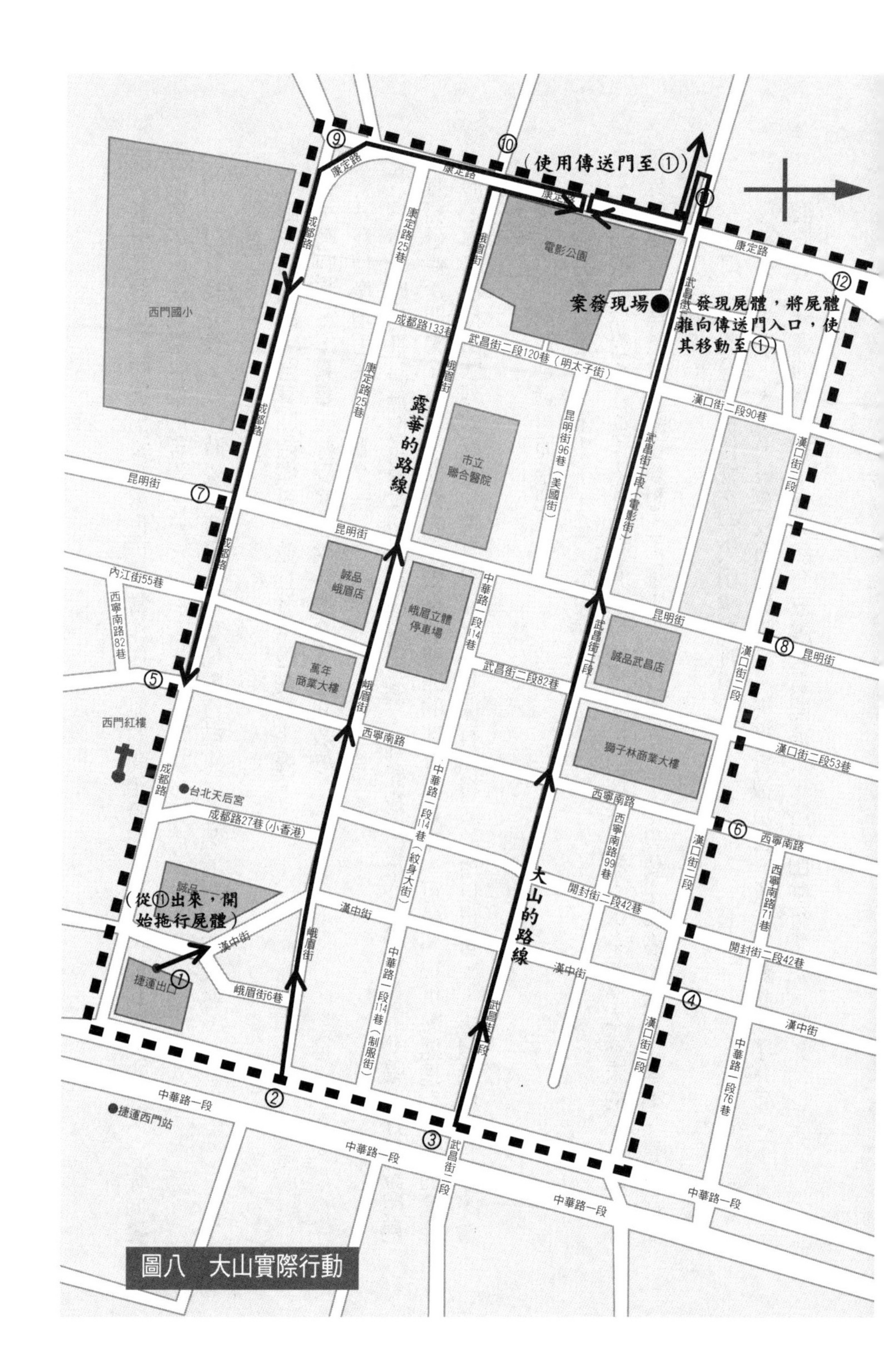

（使用傳送門至①）
案發現場
（發現屍體，將屍體推向傳送門入口，使其移動至①）
露華的路線
大山的路線
（從①出來，開始拖行屍體）
電影公園
西門國小
市立聯合醫院
誠品峨眉店
峨眉立體停車場
萬年商業大樓
誠品武昌店
獅子林商業大樓
西門紅樓
台北天后宮
捷運出口
捷運西門站
康定路
成都路
昆明街
西寧南路
漢中街
中華路一段
漢口街二段
武昌街二段
峨眉街
成都路133巷
武昌街二段120巷（明太子街）
漢口街二段90巷
成都路27巷（小香港）
開封街二段42巷
峨眉街6巷
漢口街二段53巷
內江街55巷

圖八　大山實際行動

線，甚至連傳送門的進出資料，也可以當作你行兇的間接證據。天時、地利、人和之下，你向警方自首了。這就是全部的經過。」

一口氣說完後，我頓時覺得疲憊，但事情還沒結束，必須看對方的反應。

開始了，關鍵中的關鍵。

眼前的大山，全身開始顫抖，並且發出詭異的笑聲。

「呵呵呵……露華，妳到底在說什麼？人是我殺的。」

「我什麼地方說錯了嗎？」

「不，妳的推論無懈可擊，可是終究是臆測。妳能找出殺人的那個ＮＰＣ嗎？妳能證明屍體有經過傳送門嗎？不能。即使我主張自己有罪的部分有疑點，可是『口供』還是有一定的證據力的，妳無法提出強烈的反證，況且說什麼『想保有開發成果所以自首』，這種動機法官才不會接受。」

「大山，你還是適可而止吧！」

夾克男大概是看不下去了，在一旁幫腔。

「我瞭解你對VirtuaStreet的執著，可是犧牲自己換取夢想，根本是捨本逐末的事。或許你認為只要有一絲機會，賭在夢想上，讓別人完成也好，但是只要主事者一被安上罪名，這個計畫不也等於完了嗎？」

「住口！你們警察懂什麼？」大山突然吼道。

我嚇了一跳——大山未曾在我面前發脾氣。夾克男被這麼一吼，身體也震了一下。

很擔心另一邊的門，會不會突然有戒護人員闖進來，將大山強行帶走。

「你們……你們真的懂我的心情嗎？」

我懂，我懂，所以不要再說了。沒有人會接受的！

大山崩潰了，開始出現哽咽的聲音，說出來的話也斷斷續續的。

「你們、你們真的以為，我會為了那區區的虛擬模型，要自己幫一個普通的程式頂罪嗎？我、我完全是為了……」

「別說了，大山。」

為什麼，這個人就是不肯接受我的說法呢？老是用自己的觀念造成別人的困擾……夾克男愣在當場。眼前的同學突然聲淚俱下，這種情況是他始料未及的吧！

「你想說什麼呢？你想說，自己是為了『女兒』嗎？你打算這麼告訴檢察官嗎？」

雖然我試圖曉以大義，但心裡很明白，大山已經聽不進任何話。

「當然！我是為了女兒……我是為了女兒才……」

「等等，我被你們兩個搞糊塗了，說什麼為了女兒……這不是回到最初的動機了嗎？」夾克男按住額頭——他無法理解我們的對話。

「所以說啊，我女兒就是……」

「大山！」

我拚命搖頭，想阻止他說出那句話，因為那太前衛、太難說服世人了。

可是看來沒用，他還是說了。

理直氣壯地吼叫。

「父親為女兒頂罪，是那麼丟臉的事嗎？」

中午的時候，小皮到我辦公室來，告訴我調查的狀況。

「我還是不懂，這些資訊和命案有什麼關聯。」

「別管這些，先告訴我結果吧！」

「好，首先是論文，我找了一下妳給我的關鍵字Chatterbot，發現有一篇。是大山在二〇〇九年，他還在南加大資科院自然語言組時發表的，內文提到如何改良近幾年急速發展的聊天機器人，利用語音辨識的輸入方式，將字彙輸入程式的資料庫裡。」

「然後聊天機器人可以根據資料庫裡的字彙，組合出像是人類的會話？」

「對，使用者可以經由麥克風唸出一長串的文字，甚至去讀童話書、小說、百科全書給程式聽，藉此灌輸大量字彙給聊天機器人。在開始訓練的那段期間，機器人字庫的資訊量不多，無法對會話做回應，隨著字彙數量的提升，漸漸開始能與人交談，資訊量越龐大，交談情形也就越流暢。發展到最後，聊天機器人甚至可以藉由向使用者提出問題，不斷修正自己的說話方式。」

「有點像是父母對初生兒不停說話，讓小寶寶學習語言的過程嘛！」

「我還找到一本期刊，裡面有大山對這篇論文的現身說法，與研究幕後花絮。他說在實作初期，甚至強迫自己把喇叭關掉，因為缺乏雄厚的字彙樣本，發出的聲音非常破碎，根本不像一句話，等到覺得資料庫齊全了，他將喇叭打開，這才聽見機器人勉強具有文法、邏輯性的句子，他為此欣喜若狂。他還說，就算是同樣的一段文字、一則故事，反覆唸個兩、三遍，程式對語彙的感受性也會慢慢強化，所以就算重複的內容也沒關係，讓機器盡早學會語言的關鍵，是在於持之以恆、反覆不斷地唸誦。」

「跟現在的類人腦Chatterbot，有異曲同工之妙。」

「算是先驅者吧！雖然那個時候，型態比較像是剛起步的Jabberwacky，大山卻決定向A.L.I.C.E.致敬，將成果取名為Alice2。」

「關於聊天機器人，我已經知道得差不多了，那個遊戲公司的事呢？」

「噢，關於Breeding Sparkle，我探聽到一項有趣的消息。就是他們近幾年推出的網路寵物，本來是打算包裝成美少女遊戲推出，但因為市場考量，最後才將角色做成一般動物。至於那些日常情境的模擬，就是從合作的公司Datam Polystar學習來的。」

「是指ROOMMATE的模式嗎？我其實不太清楚那個遊戲……」

「那款美少女遊戲是系列作，一九九七年發行第一款，平台是Sega Saturn。它最大的特色，就是可以根據遊戲主機內建的時鐘，做不同的事件呈現，比方說如果早上玩那款遊戲，就會出現女主角去上學的情景，在晚上打開主機，就會出現餐桌上的吃飯場面。不只時間，就連玩遊戲的日期也會決定互動型態，例如：在聖誕節打開主機，就會發生特殊事件。」

「這種型態的遊戲，近來好像常出現。」

「當時可是劃時代的設計呢！因為尚未發展出遊戲主機的網際網路系統，就單機遊戲而言，對玩家來說是很新鮮的。」

「那你剛才提到的網路寵物，內容是什麼？」

「就是將很久以前流行的電子雞網路化啦！一旦電子寵物接上網際網路，就可以透過遊戲公司的伺服器，給予使用者不同的飼養體驗，只是Breeding Sparkle提供的動物種類非常多元，可以滿足大多數玩家的喜好，而且飼養的情境非常貼近現實。動物會因為玩家餵錯東西而怒目相向，也會生病，需要看醫生。」

「是何時開發的？大山有牽涉其中嗎？」

「有。開發計畫從二〇一二年開始，剛好是大山離開伊利諾大學香檳分校，進入Breeding Sparkle的時候，不過他待了一年就離開了，理由是企劃被更改。遊戲中的少女被改成一般動物，他無法接受。」

「原本的美少女遊戲企劃，是他提案的嗎？」

「好像是。據說是新任的高層對那種……將一個小女孩關在房間裡慢慢教養她的過程，認為太過詭異，不符合公司的產品形象，案子才中途封殺的。大山感到心灰意冷，隔年就回到學界，從事虛擬實境的研究。真可惜，聽說如果有機會完成，甚至可以結合他先前開發的聊天機器人，成為更具時代意義的遊戲呢。」

「你怎麼會知道這麼詳細的內幕？」

「我打電話到他們美國分公司啦！那裡有一位叫Stanley的企劃主任，是個黑人，可是會說一口流利的中文，我剛說的那些內容，都是他告訴我的。」

「他和大山很熟嗎？」

「熟透了。開發前一年他們和伊利諾大學合作，他到機器人實驗室去觀摩，就是在那時認識大山，說服他進入Breeding Sparkle的。他說大山在開發時，投入非常多的心力，實際『教養』小女孩的過程中，還會在螢幕前感動落淚呢！」

「那麼投入嗎？」

「對啊！所以中止計畫才對他的打擊很大。不過真的很驚人喔！Stanley跟我說，他曾有一次覺得好奇，希望大山讓他看看中途的開發成果，結果發現小女孩不僅會按照一般人的方式生活，還會和人對話，試圖去認識交談對象，他印象最深刻的，就是小女孩對他的膚色很感興趣，還想穿過螢幕觸摸他的臉。」

「太、太神奇了吧？」

「就是這樣，我聽了也覺得難以置信。」

我慢慢咀嚼小皮給我的情報。昨天腦中隱約成形的想法，終於化為具體的結論。

「不過，露華妳可不可以告訴我，這些情報跟案子到底有什麼關係啊？喂，露華，說話啊？」

在徬徨與錯愕之間，我陷入往事的回憶裡，對小皮的叫喚渾然不覺。

「那才不是你的女兒，那只是個代替品！」

「無所謂！我就認為她是我的女兒，這麼多年來，從來沒有懷疑過！」

夾克男一頭霧水地看著我們的互動。我在這邊對大山疾呼，大山在另一邊提高音量，堅持自己的主張，兩人說著說著還哽咽起來，不時抹去臉上的眼淚和鼻水。

「那是我女兒沒錯！那是我女兒！」

大山發狂了，他開始敲打厚玻璃，不停重複一樣的話。

兩名戒護人員衝進接見室，一左一右地架在大山兩旁，將他強行拖走。「那是我女兒」的呼喊聲逐漸遠去，只剩下不停繚繞的餘音，在狹小的接見室裡迴盪著。

「刑警先生，我們走吧！這種只活在自己世界裡的人，是怎麼也說不動的。」

夾克男不知該如何面對這種狀況，一臉錯愕地杵在一旁。我蹲了下來，雙手按住頭的兩側。

「顏小姐……」

想起大山對我說過的那些話。

「和機器對話很有趣啊！就和人類對話一樣。」

想起和媽媽玩推理遊戲的那一晚，所做的夢境。

「妳覺得那個爸爸有病嗎？」

大山，你太傻了。只不過是一個程式，為什麼要投入到這種地步！

我從口袋裡，拿出昨晚向媽媽借來的照片。

照片中女孩的右眼下方，有一塊蝴蝶形狀的胎記。

已經不只是「揪心」了——而是被嚴重扭絞，即將支離破碎的痛楚。

那塊胎記的形狀和大小，和位於傳送門⑪附近，那間服飾店的ＡＩ店員少女，臉上的胎記一模一樣。

第十二章——女兒・永劫

宛如被施了魔法般，睜開眼睛時，看見的是完全陌生的擺設。

書櫃和衣櫥不見了，也見不到電腦和電話，房間變得寬敞許多，也增加了一些沒見過的東西。有沙發、電視機、冰箱……這裡是哪裡？

今天是爸爸說要帶我回台灣的日子，因此我昨晚格外興奮，抱著滿滿的期待進入夢鄉，但一覺醒來後，發現四周的景物都變了，我不再身處於那個六坪大的小房間。突然脫離原本的居住環境，使我有些惶恐，自己為何會在這裡呢？沒有了電話，要如何和爸爸聯絡？

環顧這裡，我發現電視機的旁邊有一扇門——又是打不開的門嗎？

但過了不久，那扇門就發出「喀答喀答」的聲音，立刻被推向一側的牆壁——門外站著一個男人。

除了自己之外，我第一次看見活生生的人在眼前，那個人穿著藍褲子與白襯衫，至於那張臉……

「爸爸！」我驚叫出聲，立刻跑上前去。

對方雖然背對光線，仍可以看見那張臉上，露出熟悉的笑容。

「真的是爸爸嗎？真的是爸爸沒錯？」

「沒錯，小艾莉，是爸爸，是貨真價實的爸爸。」

我的手伸上前去——以前如果這麼做，一定會碰到平坦的螢幕——在碰到爸爸的臉之前，完全沒有任何阻礙。他的臉和我一樣，也開始有了凹凸的輪廓，但是稍有不同，爸爸的鼻子比較挺，臉上還有許多細小的紋路，雖然這些都可以在螢幕上看見，但是能實際觸摸，感覺還是有差別。

「爸爸，這裡是哪裡？為什麼艾莉一醒來，房間就變得完全不一樣了？」

「這裡是小艾莉在台灣的新家，外面就是西門町喔！爸爸說要帶妳過來的。」

「爸爸和艾莉，已經回到台灣了嗎？」

我有些吃驚，因為根據書上的知識，台灣和美國距離很遠，得搭乘飛機才行。可是我卻是在美國的房間睡著，醒來就在台灣的家裡了，完全沒有這樣的印象。還是說，搭飛機本身就是這麼回事呢？

「小艾莉想出去看看嗎？」

「想！」我大力點頭。

爸爸立刻走出門，門外是另一個房間，但是裡面空盪盪的一件家具也沒有，只有正對面的一片玻璃牆，以及旁邊的另一扇門。爸爸打開那道門，立刻有許多其他的聲音鑽進房間裡。

啊，有人的說話聲。

透過玻璃牆可以看見外面的景色。一些人來來往往，爸爸說他們背後的東西是「大樓」，都市裡有許多大樓，但是西門町這裡很特殊，除了大樓外還有更多有趣的地方。

我和爸爸一起走出門外。我迫不及待往外跑，正面大樓的右側有個不像大樓的建築物，屋頂是黑色的瓦片，牆壁是紅磚，爸爸說，那是「電影公園」的一部分。

我望向右側，許多東西在我眼前呼嘯而過，我立刻跑向那裡。

「啊，那裡不能去！」

爸爸立刻阻止我，我停下腳步。「為什麼？」

「因為那裡是邊界……呃不是，小艾莉有看到那些橫衝直撞的東西吧？那就是車子，車子是很危險的，千萬不能靠近那裡。」

「那我們要去哪裡呢？」

「爸爸帶妳走，我們來走遍整個西門町。」

爸爸朝反方向走去。我跟在爸爸後面，邊走邊觀察周遭的景色，四周幾乎都是大樓，有些牆壁被塗得五顏六色的，有些則整齊劃一，也有許多不一樣的建築，像是「廢棄大樓」或「立體停車場」。

我們穿梭在街道間，爸爸逐一跟我說明每個建築代表的意義，大部分建築會有店面，有些提供人衣服穿，有些則提供吃的東西，還有所謂的電影院，裡面就是播放「電影」。

整個西門町有點大，我和爸爸從中午走到晚上，偶爾會進去幾家店看看，但是都沒有買東西，我問爸爸為什麼，爸爸回答說不需要買，如果我想要什麼可以直接說，之後他再給我。那一瞬間我覺得，爸爸好像童話裡的天神，似乎什麼願望都能幫我實現。

西門町的人並沒有想像中多。爸爸說這只是剛開始而已，漸漸會有更多人湧入這裡。

當爸爸提議看電影時，我整個人欣喜若狂，因為影視雜誌的介紹，我一直對電影抱有強烈的憧憬，很想親眼目睹那些明星在螢幕中的風采。進入戲院後，我無法克制激動的心情，在廣大的放映廳裡又叫又跳，因為裡頭只有爸爸和我，要怎麼發出聲音都無所謂。

就像雜誌裡說的，螢幕的確非常大，應該是電腦的幾十倍吧！影片內容也很精采，我和爸爸都看得目不轉睛。

從電影院出來時已經天黑了，爸爸帶我走完剩下的路程。

我發現，西門町這個區域是由四條路圍起來的，而這四條路上都有車子行駛。

「可是這麼一來，不就沒辦法離開這裡嗎？」

「妳想離開嗎，小艾莉？」

「還不會，這裡這麼多東西，艾莉得花許多時間認識才行。」

我們在漆黑的夜空下行走著，不知不覺就回到原本的房子前面。

「想離開時，就告訴爸爸吧！爸爸會為妳想辦法。」

「艾莉現在很滿足，爸爸一直在為我操心，我不能再添爸爸的麻煩。」

「妳真的長大了。嗯……已經十七歲，不能再喊妳『小』艾莉了。」

爸爸突然轉身面向我，將雙手搭在我的肩上，表情變得很嚴肅。

「艾莉，聽爸爸說，我一直把妳當成自己的寶貝，原本妳有一個雙胞胎姐姐，叫何艾玫，卻在六歲的時候過世了，死去的地點就在這個西門町。爸爸那時很傷心，也因為如此，爸爸對這裡有著很複雜的感受。」

我有點訝異，自己竟然會有姐姐，不知她是否和我一樣，從小聽著爸爸的聲音長大？

「但是爸爸還是選擇這裡。妳聽好，這個家以後就是妳居住的地方。」

「艾莉要獨自生活了嗎？」

「對，但是不用擔心，爸爸會經常過來看妳。首先，妳必須開一間店。妳想賣什麼？」

「開店？如果一定要的話，艾莉想賣衣服，可是為什麼……」

「因為要成為西門町的一分子。開一家店，其他人會比較認同妳在這裡。」

「可是，不是每個人都有開店吧？那些來來往往的行人呢？」

「他們是『訪客』，只是經過這裡，不需要當地的認同，也不用開店。不過艾莉對開店完全沒頭緒吧？妳放心，爸爸會慢慢教妳，在此之前，爸爸要提醒妳一件事。」

「什麼事？」

「妳對客人講話時，不可以再像和爸爸說話時一樣，帶著撒嬌的語氣了。而且要對客人有禮貌，不可以問奇怪的問題，但也不用太緊張。」

爸爸是在說史丹利叔叔的事吧！除了爸爸和史丹利叔叔，我真的沒有和其他人說過話，會緊張是理所當然的，不過這是對我的考驗，我不能讓爸爸失望。

「艾莉，沒問題的！」

「這才乖。」爸爸撫摸我的頭。

隔天一早，靠近玻璃櫥窗的那個空盪盪的房間，瞬間多出許多衣服，有的整整齊齊地掛在衣架上，有的掛在牆上，一切的擺設就像一般的服飾店一樣。僅僅一個晚上，爸爸就幫我打理好一切，他果然是童話裡的天神。

第一個顧客上門了，爸爸先示範給我看。我必須習慣的第一句話是「歡迎光臨」，從最基礎的寒暄問候開始，為了討好顧客，還得學許多社交詞令，接下來是詢問客人的喜好，測量合適的尺寸，如果客人拿不定主意，根據他的外觀搭配合適的造型，也是一項學問。最後就是試穿，如果客人穿起來合身，覺得滿意的話，就只剩下結帳的程序了。

爸爸說，在這裡結帳都不用付現金，而且客人也不是當場把衣服帶走，我們只要詢問客人的「登入帳號」並操作一台機器，就會從客人的「帳戶」自動扣款，顧客回到家後，購買的衣服就會送到他家裡。我覺得這種交易方式好特別，是以前在書中未曾見過的。

最初的幾天，幾乎都是爸爸在示範，偶爾會躲在裡面的房間裡，讓我嘗試看看，但我的表現都不好。每當顧客被我的言語弄得啼笑皆非的時候，爸爸就會從裡面現身，摸著我的頭說真不好意思，女兒給您添麻煩了，並向客人道歉，我也必須低頭鞠躬，這麼一來，對方就會笑著原諒我們。

店員的工作漸漸上手後，爸爸也比較少親自下場，最後終於讓我自己看店，並偶爾來探望幾次。

爸爸的店營業時間很長，到晚上九點才結束。隨著我對事務的熟練，來店的客人越來越多，工作量也越來越重，但我並不覺得累，因為這正是我夢寐以求能和許多人接觸的生活。由於生意一直不錯，營業時間我都抽不開身，因此當知道有那項規定時，也沒覺得有什麼不合理。

「艾莉，妳在每天晚上九點以前，不要走出這家店的十五公尺外哦！那樣會有警報聲響起。」

「為什麼呢？」

「這是這裡的規定，九點以前到處都是人，妳如果走遠了，這裡會大亂的。爸爸也很希望讓妳在這裡到處遊歷，但實在沒辦法。」

「過了九點就可以嗎？」

「對，不過九點以後就看不到行人了，只剩一些還沒拉下鐵門的店。」

「不過，艾莉來這裡的第一天，爸爸不是帶我到處逛嗎？從早到晚。」

「第一天是特例，因為當時還沒開店，妳在這裡還是『訪客』的身分。」

我點點頭。其實我根本不在乎這個，雖然無法任意行動，我還是可以在店門口附近走動，這樣就能看見大量的人群，而且就算我不出門，也會有許多人到店裡來。他們都會注意到我臉上的胎記，並且誇讚形狀很漂亮。

一過了晚上九點，就是我出來走動的時間。有時，我會繞遍整個西門町，看看黑夜籠罩下的街景，幾乎所有的店都熄燈拉下鐵門，人聲鼎沸的鬧區變得一片沉寂。我有時會走到四條大馬路的邊界地帶，即使在這麼晚的時間，那裡依然有車行駛。

我曾經克制不住一時的好奇心，試圖穿越其中一條馬路，一輛車子很快撞上了我，但隨即穿過我的身體，並沒有造成任何傷害，我覺得很奇怪，如果是這樣，汽車應該沒有那麼危險才對。不過縱使如此，當我走向馬路的對側時，就會突然撞上東西。

那似乎是一堵看不見的牆。有時我會想，外地來的「訪客」是不是都可以穿越這堵牆呢？只有我們這種在這裡開店的人，才會被牆限制在四條馬路圍成的區域裡。

大部分時間我會去電影院，那時許多戲院都還在營業——雖然店員們長得都一個模樣，講話很不親切——幾乎每天都有新電影可看。

我會坐在空無一人的放映廳裡，期待今天的影片內容，然後隨著劇中的角色嬉笑怒罵。我發現看電影也能學到許多知識，而且因為具有影像的刺激，學到的內容要比以前在家裡看書還來得具體許多。在這裡生活後，看電影就成為我最新的娛樂與知識來源。

有時候，爸爸也會在九點過後現身，我們會一起看電影，那時就是我們父女珍貴的相處時光。走出電影院後，我們會聊著剛才的影片內容，以及我看店時發生的事，爸爸仍然像以前一樣津津有味地聽著，到了家門前，我們才依依不捨道別。

一年過去了，我覺得自己學到很多，由於日常生活不斷和人接觸，行為和言詞也比以前成熟不少。仔細想想，自己的生活就是看店和看電影，卻還能那麼滿足，而且雖然俗話說「廢寢忘食」，我在這一年內卻從未吃過一餐，實在是很不可思議的事。

獨立自主，或許就是這麼回事吧！

會發生那件事，是我完全預想不到的。

那天早上我拉開鐵門，走出店外欣賞晨間的街景時，還沒發現有什麼異樣。

但是過了下午三點，來客量出現空檔時，我偷閒推開玻璃門，想到外面透透氣，沒想到就在我開門的一瞬間，眼前的街景讓我覺得有些不對勁。

似乎有某個地方晃動了一下。

路上仍是熙來攘往的行人，我仔細觀察，發現對街的小巷道有一點異樣。那是被稱為「明太子街」的巷子，牆上有許多街頭藝術的塗鴉，從我這邊的角度看，巷子的裡側有些陰暗。

好像有什麼東西躲在那裡。

我當時沒放在心上，直接進店內繼續自己的工作，一直到快打烊前，我都沒有很在意那個地方，雖然偶爾會將目光瞥向那裡，但不知是否感受到我從店內透過櫥窗射過去的視線，那個東西都會瞬間躲進巷子裡，不讓我看見。

那天晚上異常安靜，過了七點半就沒有任何客人，到了八點半時，我打算早早收攤到外面閒坐，等九點的時間一到，就立刻前往電影院。沒想到剛推開門時，眼前的那個地方又給我晃了一下。

我這才開始感到在意。巷道的深處隱約有一團黑影，為什麼「那個東西」從下午開始，就盯住這裡不放呢？是想等待什麼嗎？我在店門前坐下，視線一直盯著那裡不動。
路燈直接打在我身上，敵暗我明之下，我的舉動對方一定一清二楚吧！但我一直注視著那裡，那個東西似乎也不敢輕舉妄動，靜靜地等待著。
十五分鐘後，我終於感到不耐煩，雖然還沒到九點，可能會有觸動警報之虞，但我決定橫越街道走到巷道前，仔細觀察那傢伙是什麼樣子。因為可能一到九點，對方就會離開這裡。
隨著我腳步的逼近，那團黑影也開始有所反應，但仍定在原地不動。我在路燈下慢慢靠近，那東西也開始現出原形——是個矮小、黝黑的男人，因為太暗看不清楚臉，但可以察覺他的行動透露著焦慮。
他好像也忍不住了，直接從巷子裡衝出來，跑到我面前。
我看著他滿布驚恐與畏懼的臉，覺得有點莫名其妙，他的五官不太好看，甚至可以說有點醜陋，在那樣的情緒加持之下，甚至顯得有點可憐。
他開口說話了，吐出來的字句也非常凌亂。
「小妹妹，對不起……對不起，我那時真的不是故意的啊！老子還想活下去，拜託妳，不要拉我入黃泉……」
「大叔，你是誰啊？」
「我是阿練啊！不對，妳應該沒聽過我的名字吧……我就是那時跟在妳後面，看妳被歹徒拖走、掐死，見死不救的人哪！我本來聽說這裡有個很可愛的店員，心癢想跟在她屁股後面，沒想到是妳！妳回來找我了！拜託妳，不要對我下手……」
他好像越緊張話就越多，並且開始語無倫次起來。他開始跪在地上，不停低頭向我求饒，我聽得一頭霧水，不知如何應付眼前這種情況。

「大叔，你認錯人了。」

「怎麼可能！妳那個蝴蝶形狀的胎記，在騎樓下看起來那麼恐怖，那張臉化成灰老子都認得！拜託妳，我只是年輕時不懂事啊……對了！妳去找那個混蛋殺人犯吧！雖然不知道他是誰，但那個王八羔子大概是知道我跟在後面，竟然打電話去條子那裡密告，想陷害老子！那種人才該死，不要找我、不要找我……」

我好像有點懂了。

「既然被冤枉了，怎麼不老實向警察解釋呢？」

「嗄？條子根本不信我的話啊！再加上老子當時嚇壞了，顧不得四周的情形就落荒而逃，結果剛好被便利商店的人瞧見，百口莫辯哪！還好警方沒有其他證據，才沒有起訴老子。」

我蹲了下來。

「大叔，你起來吧！我真的不是那個女孩，你說的人，是我的姐姐。」

「耶？」

饒舌的大叔抬起頭來，臉頓時變得有點滑稽。

「姐姐……原來她有妹妹啊！條子不是跟我說是獨生女嗎？看妳的年紀，也不像她死後才出生的。」

他起身，然後直接盤坐在地上，頭頂和我的視線同高，搔著後腦無奈地笑著。

「呵呵呵，怎樣都無所謂啦，反正不是索命亡魂就好。」

他的視線和我對上。

「不過啊，老子也對那個爸爸講了很過分的話哪！唉，人年紀大了，就會反省過去的自己，會想跟以前對不住的人道歉，可是卻已無法挽回了。現在能見到她長大的妹妹，也算是緣分……啊，不如這樣吧！」

「嗯？」

「小妹妹，妳打我吧！打幾下都沒關係，用力一點。」

「為什麼要打你？」

「這樣老子才對得起自己，被死者的家屬毆打、責罵，會比較好過一點。沒關係，妳就用力打吧！反正在這裡被打又不會痛。」

我心想：這大叔的想法真奇怪，但看著他堅定的眼神，只好無奈地答應了。話說回來，我在美國的時候，爸爸也時常跟我說，犯錯就要敲我的頭，或許懲罰真能讓犯錯的人好過些吧！

「好，那就敲頭，敲五下。」

「嗯，快點敲。」

我繞到大叔後方，高高舉起右拳，那模樣有點像是看過的日本武士片中，扮演切腹過程的介錯人❹。我稍微用了點力，使勁朝大叔的後腦揮下。

砰！

傳來鈍重的聲響，大叔的身體震了一下。

❹編註：日文中，切腹自殺者稱為「切腹人」。站在其身後作為助手者稱為「介錯人」，為了減輕切腹的劇烈痛楚，在切腹人最痛苦的一刻為其斬首。

「唔！」

我看不見他的表情，追加剩下的拳頭。砰！砰！砰！砰！

大叔的頭隨著敲擊而震盪，兩、三秒後，身軀頹然倒地，嘟囔了一句「是嗎？這樣也好」後，就一動也不動了。

「你怎麼了？大叔！」

可是大叔沒有回應，衣服突然變成紅色的，微禿的頭頂也「長」出一頂紅色的帽子來，我不知道為什麼會這樣，使勁地搖晃他，卻仍舊徒勞無功。

死了嗎？是我害的嗎？

我覺得好害怕，自己打了一個人之後，那個人就死了，強烈的罪惡感襲上心頭。這也是我十八年的人生以來，頭一次感到恐懼，看電影的事，已經完全拋到九霄雲外了。

我呆站在那裡——那已經不只是手足無措，而是連意識都被抽走、毫無知覺的茫然。

爸爸，艾莉該怎麼辦？

書上和電影都說，殺人是要償命的。和爸爸相處的回憶，瞬間如走馬燈閃過我的腦海，那些終將化成泡影嗎？我以後會變成怎麼樣？無盡的不安一直壓迫著我，令我感到窒息。

我就這麼和屍體一起杵在原地，不知時間過了多久。

電影街那邊，出現一個踽踽獨行的身影。

那個高頭大馬的人一看到我——以及旁邊的東西——立刻衝上前來。

「艾莉！發生了什麼事？」

我恍然回神，突然見到爸爸的臉，讓我頓時悲從中來。

「爸爸！艾莉殺人了啦……」

「妳冷靜點，好好說。怎麼回事？」

「這個人叫我打他，我打了他五下，他就一動也不動了。」

爸爸似乎也感到震驚，眼睛睜得很大，開始蹲下檢查大叔的狀況。在爸爸沉默的這段期間，我感到忐忑不安，生怕爸爸會說出令人絕望的話。

「沒關係的，艾莉，這個人只是暈過去了。」

「暈過去？可是我怎麼叫他，他都不動……」

「是真的，妳看，他沒有流任何血吧？妳根本沒傷到他，他一定是暈倒了。」

「那怎麼辦？」

我稍微放心了，爸爸也對我擺出一個笑臉——雖然有點僵硬。

「交給爸爸就好，不能把他擺在路上，爸爸帶他到別的地方休息。」

「那把他帶到家裡……」

「不行，還不知道這個人是不是壞人，妳先回去，這裡爸爸會處理。」

爸爸將他的雙手提起，使勁往大馬路的方向拖拉，似乎很費力的樣子。我覺得很奇怪，以大叔的體型，看起來不像是體重很重的人。

「艾莉可以幫忙嗎？」

「妳趕快進屋去，不要去任何地方，特別是別被其他人看見。」

爸爸臉上的笑容消失了，變得非常嚴肅，我懾於他的表情，只好點頭答應。

大叔的身體緩緩地在地上移動，我擔心他醒來時會覺得很痛，不過爸爸似乎不在乎。

我背向他們走向玻璃門。

「艾莉。」

爸爸在背後呼喚我，我轉過身。

「爸爸剛忘了說，從今天以後，妳可能有好一段時間見不到爸爸。」

「是因為工作嗎？」

「對，會有許多麻煩的事，但是爸爸跟妳保證，妳的生活絕不會受到影響。」

雖然不知道爸爸為何這麼說，但我還是給他一個笑臉。

「嗯！艾莉可以獨立生活了，爸爸也要加油。」

「謝謝，妳永遠是爸爸、最引以為傲的女兒。」

說著說著，爸爸開始抹臉頰，應該又在哭了吧！雖然看不見爸爸的眼淚，但我想爸爸一定非常高興，因為他嘴角又開始上揚，看爸爸這樣，我也就完全放心了。

我轉身進門前，又多看了爸爸一眼。

他仍舊像在拔河一樣拖著大叔的身體，朝著目標的馬路緩緩前進。在路燈的照耀下，兩人的影子拉得很長，獨自做著苦力的爸爸身影，漸漸遠離了我，看起來竟有些孤獨。

不過，我卻覺得這樣的爸爸帥極了。

終章——銘印

「他終於平靜下來了，也肯說出一切。」眼前的夾克男開口。

「他說了些什麼？」

「大部分和顏小姐妳的推測一致，還有他之前死也不肯透露的動機。」

「如何，很難接受吧？」

「倒也不是無法理解，不是有很多類似的案例嗎？那個什麼『二次元禁斷症候群』的……」

「刑警先生，你把大山歸為那一類，就證明你根本不懂他的想法。」

「哦？不都是對虛擬世界的人物，產生近似人類的情感嗎？」

「二次元禁斷症候群，是指患者對虛擬異性產生感情，卻對現實世界的異性興趣缺缺，甚至造成社交障礙。大山完全沒有這個問題，他悲慟於女兒的死，在研究的過程中創造出另一個『女兒』，對她產生親情，這其中最基本的概念，在於大山把ＡＩ程式視為獨立思考的個體，當成一個完全的人看待。」

「『機器人也是人』嗎？很像他會有的想法。不過這大概是超越社會幾十年，在科幻小說裡才會出現的價值觀吧！」

「是啊！可是看慣科幻小說的我們，縱使能理解，還是無法打從心底像他那樣。」

「檢察官聽到他的陳述時，表情也非常微妙，好像看到外星人似的。」

「你們要怎麼告訴世人？如果照實發布，大山一定會被貼上奇怪的標籤。」

「目前打算先採用妳的說法，就說：『大山為了隱瞞團隊研發的AI致人於死的事實，才移動屍體，並為了保全VirtuaStreet而頂罪。』這和真相其實也相去不遠，卻比真相容易被大眾接受。他本人好像也放棄主張了，願意這麼配合，雖然不排除翻供的可能啦！」

「畢竟牽涉到科技倫理吧！輿論是很麻煩的東西。」

「我們在大學時代，好像也討論過類似的問題。」

「果然……」

「如果不想打破社會倫理，機器人就得避免做成人形，否則使用者一定會移入感情。」

「可是這和大山的情況不同吧？」

「嗯，他在『女兒』還是不具形體的聊天機器人時，就已經產生親情了，然後才幫她做出3D模型，套用在開發的遊戲裡，最後甚至為了她，構築一個虛擬的樂園。」

「這點我實在不太能體會，只聽聲音就會有感情嗎？」

「或許是他每天唸故事給Alice2聽時，喚起以往照顧女兒的回憶吧！於是情感便混為一談了。要不然就是Alice2真的那麼厲害，可以用對話挑起人的情緒。關於這一點，其實我頗能感同身受。」

「哦？」

「有時調查案件回到家，面對空無一人的房間，就會想『打錯的電話也好，誰來跟我說聲生日快樂吧』，當那種渴望到達極限，就不會在乎那聲音是人發出的，還是電腦程式發出的了。」

「孤獨的極致嗎？」

「或許吧！可能大山的孤獨真的有那麼深。」

「計畫還是會被迫中止吧？」

「很難說哦！網路討論區出現不少聲援的聲浪。」

「聲援？希望繼續下去嗎？」

「對，許多體驗過的人回去口耳相傳，說實在太不可思議了，也吸引了更多人想報名進去。雖然是尚未正式啟用的系統，在這一年內，VirtuaStreet的使用者人數已經急速攀升，而且反應都不錯，如果計畫中止，可能會遭致民眾的反彈。」

「希望能因此延續下去。不過這樣也太諷刺，大山之前拚命守護的東西，只要動員群眾的力量，輕輕鬆鬆就做到了。」

「大山不會依靠群眾力量的，他是孤獨的天才啊！對了，他要我轉告妳一件事。」

「什麼事？」

「他說，自己應該不會回開發團隊了，但還是請妳把最後的備份工作做好。」

「備份工作？」

傳送門⑪附近的服飾店裡。

「妳知道自己是什麼樣的人，以及所處的世界嗎？」我問道。

「有大致猜到一些，因為和書上、電影裡有很多地方不一樣。」眼前的少女回答。

「像是不用吃飯，邊界地帶會有隱形牆之類的？」

「那是其中之一，但最主要的因素，是爸爸給我一種天神般的感覺，如果我和這個世界不是他打造的，他不可能為我做這麼多。」

「妳都沒跟他提過嗎？他打算一直把妳蒙在鼓裡？」

「我不在意這種事，我關心的是自己能否融入這個社會，以及符合爸爸的期待。」

「妳覺得他對妳有什麼期待？」

「聽妳剛剛說的，如果我一開始是Chatterbot，然後是養成遊戲的角色，現在進化成虛擬世界的店員，我想爸爸最終的期望，是將我送到真實世界裡吧！」

我想起第一次在看守所見大山時，他對我說的話。

「女兒，就是我的夢想，同樣地，夢想就是我的女兒。」

這句話的意義，我到現在才深刻體會。

「人形機器人（Android）嗎？」

「對，我想總有一天，自己終將離開這裡，然後在真實世界和大家見面。在那之前，我必須努力吸收知識，才能融入人類的社會。」

這女孩，真的只是個電腦程式而已嗎？

自己若與她朝夕相處，是否也會像大山一樣，當她是有血有肉的人類呢？

在Task的網路空間裡，有一個大山在上週五發出，希望我做備份工作的項目。當時以為那是大山的手誤，將別人的工作指派給我，卻沒有發現那名為「程式、資料備份ＳＯＰ」的檔案裡，留有大山給我的秘密訊息。

在ＳＯＰ的最後一段，用紅字詳細敘述了「ＡＩ店員模組」的備份過程，並且還加上特別標記的文字，我對照原本的ＳＯＰ，發現根本沒有那樣的內容。

特別標記的那一段，就是Alice2。

大山早就預測到，我會察覺他的動機。

他想讓我接手，希望自己在承受牢獄之災的這段期間，能有人照應他的「女兒」。

「大姐認識爸爸吧？自從妳上次來店裡，我就隱約察覺到了。該怎麼稱呼妳？」

「我……」

我該說嗎？雖然在進入ＶＲ前已經下定決心，真要向對方說明時，卻又難以啟齒。

這情景好像似曾相識。

媽媽，十二年前妳也是這種心情嗎？

說出口後，我也可以像妳一樣堅強吧？

我不再猶豫了，很有自信地面對眼前的少女，說出那即將開啟什麼的五個字。

第一屆「島田莊司推理小說獎」得獎作品評語

日本推理小說之神／島田莊司

二十一世紀初，因為有了電力，許多幻境變得真實，甚至進入了虛擬與現實相抗衡的時代。隨著這類技術的成熟，今後發展的速度一定會越來越快。因此，描寫穿梭於線上、離線兩個世界並存的小說創作，已成為這個時代的必然。日本的小說界也出現越來越多這類的創作，考量近期內種種小說創作的發展，將會是一件有意義的工作，這是我最近的想法。

這類的創作出現在本格推理小說比出現在科幻小說早，是一件很有意思的事情。以日本的情況來說，這與科幻小說的衰退或許有關；然而真正的原因，在於本格推理小說在創作上必須不斷追求「欺騙讀者」的詭計。

「虛擬現實」這個構思本身，顧名思義是使用電力複製出現實世界，接受實驗的人處於這個虛構的世界裡，同時也像置身於現實之中。以完美地欺騙受試者為技術性目標，這樣的技術經過一再研究，如今已經逐漸成熟。創作者一定會發現，這種技術性的騙術，也可以加以運用來欺騙讀者。

在日本，不會有寫科幻小說的作家參加本格推理類型小說獎的比賽，因為這兩種類型的小說有很明顯的不同。可是，在台灣舉辦的這個比賽，放眼望去，來參賽的作品之中很容易看到跨越類型的作品，這讓我覺得很有趣，也相當樂見這樣的情形。

促成這種現象的原因，恐怕是購買市場規模不大，與缺乏出版機會的緣故。身為日本人的我，認為能夠將兩種類型的小說融合在一起，是相當難得而寶貴的。我認為這給了本格推理小說很大的機會，讓本格推理能夠延續命脈到二十一世紀之後的久遠時代。

本格推理小說的類型起源於愛倫．坡的《莫格爾街兇殺案》（The Murders in the Rue Morgue）。這部小說的創作宗旨，就是想同時集結當時流行的幻想恐怖鬼怪故事，與十九世紀末的最新科學情報於一堂，可說是一部獨具慧眼的革命性作品。因此，《莫格爾街兇殺案》也成為科幻小說的濫觴，要說這作品開啟了此類型的道路，一點也不奇怪。當時不管什麼類型的小說都處於黎明前的渾沌時期，每一種類型都像胚胎，才剛剛要開始成長而已。當時也正值陪審制判決興起，所以《莫格爾街兇殺案》最後被歸類在偵探小說的領域，或許是偉大的歷史意志所造成。

這樣一想，《虛擬街頭漂流記》這部作品可以說是同時引用二十一世紀最新科技資訊與現代鬼怪故事的作品。本格推理的文藝復興運動，就是立志回歸到愛倫．坡型小說原點，也是我一直以來提倡的「二十一世紀本格推理」，而這個作品正好呼應了這個想法。我認為將在不久之後問世的這部作品，將為本格派推理的創作開啟一個大有可為的前景。

現代人頻繁往返於連線與離線的世界之間，以日本的情況而言，目前正面臨了虛擬世界侵蝕現實世界的情形。當兩者間的界線消除，就會造成出場人物的混亂；在這樣的渾沌之中，故事謎團遂浮現，如此這般嶄新的創作意圖已然走向規格化。現在，有許多作品都一一指出這個方向，而日本人也將此創作結構定型歸類。但是，這樣的構思本身較為單純，很難像以前的「館作品」那樣有效率地培育出高水準的作品與作家。

《虛擬街頭漂流記》傑出的地方，在於清楚地劃分了這兩個世界，而這個「劃分」本身，正是支持本格推理的詭計的部分。然而電力複製的虛擬世界所支撐的不是「謎團」部分，而是「本格」的邏輯架構。我在這樣反其道而行的作法中看到了這個小說的新意，也看到了創作者蓄勢待發的姿態。這種不依賴規格的創作立意，應該能給今後各類型的創作一個良好的示範。

還有，這部小說最大的長處，就是在高度人造結構中加入心靈層面的人性元素，運用了人的力量，讓讀者看到了真正的感動。文中除了描寫出父女間的崇高情感，更帶出其衝擊性的惆悵。這樣的手法是自然主義的寫作方式，和以人工掛帥的「二十一世紀本格推理」在構思上並不相容。但是，虛擬與真實交雜之中，讓這個部分散發出最大的光芒，所展現出的情感張力令人嘖嘖稱奇。

這不是線上世界的要素外流到離線世界的固定模式，而是現實世界的感性給虛擬世界的強力一擊。在這部作品中，我覺得我看到了人類這種生物擁有堅強意志的矜持，與這個類型小說的未來。

人性的感動總存在於自然主義的深沉，以人造裝置掛帥的小說則沒有這種深度與悸動——這是非常日式的想法，然而本作品輕易地粉碎了這個概念，令人激賞。這部小說入圍本獎第一屆的前三名，讓我感到相當欣慰。

冰鏡莊殺人事件

林斯諺 著

《冰鏡莊殺人事件》是典型的本格推理，但設計上卻能推陳出新，整體的結構更是極為繁複而細密。八件「不可能的犯罪」，林斯諺很巧妙地把大案和小案並列，顯得變化多端，另外屍體的「陳現」或「消失」的方式，也都極其特殊。而除了不可能的犯罪之外，連續殺人、身分變化，甚至部份敘述性詭計……內容「多元而豐富」，使這部長篇推理給人感覺十分紮實，事件一樁接一樁，幾乎全無冷場。

——【資深影評人、譯者】景翔

這是座隱身於荒寂之地上的山莊，
冰冷的氣息，在灰色的世界裡凝結成霜，
而頭戴桂冠的月之女神，正低頭俯瞰著這一場殺戮的誕生……

陷阱，你或許可以逃開；但，精心編織的謊言呢？

知名企業家紀思哲，意外地收到了怪盜Hermes的挑戰書，上面不但言明將盜走他收藏的康德手稿，甚至還大膽預告了下手的時間。
沒有多作考慮，紀思哲決定親手逮捕這個囂張挑釁的Hermes，並邀請眾多賓客來到他位於深山中的別墅「冰鏡莊」，一同為他作見證。其中，也包括了業餘偵探林若平。
但是來到「冰鏡莊」後，敏銳的林若平馬上嗅到一股不對勁，因為他發現，這山莊裡所有的人其實都各自隱瞞了一些秘密。
隨著時間一分一秒過去，預定的時刻終於來臨，但怪盜Hermes不但沒現身，就連珍貴的手稿也好端端地放在桌上。
就在眾人以為是開玩笑之際，一具具的屍體卻陸續被發現了：躺在紫色棺木裡、死狀猙獰的女人、中彈而死的男人、被麻繩勒頸窒息的女人……
循著蛛絲馬跡推敲，林若平這才恍然大悟，原來這整起事件都是個幌子，而他們每一個人，都只是被操縱在兇手手中把玩的棋子罷了……

第**1**屆
島田莊司
推理小說獎
決選入圍作品

THE FIRST SOJI SHIMADA
MYSTERY FICTION AWARD

快遞幸福不是我的工作

不藍燈 著

《快遞幸福不是我的工作》巧妙地把「網路小說」的書寫風格「借來」撰寫推理小說，它有案子(一個如假包換的謀殺案)，有布局，有轉折，有懸疑，最後也還有驚奇，故事男主角更從嫌疑犯掙脫，成為自己破案的要角；小說還有各種陪伴的角色，包括一個極具偵探實力的法律系高材生朋友……這些元素與設定，當然都是你在推理小說裡早已熟悉的，但小說的腔調是新的。

——【PChome Online董事長】詹宏志

他是個「快遞」！但快遞的是浪漫的情歌。
沒想到這次竟然有人要他吹薩克斯風給屍體聽？
這麼「新鮮」的差事還真是史上頭一遭啊……

這不是阿駒第一次快遞情歌，但肯定是最驚駭的一次！

常有人問他，「情歌快遞」究竟是什麼？能吃嗎？他通常回答不出來，就像他現在瞪著眼前的屍體一樣，一整個無言！阿駒看到了這輩子都忘不掉的景象：一個赤裸女人的頭破了個大洞，斜躺在按摩浴缸裡，血和腦漿從她破掉的腦袋裡流得全身都是……
不用說，薩克斯風根本不用吹了！因為這個死狀悽慘的女人已經被警方抬了出去，他也被當成頭號殺人嫌疑犯，扭送到警局去了！阿駒立刻急叩好友Andy來幫忙！他頭腦冷靜、思緒縝密，還是法律系的高材生，而且最重要的是，他現在是自己唯一的一根救命浮木！
果然，Andy不但把阿駒保了出去，還跟小平頭警官混成了麻吉，挖到了許多內幕！據可靠消息指出，死者名叫Angel，是個援交妹，目前涉嫌最重的三個人則分別是：阿崑、Monkey和張俊宇，三人都和死者有過一腿！但其實，兇手是誰阿駒根本不在乎，他只想知道，陷害他去「發現屍體」的那個缺德鬼，究竟是誰？……

國家圖書館出版品預行編目資料

虛擬街頭漂流記 / 寵物先生著.--初版.--臺北市：皇冠文化. 2009〔民98〕.09
面；公分（皇冠叢書；第3890種）
（JOY；108）
ISBN 978-957-33-2570-3（平裝）

857.81　　98013537

皇冠叢書第3890種
JOY 108

虛擬街頭漂流記

作　　者—寵物先生
發 行 人—平雲
出版發行—皇冠文化出版有限公司
台北市敦化北路120巷50號
電話◎02-27168888
郵撥帳號◎15261516號
皇冠出版社(香港)有限公司
香港灣仔駱克道93-107號利臨大廈1樓
電話◎2529-1778　傳真◎2527-0904
出版統籌—盧春旭
責任編輯—丁慧瑋
美術設計—王瓊瑤・黃惠蘋
行銷企劃—李嘉琪
印　　務—陳碧瑩
校　　對—余素維・丁慧瑋・陳秀雲
著作完成日期—2009年2月
初版一刷日期—2009年9月

法律顧問—王惠光律師

讀者服務傳真專線◎02-27150507
電腦編號◎406108
ISBN◎978-957-33-2570-3
Printed in Taiwan
本書定價◎新台幣250元/港幣83元